# O SÉTIMO DIA

KERRY DREWERY

# O SÉTIMO DIA

TRADUÇÃO
IVAR PANAZZOLO JUNIOR

astral cultural

Este livro foi revisado segundo o Novo Acordo Ortográfico da Língua Portuguesa.

**Editora responsável** Tainã Bispo
**Produção editorial** Aline Santos, Fernanda Costa, José Cleto, Luiza Marcondes, Natália Ortega e Thiago Koguchi
**Capa** Jet Purdie
**Fotos de Capa** Dreamstime e Shutterstock Images

Dados Internacionais de Catalogação na Publicação (CIP)
Angélica Ilacqua CRB-8/7057

D831s Drewery, Kerry
O sétimo dia / Kerry Drewery ; tradução de Ivar Panazzolo Junior. – Bauru, SP : Astral Cultural, 2017.
336 p.

ISBN: 978-85-8246-568-4
Título original: Day 7

1. Literatura inglesa 2. Ficção I. Título II. Panazzolo Junior, Ivar

17-0840

CDD 823
CDU 82(421)

Índices para catálogo sistemático:
1. Literatura inglesa

astral cultural

ASTRAL CULTURAL É A DIVISÃO LIVROS
DA EDITORA ALTO ASTRAL.

BAURU
Rua Gustavo Maciel, 19-26
CEP 17012-110
Telefone: (14) 3235-3878
Fax: (14) 3235-3879

SÃO PAULO
Rua Tenerife, 31 - Conjuntos 21 e 22
CEP 04548-904
Telefone/Fax: (11) 3048-2900

E-mail: contato@astralcultural.com.br

PARA OS BARÕES
JANET, JACK, HELEN E PAUL,
E TAMBÉM EM MEMÓRIA
DE EDWARD, PRINCE E ROCKY

*"Em tempos de mentiras universais,*
*dizer a verdade torna-se um ato revolucionário".*
*— Autor desconhecido*

# PRÓLOGO

Eu devia estar morta. Eu devia estar morta.

Sinto o ar frio nos pulmões. Sinto a mão de alguém segurando a minha. Ouço gritos.

— Martha, o quê...?

— Martha, quando...?

— Martha, como...?

Muito barulho. Muito barulho. Calem a boca. Por favor. Consigo ver luzes... brancas.

Enormes câmeras de TV me cegando. Fotografias. *Bam, bam, bam.* Não tenho nada a declarar a elas.

Estou caminhando. Segurando o anel que você me deu, eu continuo caminhando. Para longe de você, e eu lamento. Lamento muito.

Estou em pedaços. Uma parte de mim fica com você. Uma parte de mim vai morrer se você morrer.

# DIA 1

## ESTÚDIO DE TV
## 10H30. SOBEM OS CRÉDITOS DE CAMPAINHA DA JUSTIÇA, O MAIS RECENTE E POPULAR PROGRAMA DE TV.

Um estúdio amplo. Na parte de trás, uma plateia com as cadeiras dispostas em degraus está cheia de espectadores. Na frente, à direita do espaço, há um banco dos réus negro e uma plataforma elevada, com um vidro de segurança ao redor da parte superior. Na parede, à esquerda, há uma grande tela de TV.

Entre o palco e a plateia há uma longa mesa com três jurados. Diante de cada jurado existe uma campainha azul de tamanho exagerado, e sobre cada um deles existe uma representação em 3D do logotipo do *Campainha da Justiça*, que está levemente iluminado e piscando lentamente.

O volume da música de abertura, um tema agitado e rápido, vai diminuindo e a apresentadora, Kristina, usando um terno cinza de risca-de-giz feito sob medida com uma blusa azul-clara decotada, entra no palco. Ela sorri e afasta os cabelos loiros e ondulados para o lado. Os aplausos da plateia se encerram.

KRISTINA: Olá, e sejam bem-vindos ao episódio de hoje de *Campainha da Justiça*, em que teremos, eu garanto a vocês, a cobertura exclusiva dos crimes, mentiras e termos de prisão; a inocência tranquila *versus* a culpa furiosa. Teremos lágrimas, teremos verdades e, muito provavelmente, teremos chiliques!

A plateia aplaude e é possível ouvir um murmúrio de "oooh".

KRISTINA: Sim, com certeza, temos muita coisa para ver, podem acreditar. Por isso, vamos começar rapidamente e dar as boas-vindas ao nosso quadro de jurados de hoje, que tem a incrível oportunidade de fazer justiça. Não se esqueçam, senhoras e senhores: basta uma maioria simples. Se duas campainhas forem pressionadas, dois votos de "culpado" são declarados e o nosso acusado é condenado!

Ela faz uma pausa. As luzes sobre os jurados ficam mais fortes e Kristina vira-se de frente para eles.

KRISTINA: Uma salva de palmas digna do *Campainha da Justiça* para a jurada número um — Ava, uma pensionista de Camden cuja maior ambição na vida é aparecer na televisão.

A câmera foca na efervescente Ava, que está acenando loucamente, antes de passar para o próximo jurado.

KRISTINA: Vamos dar um olá para Sadiq, o jurado número dois. Vindo de um pequeno vilarejo em Derbyshire, ele sonha com um futuro na indústria da música.

Sadiq sorri calorosamente.

KRISTINA: E finalmente, mas nem por isso menos importante, a jurada número três — nossa aspirante a atriz Candice, de Birmingham.

A câmera aponta para Candice. Ela faz uma pose, joga o cabelo para trás e abre um enorme sorriso.

KRISTINA: Que grupo inspirador de jurados sedentos por justiça nós temos hoje com a responsabilidade de tomar as decisões! Vamos trazer nosso primeiro criminoso, alguém que já deve ser familiar para muitos de vocês. Para mim, ele certamente é familiar: é um ex-prisioneiro do corredor da morte, e participou recentemente como convidado do *Morte é Justiça*. Sim, ele, o inigualável... Gus Evans!

A música toca enquanto as luzes dos refletores correm pelo estúdio, iluminando Gus, um homem magro e desgrenhado, que sai dos bastidores vestindo *jeans* rasgado e desbotado e uma camiseta amarrotada. Acompanhado por um segurança, ele caminha até o banco dos réus mantendo a cabeça baixa e toma o seu lugar. O guarda vira a chave na fechadura. A música para de tocar e as luzes voltam a se firmar.

KRISTINA: Gus, que maravilha é ver você de novo. Vamos pensar, já faz... uma semana?

Ela ri dele. Gus faz que sim com a cabeça lentamente.

KRISTINA: Bem, eu mal posso esperar para saber no que você andou se metendo nestes últimos sete dias e descobrir exatamente o que o trouxe até aqui para ser julgado. Sem mais delongas, vamos dar uma olhada.

Ela se vira para a tela que está colocada atrás dele, exibindo as gravações do dia anterior feitas pelas câmeras de circuito fechado do renomado prédio que abriga o corredor da morte. Grandiosa e imponente, trata-se da fachada do sistema de justiça que não conhece remorso: a dor dos prisioneiros que passam pelas celas do corredor da morte — uma para cada dia da semana —, escondidas por suas portas elegantes e o frontão espelhado. A realidade da sentença dada pelo voto popular no sétimo dia é obscurecida pelo logotipo de neon em forma de olho logo acima, além de suas promessas de entretenimento para todos que sintonizarem o canal para assistir.

As imagens mostram Gus, que está a alguma distância de uma multidão de pessoas que seguram cartazes com dizeres como "Uma Vida Por Uma Vida", ou "Exigimos Ruas Seguras". O cartaz que Gus segura diz "Uma Pessoa, Um Voto", e sua boca se move conforme ele fala, apoiando o peso do corpo ora em um pé e ora no outro para se manter aquecido, antes de dar um soco no ar.

Um carro estaciona; Gus joga o seu cartaz no chão e sai correndo. Conforme a multidão cerca o carro, empurrando-o e fazendo o veículo balançar, a câmera se afasta. Gus se perde entre a multidão. O carro é virado de lado, e em seguida de cabeça para baixo. O vidro se espatifa, espalhando cacos pela rua, e a cena é cortada antes de se aproximar em zoom, com uma imagem mais granulada: uma mulher jovem chorando no chão, e depois um homem idoso sentado na calçada, pressionando um pedaço de pano contra a testa ensanguentada. A imagem muda novamente, mostrando uma imagem congelada de Gus, com o rosto contorcido pela raiva e as mãos encostadas no carro que está virado de cabeça para baixo.

Kristina se vira para Gus e balança a cabeça negativamente.

KRISTINA: Acho que falo por todos nós quando digo que estamos chocados com as imagens do seu comportamento. Uma conduta que claramente fez com que cidadãos inocentes fossem feridos, como aquela moça e aquele frágil senhor, entre muitos outros.

Ela volta a ficar de frente para a tela.

KRISTINA: Mas vamos ver qual é a sua verdadeira acusação aqui.

A imagem de Gus desliza para o lado direito da tela, enquanto à esquerda a palavra "CRIME" se ilumina em grandes letras azuis. Abaixo da palavra, uma fileira de LEDs começa a piscar e a tensão cresce. As luzes param de piscar com uma explosão; elas formam uma lista: PROVOCAÇÃO DE TUMULTO, PERTURBAÇÃO DA PAZ, INCITAÇÃO À VIOLÊNCIA.

A plateia murmura.

No banco dos réus, Gus levanta as mãos no ar e sua boca se abre e fecha, mas não é possível ouvir nenhum som. O guarda de segurança solta o cassetete do cinto e dá algumas pancadinhas no vidro, em sinal de aviso.

KRISTINA: São três acusações contra a ordem pública. Três. O que achamos disso, senhoras e senhores?

Ruídos de desaprovação se espalham pela plateia.

KRISTINA: É esse o tipo de homem que queremos ver em nossas ruas? Alguém a quem anteriormente demos o benefício da dúvida, mas que o jogou de volta em nossas caras? Alguém que fingiu ser um aliado do nosso programa-irmão, *Morte é Justiça*, mas que continuou a se associar com criminosos? Alguém dos pobres Arranha-Céus, alguém a quem beneficiamos e apoiamos, mas que mesmo assim demonstra ingratidão pela nossa gentileza? Nós o queremos em nossas ruas?

A plateia vaia.

KRISTINA: Não enquanto eu estiver por aqui, e tenho dito. Mas essa decisão não é minha. Ela pertence a vocês; ao povo. A sua terra, as suas regras, a sua democracia — em suas mãos. A decisão está com os três representantes que bravamente se ofereceram para executar a tarefa, que pagaram do próprio bolso pelo privilégio e pela responsabilidade de representar os pensamentos e as opiniões de vocês, nosso público. Mas, antes de mais nada, vamos descobrir qual seria a sentença de Gus Evans se os nossos jurados o considerarem culpado.

Mais uma vez, ela se volta para a tela. Abaixo da lista de crimes, a palavra TOTAL aparece e, ao seu lado, uma fileira de LEDs pisca, e mais uma vez para com uma explosão. As luzes exibem: "7 ANOS". Kristina solta um assobio baixo.

KRISTINA: Você acumulou uma bela sentença, Gus. Não acham, telespectadores? Dou a minha palavra a vocês. Mas devo dizer que é bem merecida. E, é claro, serve como uma mensagem vital e um aviso a quaisquer outras pessoas que pensem em abalar a paz de nossas ruas.

Ela atravessa o estúdio, indo na direção de Gus.

KRISTINA: Mas, é claro, nesta verdadeira democracia em que vivemos, não podemos pedir aos jurados que decidam por um veredicto sem antes ouvir o que o nosso réu tem a dizer.

Ela para diante do banco dos réus. Então, os holofotes sobre ela e Gus se acendem.

KRISTINA: Gus Evans, você tem trinta segundos para fazer a sua declaração, começando...

Na tela atrás deles, a imagem de Gus na cena do crime é substituída por uma contagem regressiva digital em caracteres grandes. O som crepita quando o microfone de Gus é ligado.

KRISTINA: Agora!

O mostrador imediatamente exibe 29 segundos.

GUS: Err...

KRISTINA: Esses preciosos segundos são seus para nos convencer da sua inocência, Gus. Não os desperdice!

GUS: Eu... bem... tudo que eu fiz...

KRISTINA: Talvez você sinta que a honestidade seja a sua melhor estratégia aqui. Embora eu precise destacar que, diferente do nosso antigo sistema de justiça, *nós* não fazemos acordos!

Ela ri.

KRISTINA: Acreditamos em castigos adequados e justos para crimes, e não em leniência por admitir que você é um criminoso quando os fatos já estão diante dos nossos olhos.

O mostrador exibe: 16.

GUS: Eu não fiz nada! Eu estava segurando um cartaz, só isso! Não provoquei nenhum tumulto! Não causei violência nem nada! Isso é uma besteira do c...

A voz dele é cortada. O mostrador exibe: 00. Sua boca se move conforme ele grita, sem qualquer som, gotas de cuspe molhando o vidro, suas palmas batendo contra a superfície, e tudo ficando manchado e embaçado.

A câmera aponta para Kristina, que está sorridente.

KRISTINA: Receio que o seu tempo acabou, Gus. Vamos concentrar a atenção nos nossos jurados. Será que eles acham que a justiça é tão importante quanto nós achamos, telespectadores? Plateia?

Os saltos de Kristina estalam pelo estúdio conforme ela se aproxima dos jurados. A iluminação muda, e os holofotes agora estão sobre Ava, Sadiq e Candice. Acima deles, os logotipos em forma de olho piscam de forma ritmada conforme cada íris brilha em um tom azul-gelo.

Na tela, o cronômetro volta a marcar: 30.

KRISTINA: Jurada número um, Ava, vamos conversar com você primeiro. Você viu as imagens dos vídeos, ouviu a defesa de Gus, e agora tem trinta segundos para tomar a decisão.

A contagem regressiva é acompanhada por um tique-taque alto conforme o tempo diminui. A mão idosa de Ava paira sobre o botão diante dela.

KRISTINA: Ava, vou ter que apressá-la. Se você deseja declarar Gus culpado e mandá-lo para a prisão por sete anos, então você tem...

Ela olha rapidamente para a tela.

KRISTINA: ...dez segundos para decidir. Lembre-se: aperte o botão para considerá-lo culpado, ou não pressione se você acha que ele é ino...

Ava bate com as duas mãos na campainha. Acima dela, o olho se ilumina, estala alto e uma luz azul mais forte se acende sobre ela.

KRISTINA: Já temos um voto, faltam dois. Precisamos de uma maioria. Gus, se Sadiq considerá-lo culpado, você sairá do estúdio imediatamente para começar a cumprir sua sentença. Sadiq, sua decisão, por favor.

O mostrador começa a contagem regressiva outra vez. As mãos de Sadiq estão pousadas sobre a mesa, com as palmas para baixo, uma de cada lado da campainha. Ele olha fixamente para o botão. O azul do olho brilha sobre ele. Suas mãos tremem.

KRISTINA: Quinze segundos, Sadiq.

Ele ergue as duas mãos e elas pairam acima da campainha.

KRISTINA: Dez.

O mostrador pulsa com cada segundo. A plateia recita a contagem regressiva. Sadiq olha para Gus, cruza os braços diante do peito e faz um sinal negativo com a cabeça.

KRISTINA: Cinco. Ainda há tempo, Sadiq. Três. Dois. Um.

O olho acima de Sadiq se fecha e a luz se apaga. Ele é engolido pela escuridão.

KRISTINA: Bem, senhoras e senhores, telespectadores de casa, que surpresa! Eu pensava que este seria um caso rápido e sem complicações. Parece, Gus, que você conquistou uma possibilidade de salvação. Mas talvez não por muito tempo!

Kristina se aproxima da próxima pessoa.

KRISTINA: Jurada número três, Candice. A decisão é toda sua. O destino de Gus está em suas mãos. Mas essas mãos estão prontas para fazer justiça? Esperamos que sim. Tudo depende de você. Acione a campainha e Gus Evans, um ex-detento do corredor da morte e agora acusado por três — sim, *três* — crimes contra a ordem pública que causaram ferimentos em centenas de civis inocentes, cumprirá os seus sete anos na prisão. Candice, escute o seu coração. Seus trinta segundos começam... agora.

O cronômetro começa outra vez. Cada segundo brilha em azul pelo estúdio escurecido.

Candice coloca as mãos no rosto, fingindo estar horrorizada. A plateia oferece conselhos aos gritos; ela se vira para vê-los. Alguns apontam os polegares para baixo; alguns balançam a cabeça negativamente.

CANDICE (gritando): Não sei o que fazer!

Ela estende os braços e pousa as duas mãos sobre a campainha. Elas tremem. A plateia vibra, mas quando ela olha para Gus, seus olhares se cruzam. Ele abre um sorriso e ela afasta as mãos outra vez.

A plateia vaia e xinga.

KRISTINA: Quinze segundos, Candice. Pergunte a si mesma: você gostaria de ser apanhada em meio a um tumulto com este homem? E se fosse a sua mãe? Ou a sua avó, talvez? O que o seu coração está mandando você fazer? Doze segundos.

CANDICE (gritando): Não sei!

A contagem regressiva no mostrador pisca em dez... nove...

Candice volta a olhar diretamente para a plateia. Um homem a encara intensamente.

KRISTINA: Sete segundos, Candice, seis... você precisa agir agora.

O homem forma silenciosamente algumas palavras com a boca para ela, e Candice leva a mão ao bolso. Sem que a câmera veja, ela olha rapidamente para um cartão de visitas. Há um endereço anotado no cartão e as palavras “teste de atriz amanhã, se ele for condenado”.

KRISTINA: Três... dois...

Candice olha para o homem e para a campainha outra vez.

KRISTINA: Um...

Candice bate com as duas mãos, e acima dela o olho brilha ainda mais intensamente, banhando-a com uma luz azul cintilante.

No palco, Gus balança o corpo de um lado para o outro e passa a mão pelos cabelos revoltos. Sua boca forma palavras que não podem ser ouvidas. A plateia vibra. Kristina sorri.

KRISTINA (falando ainda mais alto que o barulho da plateia): Bem, senhoras e senhores, telespectadores, plateia, um bom resultado, creio eu. Um resultado que certamente vai fazer com que todos se sintam mais seguros ao caminhar pelas ruas. Gus Evans, apesar das suas alegações de inocência, a justiça prevaleceu. O povo falou. Você vai para a cadeia!

Holofotes se acendem e dançam pelo palco enquanto uma marcha da vitória toca a todo volume. O segurança abre a fechadura do banco dos réus.

KRISTINA: Gus Evans, você vai começar a cumprir a sua sentença imediatamente. A severidade dos seus crimes prevê o cumprimento total do seu encarceramento: sete anos que serão cumpridos sem a possibilidade de liberdade condicional ou abrandamento de pena.

Algumas pessoas na plateia se levantam e batem palmas lentamente conforme Gus é levado para o outro lado do palco, com as mãos algemadas para trás, mas com a cabeça ainda levantada.

GUS (gritando): Isso é uma piada! É uma armação! Tudo que eu fiz foi dizer a verdade, mas ninguém quer ouvir! E por isso eles estão me mandando para a cadeia! Acordem, seus idiotas! Acordem!

KRISTINA: Muito obrigada por estarem conosco, telespectadores, e obrigada aos jurados por garantir que a justiça fosse servida.

O guarda arrasta Gus pelo palco, mas, quando ele passa perto da mesa dos jurados, longe do olho da câmera, o homem que falou com Candice sai das sombras.

HOMEM (sussurrando): Nós o avisamos, Gus; você não obedeceu. Este é o resultado. Isso é para mostrar o poder que nós temos. Você não devia ter se esquecido.

O homem volta a se mesclar com a escuridão. Agora, com a cabeça baixa, Gus é levado dali.

## ISAAC

Eu nunca conheci um silêncio como este. Este lugar é tão quieto que eu consigo ouvir o barulho que as minhas pálpebras fazem quando eu pisco os olhos, e da saliva contra os meus dentes quando engulo. A minha própria respiração é quase ensurdecedora.

Não me deixaram fazer uma declaração; disseram que o que eu disse durante o discurso da vítima, ontem, seria usado.

Perguntaram se eu era idiota.

*Por que diabos você assumiu a responsabilidade por aquilo? Especialmente por aquela garota de merda, Honeydew.*

Eu não respondi. Fiquei de boca calada todo o tempo e tentei afastá-los da minha mente enquanto eles raspavam a minha cabeça, arrancavam as minhas roupas e observavam enquanto eu me vestia com os trajes brancos da prisão.

"Não revide", eu dizia a mim mesmo.

E aqui estou eu agora, na Cela 1.

Tenho mais seis celas e seis dias pela frente. Um sistema no qual eu não acredito, que promove mentiras e sensacionalismo, manchetes e boatos em vez de honestidade e verdade. Um público iludido e enganado que decide se alguém deve viver ou morrer, baseado em propaganda ideológica e desinformação.

Tudo é preto ou branco. Culpado ou inocente. Nada de tons de cinza, nada de motivos. Sim ou não, sem qualquer explicação.

A lei declara que é olho por olho.

Eu sabia disso. Sabia quando puxei o gatilho e atirei na minha imitação de pai.

O fato de que Martha morreria se eu não tivesse feito isso não é um motivo válido em um sistema em que não se permite o uso da razão.

Fato: eu o matei.

Fato: eu sou culpado.

Fato: eu vou morrer.

## MARTHA

Quero comer a comida que está diante de mim, porque disseram que me faria bem. Eve, Cícero e Max disseram.

Mas não consigo.

E eu me deito na cama porque disseram que eu me sentiria melhor após dormir e que podemos discutir tudo isso pela manhã.

Mas como eu posso dormir?

O seu rosto, Isaac, está diante dos meus olhos.

A sua mão, Isaac, está tocando a minha.

E as suas palavras estão sussurrando nos meus ouvidos.

Eu não posso dormir.

Não posso comer.

Não posso aceitar um mundo sem você.

Minha cabeça está girando

Não consigo respirar.

Saio pela porta do quarto e vou para o corredor, passando pela cozinha e pela sala, arfando, lágrimas que eu não quero escorrendo pelo meu rosto.

Sinto-me enjoada.

Minhas mãos estão formigando.

Elas vacilam ao tocar na fechadura, e eu abro as enormes portas de correr.

O frio me atinge como uma tijolada.

Me desperta.

Me obriga a aspirar o ar gelado.

E então, meus pés esmagam a geada enquanto eu desabo sobre a grama.

Meu Deus, que saudade eu sinto de você, Isaac.

Sinto muito.

Sinto muito mesmo.

Eu me viro e deito de costas.

O vento sopra.

Eu tremo.

Estou olhando para o céu pálido, desejando que fosse noite, e consigo ver...

As estrelas, nossas estrelas, Isaac.

Que não conhecem a culpa ou a inocência.

Que brilham sobre mim como brilham sobre você.

Você está olhando por aquela janela minúscula agora, olhando para o alto, para os céus, assim como eu?

Eu apago todo o resto e imagino que você está aqui, ao meu lado, e tenho certeza de que sinto a sua mão pegar na minha.

## ISAAC

"Negue, negue, negue", disse-me o meu suposto pai certa vez.

Eu disse a ele que havia colado na prova, que copiei de um garoto que sentava ao meu lado. Contei a ele, com as bochechas ardendo de vergonha, que entrei em pânico e não conseguia me lembrar de como fazer o gráfico e expliquei que o garoto percebeu que estava colando dele e contou para a professora.

Ele riu de mim. — Tudo que você precisa é de um par de colhões — disse ele, zombando.

Minha madrasta Patty entrou e nos viu na cozinha juntos; uma imagem incomum. Lembro-me de Jackson balançando negativamente a cabeça quando explicou o que havia acontecido.

— Eu disse a ele — falou ele, apontando para mim. — Eles não podem provar nada. Negue. Não há nada com que se preocupar.

Mas eu queria ser punido; eu merecia. Colar na prova havia me dado uma nota A e me incluiria no grupo dos melhores alunos, quando eu não merecia estar ali. Ainda assim, eu vi algo parecido com orgulho nos olhos de Jackson, em vez de decepção.

— Você aproveitou a oportunidade quando ela surgiu — disse ele. — Fez um bom trabalho.

— Eles não podem provar nada — concordou Patty. — É a sua palavra contra a dele. A professora não viu você colando, não foi? Apenas o garoto.

— Ela tem razão — disse Jackson. — Se você quiser chegar a algum lugar nesta vida, então fique de olho no primeiro lugar, e passe por cima de quem for necessário para chegar até lá. Tudo que você fez foi usar a sua iniciativa.

— Não — eu sussurrei. — Eu trapaceei.

Patty me olhou como se eu fosse um retardado. — Tão inocente quanto você era quando nos conhecemos. — Ela olhou para Jackson, e em seguida deu um passo em minha direção. — Ninguém nesta vida vai ajudá-lo, a não ser você mesmo. Olhe para o seu pai; como você acha que ele chegou onde está hoje? Aproveitando-se das situações que apareciam — disse ela. — Eu o ensinei a fazer isso.

Jackson não respondeu; já estava saindo da cozinha.

Na escola, no dia seguinte, diante do coordenador enquanto ele me acusava de colar na prova, eu não consegui ter forças para negar o que houve, e acabei contando a verdade. Quando Patty ouviu que eu iria encarar uma semana de castigo após a aula, ela me chamou de idiota. Mas tudo que Jackson fez foi levantar o seu jornal para ler. A manchete "Isaac Paige nomeado como embaixador dos crimes cometidos por adolescentes" encobriu o seu rosto e a minha própria foto me encarou de volta.

Eu não tinha nenhum argumento naquela ocasião; eu era culpado. Sabia disso quando olhei para o que o outro garoto havia escrito. E eu não tenho argumentos agora; sou culpado, e eu sabia disso quando puxei o gatilho. Mesmo assim, eu fiz o que fiz.

Olho por olho.

...

Puxo a cama até a janela. Ela se arrasta ruidosamente no chão, mas ninguém vem verificar a origem do barulho. O céu é um azul vívido de inverno. O nosso céu, Martha, e as nossas estrelas ainda estão lá, embora estejam escondidas pela luz do dia agora.

Se eu virar a cabeça em um ângulo desconfortável, posso ver o caminho pelo qual eu andei até a área de visualização. Há uma árvore lá embaixo. Parece estar fora de lugar, como se alguém a houvesse plantado perto demais do prédio.

Os galhos estão desfolhados, esperando que a vida volte a cobri-los na primavera.

Ah, mas há vida, mesmo assim; um pássaro e um ninho. Começo a imaginar se ele vai sobreviver ao inverno. Talvez alguém o esteja alimentando e ajudando. Espero que sim.

Você o viu enquanto estava aqui, Martha?

Eu queria que pudéssemos pelo menos ter conversado depois da sua sétima cela.

Queria poder ter estado com você por mais tempo, segurado você em meus braços, e dito que a amo, e que tenho orgulho de ser seu amigo.

Sete dias atrás, era você quem estava aqui, deitada nesta cama, dentro dessas paredes brancas.

Aqui dentro o tempo passa muito rápido. Não espera por nada nem por ninguém.

Eu e você, Martha, lutamos para mudar o sistema de justiça, para livrá-lo da corrupção e torná-lo justo, e ainda estamos lutando. Mas, mesmo se conseguirmos vencer essa batalha, será que ainda haverá a pena de morte? É isso o que as pessoas deste país querem?

E o simples fato de quererem alguma coisa, faz com que ela seja certa?

## O PRIMEIRO-MINISTRO

Um jato particular está na pista do aeroporto, sob um céu azul e vívido de novembro.

A porta se abre e, ladeado por dois agentes de segurança, o primeiro-ministro sai do avião. No alto da escada de metal, ele faz uma pausa para ajustar os óculos de sol espelhados, e eles brilham refletindo o sol do inverno. Com um sorriso que mostra seus dentes brancos estonteantes, ele desce os degraus e dá alguns passos na direção do público, atravessando a pista, rumo à imprensa e ao público que o aguardam.

Erguendo os dois braços para pedir silêncio, ele examina os rostos e as câmeras, esperando até que o ruído se aquiete e que ele tenha a atenção total dos presentes antes de falar.

— Senhoras e senhores, agradeço pela recepção tão calorosa no meu regresso ao país, especialmente em um dia em que não faz calor algum.

A plateia solta algumas risadinhas e ele sorri outra vez.

— Diferente do azul sobre nós, entretanto, parece que estivemos sob céus um pouco tempestuosos ultimamente. Estive assistindo ao desenrolar dos eventos relacionados ao nosso sistema de justiça enquanto estava no exterior, e fiquei observando particularmente alguns detentos que estão no corredor da morte com intensidade, interesse e profunda preocupação.

Ele faz uma pausa, estufa o peito e ergue o queixo.

— É de suma importância lembrarmos que o nosso sistema de justiça é vanguardista em todo o mundo, inovador e inspirador. É vital resistirmos a qualquer reação desesperada aos acontecimentos recentes. E é o nosso dever, como cidadãos, proteger o nosso sistema daqueles que foram injustamente manipulados por alegações fantasiosas feitas por algumas pessoas.

— Permitam que eu pergunte: qual outro país do mundo possibilita que cada um de seus cidadãos possa ser um jurado em cada caso? Alguém consegue me responder isso?

De maneira firme e tranquila, ele observa o seu público.

Eles estão em silêncio.

— Sabem por que vocês não conseguem responder a essa pergunta? Porque não há resposta. Nós somos icônicos, somos pioneiros, somos o modelo a ser copiado. Peço a vocês que jamais se esqueçam disso. Muito obrigado.

Ele começa a se afastar.

— Mas, primeiro-ministro — grita um jornalista. — E sobre o caso de Martha Honeydew? Ela era inocente. E se ela houvesse sido executada? Como isso iria refletir no nosso sistema jurídico?

O primeiro-ministro para.

Por um momento ele fica parado e, em seguida, vira-se para a plateia e faz um sinal afirmativo com a cabeça. — Frequentemente, na vida, e especialmente na liderança, há a necessidade de questionar o significado e as expectativas da sociedade sobre conceitos como a inocência. É preciso fazer esses questionamentos aqui.

— Primeiro-ministro! — grita outro. — Ela demonstrou que o sistema é uma palhaçada, não foi?

O primeiro-ministro sorri e faz que não com a cabeça. — Acredite nisso e o palhaço será você — responde ele. — Se aqueles que fazem tais acusações parassem para examinar como o sistema de justiça funciona, ficaria aparente que a possibilidade de influenciar as decisões tomadas em relação à inocência ou culpa no corredor da morte é totalmente desprezível.

Novamente ele tenta se afastar, mas uma enxurrada de perguntas o atinge. Microfones e gravadores apontados para o seu rosto. Ele dá um passo despreocupado para trás e sorri para a multidão.

Uma das perguntas surge, mais alta que as outras.

— E a corrupção?

Ele tira os óculos de sol do rosto. — Como assim? — retruca.

— Muitas acusações foram feitas ontem. O garoto, Paige, tinha uma quantidade substancial de provas e fez muitas alegações importantes. Alegações de que foi o seu pai, Jackson, que matou a mãe de Martha Honeydew. Se isso for verdade, significa que o homem executado pelo crime era inocente, e havia também o vídeo...

O primeiro-ministro levanta a mão. — Permita-me interrompê-lo bem aí. Alegações sem embasamento como essa não são nada além de tentativas feias e amadoras de sabotar aquilo que nós, neste país, consideramos ser certo. Não vou admitir...

— Mas elas tinham embasamento. O garoto tinha provas. E os documentos de Jackson que ele pegou...

O primeiro-ministro ri. — Isso é precisamente o motivo pelo qual eu temo pelo nosso país, e contra o que devemos nos unir para combater. Pessoas que usam esses boatos não fazem nada além de sabotar o que tantos de vocês, o público, lutaram por anos para conquistar, e aquilo que vocês realmente merecem. Ou seja: paz, segurança, ordem.

— Não nos esqueçamos de que as estatísticas sobre crimes violentos caíram dramaticamente desde a adoção do Votos para Todos. Vocês querem jogar essa segurança e ordem pela janela? Eu duvido. Essas acusações são simplesmente isso: acusações, e não vale a pena nos preocuparmos com elas. Na realidade, uma das muitas razões pelas quais as cortes foram dissolvidas foi a ameaça constante da corrupção que podia impedir, e que realmente impediu, que os culpados fossem condenados perante a justiça. Traficantes de drogas conseguiam sentenças menores se entregassem os nomes de seus comparsas; assassinos tinham sua sentença abrandada se confessassem que eram culpados de seus crimes e policiais saíam impunes se concordassem em fechar os olhos para alguma outra coisa.

— Isso tinha que parar! — Ele ergue a palma para a plateia. — E parou. Graças a vocês, o público. E eu peço a vocês: tenham orgulho daquilo que conquistamos juntos. Não se arrisquem a jogar tudo no lixo por causa de boatos e fofocas. Nós, vocês e eu, e a equipe do meu gabinete, juramos que não vamos tolerar a corrupção sob qualquer forma, que vamos lutar contra ela, e, senhoras e senhores, eu me orgulho em dizer que essa ainda é a nossa posição.

— Levamos aquelas alegações muito a sério, e, seguindo as instruções que dei enquanto estava em férias, a polícia e o esquadrão de crimes hediondos as investigaram, analisaram-nas meticulosamente e descobriram que eram falsas. Os documentos supostamente retirados do escritório de Jackson Paige, assim como as gravações das câmeras de vigilância, não eram nada além de mentiras muito bem elaboradas.

Ele faz uma pausa e observa o seu público.

—Vamos nos orgulhar da nossa firmeza moral, e juntos, vamos ser fortes. Não deixem que os devaneios daqueles que são mais fracos do que nós zombem de algo que é tão importante.

Os flashes das câmeras disparam e microfones são colocados diante do seu rosto enquanto uma jovem mulher caminha até o lado dele.

— É melhor irmos agora, senhor — sussurra ela.

Com um sorriso nos lábios, ele acena para a sua plateia e sai em direção ao prédio do terminal.

Sofia, com os sapatos de salto silenciosos, calça social e um blusão elegante, segue logo atrás, com um fardo de pastas nos braços e uma prancheta equilibrada sobre o monte. Ela se mescla à paisagem; mesmo assim, seus olhos estão por toda parte e tudo está em seu radar.

Do outro lado do piso de concreto, eles entram no prédio, bem longe dos olhares observadores e ouvidos enxeridos, e o sorriso do primeiro-ministro desaparece. Seu rosto se contorce em fúria e ele se vira, colocando as mãos nos quadris enquanto marcha de um lado para o outro.

— Mas que inferno! — grita ele. — Aquela garota aprontou uma confusão enorme. Isso tem que ser abafado agora! — Ele para de andar e faz um gesto negativo com a cabeça. — Que inferno! — diz ele outra vez, bufando e inflando as bochechas. — Sofia, o que há na minha agenda de hoje?

— Há muitas pessoas pedindo para falar com o senhor — responde ela conforme recita uma lista que está em sua prancheta. — O *National News* gostaria de entrevistá-lo. O *Morte é Justiça* quer saber se o senhor aceita participar do programa como convidado especial, ou talvez em uma participação ao vivo por satélite. Um programa de entrevistas o convidou, a revista *Celebrity Now!* quer publicar um artigo...

Ele ergue a mão para silenciá-la. — Nenhum desses — diz o primeiro ministro. — Quero falar com Patty Paige. Traga-a para mim.

## DIANTE DO PRÉDIO DO CORREDOR DA MORTE

Martha está sentada no banco traseiro do carro, tamborilando os dedos no plástico empoeirado da porta.

Eve vira a chave e o motor fica em silêncio. Seus olhos azuis cansados olham pelo espelho retrovisor.

— Não acho que isso seja uma boa ideia — diz ela a Martha.

— Então me dê uma melhor — responde Martha. — Você sempre teve muitas ideias boas desde que eu a conheci... Já faz quanto tempo? Uma semana?

No assento do passageiro, Cícero se vira para trás, com as sobrancelhas erguidas quando olha para Martha. — Você está viva, não está? — esbraveja ele. — O que você acha que teria acontecido se Eve não fosse a sua psicóloga no corredor da morte?

Eve balança a cabeça negativamente. — Isso não importa — responde ela.

— Importa, sim! — Ele bate com o punho no assento. — Nós nos colocamos em perigo por você, Martha! E Max também. O que você acha que teria acontecido se as autoridades descobrissem que foi Max quem hackeou o sistema na sua Cela 7 e mostrou às pessoas que você não matou Jackson? Ou se tivessem descoberto que fui eu quem ligou para o programa, com a voz disfarçada, para poder lutar ao seu lado? Ou se soubesse que Eve passou as mensagens que você e Isaac trocaram? — Seu rosto fica repuxado.

Logo atrás, Martha parece se encolher no assento.

— Ei — diz Cícero. Sua voz fica menos incisiva. — Você parou para pensar em quais poderiam ter sido as consequências?

Eve pousa a mão sobre a coxa dele. — Agora não.

Cícero suspira e volta a olhar para a frente.

Por um momento, todos ficam sentados em silêncio.

Martha ergue um braço, limpa o vapor que se condensou na janela e olha para fora. Do outro lado da rua, repórteres olham para o carro.

— Desculpem — murmura ela. — Você tem razão. Todos vocês me ajudaram a sair daí. Obrigada.

— Trabalho em equipe — responde Eve. — Não éramos nós que estávamos enfiados aí dentro.

Martha dá de ombros. — Preciso que o público ouça o que eu tenho a dizer — diz ela, discretamente.

Eve aperta o botão que solta o seu cinto de segurança, vira-se de frente para Martha e a observa por um momento.

Após algum tempo, Martha olha para ela. — Eu entendo — diz a garota. — Mas eu preciso que eles saibam que eu não sou um monstro. E o quanto...

Ela faz uma pausa e respira fundo. — Isaac... o quanto... o que ele... — Ela desvia o olhar, passando a manga da camisa pelo rosto.

— Quer que eu entre com você? — pergunta Eve.

Martha faz que não com a cabeça. — Vou ficar bem — diz ela. — Mas... — ela para por um momento e aspira o ar, profundamente. — Vocês ainda vão estar aqui quando eu sair, não é?

Eve abre um sorriso fino e faz que sim com a cabeça. — É claro — responde ela.

## 18H30 – O PROGRAMA *MORTE É JUSTIÇA* ESTÁ COMEÇANDO

Em uma tela azul-escuro, faíscas brancas zunem e estalam como a eletricidade. Um olho grande com a íris azul-gelo aparece no meio. Ele pisca e as palavras giram em um círculo ao redor da pupila preta.

VOZ DO LOCUTOR: Olho Por Olho Produções apresenta...

As palavras param de girar. O som de eletricidade ganha força mais uma vez e o estilo das palavras deixa de ser sólido e uniforme, adquirindo contornos serrilhados. O olho fica vermelho e se fecha.

VOZ DO LOCUTOR: ...a edição de hoje do programa *Morte é Justiça*, com o nosso apresentador...

O azul some gradualmente e as luzes se acendem em um estúdio elegante. O piso amplo reflete as luzes do estúdio em sua superfície metálica e azulada. À direita há uma tela enorme, tomada pelo logotipo do olho. As palavras giram lentamente ao seu redor e o olho pisca enquanto, à esquerda, há uma mesa reluzente com banquetas altas e lustrosas colocadas nas laterais atrás do móvel, de frente para a plateia do estúdio, mas escondida nas sombras.

VOZ DO LOCUTOR: ...Joshua Decker!

As luzes se acendem e Joshua está em pé, diante da mesa. Ele usa um terno azul-marinho de corte slim com uma camisa social branca imaculada. A gravata estampada reflete as luzes dos holofotes e seus sapatos fazem barulho conforme ele anda pelo piso do estúdio. Ele pisca o olho para a plateia que vibra e aplaude.

JOSHUA: Senhoras e senhores, telespectadores, plateia, que recepção maravilhosa! Obrigado! É um prazer incrível estar novamente aqui, com vocês, neste programa tão icônico.

A plateia aplaude com mais força.

JOSHUA: Sim, a nossa querida Kristina Albright está respirando novos ares. Ela agora é a apresentadora do nosso programa diurno, o *Campainha da Justiça*. Se vocês ainda não assistiram, eu imploro que o façam. É entretenimento de primeira categoria! A justiça é servida ao vivo e os veredictos são decididos por um painel de jurados formado por pessoas exatamente iguais a vocês. Coloquem a mão sobre aquelas enormes campainhas azuis, decidam se alguém é culpado e bang! Apertem o botão e esperem para ver se a escolha da maioria está a seu favor. Vocês querem fazer parte disso?

A plateia está em silêncio.

JOSHUA: Eu disse: vocês querem fazer parte disso?

PLATEIA: Sim!

JOSHUA: Então, acessem o site www.olhoporolhoproducoes.com, cliquem na aba *Campainha da Justiça* no alto da tela e inscrevam-se para comprar seus ingressos! Um preço excelente de 99 libras para estar na plateia, ou 499 libras para participar como jurado, uma função importante e com plenos poderes. Os jurados julgam não somente um, mas todos os casos daquela sessão. Em que outra sociedade vocês podem estar na mais absoluta vanguarda da justiça? Que emoção! Já estamos com uma longa lista de espera, então acessem o site hoje mesmo e façam sua inscrição. Mas, de volta ao programa de hoje...

Ele se detém por um momento.

JOSHUA: Sim, eu mal consigo acreditar que sou o apresentador de vocês, e eu os agradeço pelo entusiasmo e pela recepção calorosa. Sinto-me honrado e privilegiado.

Os aplausos irrompem mais uma vez.

JOSHUA: E por falar em privilégio... Seria possível que uma pessoa possa ter mais privilégios em sua vida do que a nossa adição mais recente ao corredor da morte, Isaac Paige? Ele tinha um belo futuro diante de si, mas decidiu jogar tudo fora por conta de um capricho. Ou será que não? O que vocês acham?

Um murmúrio se espalha pela plateia.

JOSHUA: Muitas pessoas acreditam que isso é um desperdício. Mesmo assim, talvez suas intenções tenham sido nobres. Talvez ele fez o que fez por amor? Um crime movido pela paixão. Se for assim, então eu pergunto a vocês, telespectadores: o que vocês fariam pela pessoa que mais amam no mundo?

A plateia fica completamente em silêncio. Joshua parece gemer um pouco e ergue a mão, de maneira rápida e súbita, até a orelha. Recompondo-se, ele continua.

JOSHUA (com um tom de cumplicidade): Ou talvez, como algumas pessoas chegaram a sugerir, ele tenha sido manipulado a agir daquela forma, e a falsificar o que ele chamou de provas de corrupção. Uma questão difícil de se ponderar.

Perto da plateia, ele para e sorri para uma mulher que está na primeira fila. Ela solta uma risadinha e alguns murmúrios começam a se espalhar. Com uma piscadela de olho, ele volta a encarar a câmera.

JOSHUA: Talvez a nossa convidada de hoje possa trazer um pouco de luz para essa situação. Sim, senhoras e senhores, plateia, telespectadores em casa. Esta noite nós temos uma convidada muito especial para vocês. Talvez a única pessoa capaz de explicar tudo isso. Tenho certeza de que vocês pensaram que isso nunca iria acontecer, mas hoje, logo após a sua soltura, vamos falar com a garota que escapou do corredor da morte em pessoa. Por favor, uma salva de palmas para... Martha Honeydew!

A batida da música ressoa pelo estúdio, as luzes giram e vibram, e Martha sai dos bastidores. O aplauso da plateia é discreto conforme ela caminha até onde Joshua está, ficando em pé ao lado da mesa. Ele sorri e se aproxima para abraçá-la, mas ela se enrijece e recua, e o momento é embaraçoso.

Conforme o volume da música diminui e as luzes se firmam, ele e Martha assumem seus assentos.

JOSHUA: Martha, é muito bom ver você. Muito bom mesmo. Todos nós ficamos aliviados em ver você libertada.

MARTHA: Obrigada.

JOSHUA: Temos informações de que, no momento, você está hospedada com a psicóloga... ou ex-psicóloga, devo dizer, Eve Stanton. Isso é verdade?

MARTHA (assentindo): Sim, é verdade.

JOSHUA: Por enquanto.

MARTHA: Como assim?

JOSHUA: Eve está permitindo que você fique hospedada com ela por enquanto.

MARTHA: Eu... eu não estou entendendo.

Joshua ri e seus olhos passam pela plateia gélida antes de voltar a se concentrar em Martha.

JOSHUA: Por acaso você sabe o que o Inspetor-Detetive Hart, do esquadrão de crimes hediondos, disse ontem à noite, logo depois que você foi libertada?

Martha olha fixamente para Joshua.

MARTHA: Eu... não...

O estúdio fica em silêncio. Ele olha para a plateia.

JOSHUA: Oh, que pena. Bem, senhoras e senhores, parece que vamos ter que soltar uma bomba sobre a nossa pobre srta. Martha. Martha, se quiser assistir...

O logotipo do olho se move para o lado direito da tela, enquanto, na esquerda, há uma imagem estática do Inspetor Hart, com a fileira de medalhas em seu uniforme refletindo os holofotes.

O vídeo começa. Martha está paralizada.

INSPETOR HART (gravação): Todo esse processo foi uma farsa completa. Eu disse desde o começo que havia muito mais coisas envolvidas neste caso do que aquilo que enxergávamos a princípio, e, infelizmente, ficou provado que eu estava certo. Honeydew fez as autoridades, a vítima, Isaac Paige, a polícia e vocês, o público, de palhaços. Como membro votante da sociedade, eu fico indignado por ela ter se aproveitado de pessoas comuns, inocentes e vulneráveis, e prometo pessoalmente a cada um de vocês que isso nunca mais vai voltar a acontecer. Apesar de Martha não estar sendo processada por desperdiçar o tempo da polícia, posso garantir a vocês que, enquanto conversamos, planos estão sendo traçados para levá-la até uma instituição de saúde para avaliar suas necessidades psicológicas assim que possível, e ela será supervisionada continuamente até que essa hora chegue. Ela pode ser inocente do crime pelo qual foi colocada no corredor da morte, mas isso não significa que ela tem condições de andar pelas ruas como uma cidadã livre. Como sempre, a segurança da população é a nossa maior prioridade.

A imagem congela no rosto contorcido do policial. Martha encara a tela fixamente.

JOSHUA (gentilmente): O que você sente ao ver isso?

Martha balança em sua poltrona, fecha os olhos e segura na mesa.

JOSHUA: Martha, o que você sente ao ver isso?

Ela abre os olhos novamente e os fixa na tela.

MARTHA: Náusea.

JOSHUA: Eu lamento ouvir isso. Realmente lamento. Você passou por momentos bem difíceis na semana passada no corredor da morte, não foi?

MARTHA: Não foi mais difícil para mim do que para qualquer outra pessoa, mas o que o Inspetor Hart quis dizer com...

Joshua: Bem, sim, mas você...

Martha: Pode pedir para passarem esse vídeo de novo? Eu quero saber o que ele quis dizer quando falou que eu fiz Isaac de palhaço.

JOSHUA (preocupado): Voltaremos a falar disso, Martha. Como eu disse, você passou por momentos muito difíceis ali dentro. Você era inocente, afinal de contas.

Ela olha primeiro para a tela, depois para Joshua.

MARTHA: Sim, mas outros eram... são, também. Oliver Barkova, por exemplo.

JOSHUA: Você diz isso, mas...

MARTHA: Você sabe disso agora, não é?

Ela vira de frente para a plateia.

MARTHA: Vocês sabem que ele não matou a minha mãe. Vocês sabem que foi aquele desgraçado do Jackson Paige, não é?

A plateia não responde.

JOSHUA: Martha, vou pedir que você modere o seu linguajar.

MARTHA: Mas você sabe que ele era culpado, não é? Jackson Paige? Digo, todo mundo sabe disso agora, não é? Vocês viram o vídeo, ouviram aquela gravação, leram todas as coisas que Isaac encontrou...

Murmúrios e comentários se espalham pela plateia. Algumas pessoas movem a cabeça negativamente, outras estalavam a língua, sem acreditar. Martha franze a testa, olha rapidamente para as pessoas da plateia e depois para Joshua outra vez.

Joshua tensiona os músculos da mandíbula. Parece que vai dizer alguma outra coisa, e em seguida prossegue no tópico.

JOSHUA (sem erguer a voz): Está falando desta gravação?

A imagem na tela muda novamente. O Inspetor Hart é substituído por uma imagem granulada, gravada em câmeras de circuito fechado. O *zoom* está tão exagerado, mostrando Isaac apontando a arma para Jackson, que Martha não está visível. A arma dispara, um clarão branco surge, Jackson desaba. A gravação chega ao fim, é reiniciada e mostra o trecho mais uma vez. Várias e várias vezes.

A plateia se agita, desconfortável. A gravação é pausada quando Jackson cai. No estúdio, a câmera volta a focalizar em Joshua e Martha.

MARTHA: A gravação não está mostrando tudo! Não está mostrando Jackson quando ele me ameaçou. Alguém cortou o vídeo...

MEMBRO DA PLATEIA (gritando): Isaac Paige merece morrer! É olho por olho!

O restante da plateia vibra.

MARTHA: Mas... isso não é certo... Vocês não podem ver o que estava acontecendo... ele fez aquilo para me salvar!

MEMBRO DA PLATEIA (gritando): Ele fez aquilo porque é um desgraçado, um egoísta ingrato. Jackson deu a ele uma chance, tirou-o de um bairro pobre, e o que foi que Isaac fez? Cuspiu tudo de volta na cara do pai!

Martha se levanta. A cadeira tomba atrás dela.

MARTHA (gritando): Não, isso não é verdade!

Ela dá a volta ao redor da mesa e soca o ar.

MARTHA: E as pessoas que Jackson pagava? E os subornos? Os crimes que ele cometeu que foram abafados? Vocês viram tudo isso? E aquela gravação... Jackson havia colocado um cinto ao redor do meu pescoço, pelo amor de Deus! Ele ia me matar! Isaac me salvou. Ele ia me matar!

JOSHUA (com a voz calma): Martha, eu lamento informá-la, mas as autoridades estão alegando que você falsificou as imagens que foram mostradas...

MEMBRO DA PLATEIA: Sua vaca mentirosa, manipuladora!

MARTHA: Não! Vocês viram o que aconteceu. Vocês todos viram o vídeo quando eu estava na Cela 7! Passou na TV!

Ela se vira mais uma vez para Joshua, que está sentado tranquilamente em sua mesa.

MARTHA: Eles não viram? Você não viu? Passou naquele maldito programa! Passou... não passou?

Os olhos dela se enchem de lágrimas.

JOSHUA (com a voz baixa): Sente-se... não há registro da existência daquela gravação, Martha.

MEMBRO DA PLATEIA: Sua mentirosa! Você só quer atenção! Você inventou tudo isso. Você está louca! Tem algo errado com a sua cabeça! Você devia estar internada!

JOSHUA: Por favor, vamos manter a calma...

MARTHA (gritando): Foda-se a calma! Ele matou a minha mãe. Ele a atropelou. Nós tínhamos as provas! Isaac mostrou tudo ao vivo na TV!

A voz de Martha fica estrangulada. A plateia ri dela.

MARTHA (chorando e gritando muito): Nós tínhamos provas da corrupção dele. Dos policiais que ele subornou. Das mentiras que contou. De tudo!

Os risos aumentam. Martha olha para a plateia. Lágrimas escorrem pelo seu rosto. A câmera retrocede e mostra Joshua ao seu lado. Ele coloca a mão no braço de Martha, mas ela retira.

JOSHUA (com a voz tranquila): Martha, volte para cá e sente-se. Isso não ajuda em nada.

Martha ignora Joshua e avança na direção da plateia.

MARTHA: Abram os olhos! Abram esses malditos olhos! Vocês são idiotas? Vocês realmente acham que...

Algumas pessoas da plateia se levantam e gritam. Dois seguranças entram no palco, um de cada lado de Martha. Eles a puxam para trás. Joshua tira um lenço do bolso e enxuga a testa.

A plateia continua gritando muito. Mais pessoas se levantam dos seus lugares, e um sapato passa voando por Joshua e acerta Martha em cheio. Joshua se agacha quando outro sapato passa raspando pelo rosto dele.

Enquanto Martha é puxada para longe da plateia, Joshua toca a orelha, recompõe-se, vira-se de frente para a câmera e sorri.

JOSHUA: Sempre, sempre temos um escândalo aqui no programa *Morte é Justiça*. As emoções estão tão exaltadas quanto o drama da situação! Opiniões fortes da nossa plateia do estúdio e também da srta. Martha. Mas o que vocês pensam sobre este caso? O que pensam sobre o encarceramento de Isaac Paige? As linhas estão abertas para que vocês telefonem. Vamos dar início às discussões, senhoras e senhores, telespectadores de todo país! E não se esqueçam de que os canais de votação também já estão abertos. Disquem 0909-87-97-77 e acrescentem 7 ao final do número para votar culpado, ou 0 ao final para inocente. Vocês também podem votar enviando mensagens de texto com a palavra MORRER ou VIVER para o número 7997. Para votar on-line, visitem o nosso website www.olhoporolhoproducoes.com, cliquem na aba "Isaac Paige, Adolescente Assassino" no alto da página e registrem o seu voto. Todas as ligações são tarifadas, então não se esqueça de pedir permissão à pessoa responsável por pagar as contas. As mensagens de texto custam 5 libras mais a tarifa da operadora telefônica, e os votos pela internet também saem 5 libras após uma taxa de inscrição inicial de 20 libras. Para ler todos os termos e condições, acesse o nosso website. Por favor, continuem conosco após esta breve mensagem do nosso patrocinador, Cyber Secure.

A câmera volta a apontar para a tela, que agora está preenchida pelo logotipo em forma de nuvem da Cyber Secure, e um cadeado dourado se fecha no canto inferior esquerdo conforme uma cascata de dados — nomes, endereços, e-mails e documentos — voam para o interior da nuvem.

VOZ DA LOCUTORA: Cyber Secure — Mantendo todos os dados mais importantes do país em total segurança.

## PATTY E O PRIMEIRO-MINISTRO

Com um casaco longo e forrado ao redor do corpo e um chapéu de pele sintética cuidadosamente colocado na cabeça, Patty está em um belo jardim interno sob um céu escuro e carregado.

Ela bate os pés e enfia as mãos sob as axilas do seu casaco.

— Não sei por que não podíamos ter essa conversa dentro da casa — diz ela, com o hálito morno, criando pequenas nuvens de vapor no ar gelado.

O poste de luz à moda antiga ao seu lado brilha suavemente, e a luz cintila no caminho coberto pela geada que atravessa o gramado bem-cuidado. Ao lado, sentado em um banco de madeira sob um enorme carvalho, o primeiro-ministro olha para ela.

— Você sabe por quê — diz ele. Suas luvas de couro rangem quando ele se recosta e apoia os cotovelos no encosto do banco e, quando cruza as pernas, as calças sociais passadas à perfeição aparecem por baixo do sobretudo que ele veste.

— Não entendo por que você mantém o nosso relacionamento em segredo — responde ela.

Ele ri. — Porque a sua interpretação da palavra relacionamento sequer é comparável à interpretação dessa palavra pelo público geral.

— Não entendo o que você está querendo dizer.

— Realmente — diz ele.

— Você acha que eu vou constrang...

— O acordo que eu e você temos não está aberto ao debate neste momento. O seu filho e aquela garota, sim.

— "Acordo"? — responde ela.

Ignorando-a, o primeiro-ministro continua. — Como você pôde deixar que isso acontecesse, Patty? É inaceitável e você sabe disso. Honestamente, eu estou decepcionado com você; esperava mais. A operação que tive que colocar em funcionamento, para abafar o caso francamente, foi ridícula.

Desviando o olhar dele, Patty leva a mão ao bolso do casaco e tira um cigarro de um maço. Colocando-o entre os lábios, ela acende um isqueiro e a chama cria sombras em seu rosto, brincando sobre as rugas e as linhas de expressão.

O primeiro-ministro ergue os olhos. — No meu jardim, não — diz ele, em tom de repreensão.

Ela move o polegar e a chama desaparece.

— Quem foi que morreu e transformou você no chefe? — retruca ela, com a voz arrastada.

Ele ri e fica em pé. — Eu sabia que havia uma razão para manter você por perto, Patty. Você consegue me fazer rir. — Ele afrouxa o cachecol que tem ao redor do pescoço e o remove. — Mas vamos voltar a falar daquele seu filho.

Tremendo, ela o encara. — Ele tem dezesseis anos, por Cristo. Não posso ficar vigiando Isaac o tempo inteiro!

— Tenho a impressão de que você não é capaz de vigiá-lo nem por um segundo.

— Não é bem assim...

— Nem o seu marido...

— Bem, pelo menos isso não é mais um problema.

Patty se enrijece quando ele se aproxima. O primeiro-ministro se inclina diante dela e passa o cachecol ao redor do pescoço de Patty, enquanto ela o olha fixamente.

— Eu acho... — diz ele, com a mão esquerda segurando o cachecol com mais força — ...que preciso lembrá-la da pessoa com a qual você está conversando. Eu podia acabar com você simplesmente... — Ele ergue a mão direita diante do rosto dela e, apesar das luvas de couro, estala os dedos. — ...assim.

Em algum lugar mais distante, uma sirene grita, cortando o ar noturno. Uma viatura de polícia ou uma ambulância.

— Aquela garota, Martha Honeydew, gosta de criar problemas — prossegue ele. — Ela precisa ser contida imediatamente. Se não tivermos cuidado, ela vai acabar reunindo seguidores. Eu fiz a minha parte. Agora é a sua vez.

— Confie em mim — diz Patty. — Já estou agindo.

— Está mesmo? Foi a minha equipe que removeu todos os links para aquele escândalo que foi a declaração do seu filho, que destruiu as gravações, que corrompeu os vídeos necessários, que interceptou os registros telefônicos das pessoas que estavam lá, e agora está fazendo a mídia arrastar o nome de Martha Honeydew na lama e desacreditando tudo que ela e o seu filho disseram. E você? O que é que você está fazendo?

— Como eu disse, confie em mim. Vou dar um jeito nela.

Ele afrouxa o cachecol no pescoço dela. — Espero que sim — sussurra ele. — Para o seu bem, eu realmente espero que sim.

## MARTHA

O mesmo céu. As mesmas estrelas. O mesmo mundo aqui embaixo. Só um monte de merda, agora em uma ordem diferente. Eu aqui fora, e você aí dentro. Estou com saudade, Isaac. É uma bosta. É uma bosta grande e fedida.

Às vezes eu penso que realmente morri e que estou morta, e tenho que falar com Eve e Max, ver Cícero mastigar a ponta daquele bigode ridículo, para me convencer que sobrevivi. Para me lembrar mais uma vez de tudo que eles fizeram, à sua própria maneira, para me tirar do corredor da morte.

Eu assisti a transmissão ao vivo que mostra você na Cela 1 por algum tempo, mas não consegui aguentar ver você sofrer.

Tentei comer a comida que Max preparou, sentada à mesa com eles, mas meu estômago a rejeitou.

E eu os escutei — Eve, Cícero e Max —, enquanto me explicavam que tudo pelo qual você lutou, tudo que você mostrou na TV, não serviu de nada. Que todas as provas desapareceram em algum buraco negro para onde todas as informações perdidas parecem ir, ou que a polícia e o governo conseguiram convencer todo mundo de que nós inventamos aquilo.

E foi então que eu me dei conta, de uma vez por todas, de que devo estar viva, porque eu certamente não poderia ter inventado toda aquela porcaria sozinha.

— Martha pode ficar com a gente, não é, mãe? — perguntou Max, quando estava servindo a lasanha no meu prato.

— É claro que pode — respondeu Eve, mas eu não me atrevi a olhar para ela porque sabia o que veria em seus olhos.

Mentiras. Mentiras para fazer com que eu me sentisse melhor. Eu sei muito bem o que vai acontecer amanhã.

Voltamos à estaca zero, Isaac. Mas eu não vou desistir de você. Vou fazer tudo que for necessário. Mas o problema é que eu não sei o que vai ser necessário. Fique comigo, na minha cabeça, ao meu lado, e me ajude a descobrir o que fazer.

# DIA 2

## ISAAC

Estou sentado em uma cadeira giratória branca no meio da sala também branca de aconselhamento virtual. Meus pés descalços estão gelados sobre o piso de azulejos brancos. Cruzo os braços diante do peito; o macacão da prisão é branco, também, ou pelo menos eu imagino que tenha começado a vida branco, mas agora está mais para um tom sujo de cinza-claro.

— Isaac Paige — diz o computador. Uma voz feminina metálica que fala de forma articulada. — Bem-vindo ao dia dois no corredor da morte. Eu sou a sua psicóloga virtual, pronta para auxiliar no seu bem-estar psicológico e emocional. Como você está se sentindo hoje?

Eu me inclino para frente e encaro a minúscula câmera instalada no alto. — Martha — eu digo. — Minha voz está rouca por não ter sido usada. Eu tusso. — Você está assistindo?

— Pedimos que não fale de coisas que não tenham relação direta com a pergunta formulada. Como está se sentindo hoje, senhor Paige?

Eu ignoro a voz e continuo. — Espero que esteja.

Pode-se escutar um barulho mecânico e um barulho baixo de alguma coisa batendo.

— Dentro de alguns instantes nós mostraremos imagens do seu passado. O senhor está instruído a compartilhar suas impressões dessas imagens e pensamentos a respeito, que serão informativos para os telespectadores e nos ajudarão a monitorar o seu bem-estar. Aqui está a primeira.

Uma foto de uma jovem mulher que veste uma camisola cirúrgica aparece na tela. Ela está segurando um bebê enrolado em um cobertor azul. Seu rosto brilha com o suor e seus cabelos morenos estão desgrenhados; mesmo assim, ela sorri com uma felicidade enorme.

Minha mãe. A minha verdadeira mãe.

Sinto vontade de retribuir o sorriso, mas não quero dar a eles o prazer de testemunharem qualquer reação.

Eu continuo a conversar com Martha. — Espero que você esteja em segurança — eu digo.

A foto da minha mãe é substituída pela imagem de uma criança pequena com o rosto gorducho e cabelos revoltos. Eu. Na minha camiseta há um distintivo com um grande número dois, e na mesa à minha frente há um pequeno bolo de aniversário de chocolate. Eu gostaria de poder me lembrar daquele dia. Ela está sentada ao meu lado, olhando e sorrindo para mim: minha mãe.

Meus olhos piscam e o meu rosto fica sério antes que eu consiga impedir a reação.

— Espero que a imprensa esteja estudando os fatos agora — eu digo, tentando me manter distraído.

A foto desaparece.

Agora surge um garoto com o uniforme escolar — eu, novamente — diante da porta da frente de algum prédio, ao lado de uma placa que diz “Edifício Narciso”. Devia ser o meu primeiro dia de escola. Olho para aquela imagem por mais tempo do que gostaria; as calças parecem estar um pouco puídas na altura dos joelhos e há pompons no macacão. A camisa parece ser meio acinzentada, também. Mas olhe só para mim: limpo e bem-cuidado, com os cabelos lavados e escovados, em pé, com o corpo reto, o peito estufado e um enorme sorriso estampado no rosto.

Ela fez tudo que pôde por mim.

— Espero que as pessoas estejam vendo a lista de crimes que eu publiquei — eu continuo. — Espero que a justiça seja feita agora, e espero que todos percebam como essas pessoas com poder e dinheiro vêm manipulando o sistema.

— Gostaríamos de lembrá-lo, Isaac Paige, de que é imprescindível que você faça comentários sobre as fotos — diz a voz do computador. — É vital que o público seja informado das suas sensações em relação à sua mãe biológica e à situação que se abateu sobre você.

Não me movo nem esboço qualquer reação. Simplesmente observo a velha foto que me é mostrada através da câmera, com toda aquela inocência, sem saber que dali a pouco mais de um ano a minha vida mudaria irrevogavelmente.

Finalmente, uma imagem diferente aparece na tela— a primeira página de um jornal. Há uma manchete em destaque: "O Coração de Ouro da Celebridade"

As palavras sobem pela tela como o texto de um teleprompter, e eu não consigo evitar lê-las.

*Em um mundo onde estamos ocupados demais para ajudar aqueles que têm menos sorte do que nós, frequentemente é necessário que algo extraordinário aconteça para nos incitar à ação. Ontem foi uma prova disso, se é que algum dia houve alguma dúvida, de que a celebridade milionária Jackson Paige não é uma pessoa que simplesmente empina o nariz e ignora as pessoas em necessidade.*

*É uma história trágica, mas mesmo assim tem um final feliz. Na semana passada, nós testemunhamos o suicídio chocante de uma jovem mãe, uma residente dos Arranha-Céus. Claramente incapaz de suportar sua situação, ela tirou a própria vida ao pular da sacada do apartamento onde morava, deixando o seu filho de seis anos, Isaac, sozinho.*

*Foi por milagre que um dos homens mais generosos do país estava por perto naquele momento? Ou foi o destino que fez com que ele fosse a primeira pessoa a chegar ao local? Em vez de deixar que esse pequeno garoto órfão crescesse em uma instituição de assistência, Jackson Paige e a sua bela esposa Patty o salvaram desse destino terrível e ofereceram um lar para o menino e, assim, um futuro que qualquer criança poderia desejar...*

Sinto vontade de balançar a cabeça para mostrar a estupidez e a ingenuidade dessas palavras, mas recuso-me a exibir qualquer reação para eles.

Uma foto do jornal surge, agora.

Eu. Terno e gravata imaculadamente pretos, sapatos que refletem a grama que estou pisando e o meu cabelo está penteado com uma precisão militar. O caixão da minha mãe está ao meu lado. Lembro que me sentia entorpecido, mas que não estava chorando; mesmo assim, naquela foto há uma lágrima solitária na minha bochecha. Será que incluíram esse detalhe para aumentar a intensidade emocional da cena?

Eu limpo a garganta e me inclino para frente.

— Estou com saudade — eu digo para a câmera. — Estou com saudade de você, Martha Honeydew.

Estou com saudade de você também, mãe, mas não posso e nem vou dizer isso a eles.

— Isaac Paige — continua a psicóloga virtual. — Devemos lembrá-lo de que este serviço é oferecido para ajudá-lo a assimilar e lidar com coisas que podem ter causado problemas a você, e permitir que explore com segurança e possa potencialmente colocar um ponto final em quaisquer eventos traumáticos do seu passado antes de sair desta vida. O vídeo que está sendo transmitido tem a função de permitir que o público tenha um conhecimento mais amplo sobre você e que possa votar de maneira bem informada. Não é uma oportunidade para você se comunicar com indivíduos específicos.

— A comunicação com o mundo exterior é estritamente proibida, e quaisquer novas tentativas de fazer isso resultarão na sua expulsão imediata e em caráter permanente do serviço de aconselhamento psicológico virtual.

Eu olho para a foto novamente; as pernas nuas ao meu lado devem ser de Patty, e as do outro lado, vestidas com calças sociais cinzentas, devem ser de Jackson.

— Martha Honeydew — eu digo com um sorriso. — Eu amo você.

A tela se apaga, as luzes são desligadas e eu mergulho na escuridão total.

## MARTHA

— Eu amo você também — eu sussurro para a TV, em voz baixa para que ninguém ouça.

Todos estão ocupados atrás de mim, na cozinha. Eve está ao telefone, esperando o atendente voltar à ligação. Ela está diante da janela com Cícero, olhando por entre as frestas da persiana. Acham que eu não posso ouvi-los, que não estou prestando atenção, mas estou.

— Nunca vi tantos jornalistas — murmura ela.

— Abutres — responde ele. — Esperando conseguir alguma imagem de Martha. Esperando para estampar a foto dela na primeira página com mais mentiras.

— Talvez devêssemos conversar com eles. — Eve está sussurrando agora. — Podíamos divulgar a versão dela. Ou dizer que eles podem entrevistá-la se concordarem em publicar os documentos de Jackson?

— Usá-la como uma isca? É uma boa ideia, mas não há como confiar neles. Veja o que fizeram no *Morte é Justiça* de hoje. Aquele vídeo das câmeras de circuito fechado só piorou as coisas. Não, eles simplesmente distorcem tudo da maneira que quiserem...

Eu me viro para responder, para discutir. Para dizer que sim, que eu vou fazer isso. Não vou deixar que me manipulem. Pode ser que ajude, mas Eve ergue a mão para fazer com que Cícero pare de falar.

— Sim — diz ela ao telefone enquanto sai da sala. — É Eve Stanton. Você pode me colocar em contato com a pessoa encarregada de...

A voz dela fica bem baixa e eu não consigo ouvir muito bem, mas tenho certeza de que ela diz adoção.

Alguma coisa começa a sibilar e a chiar e eu viro para o outro lado — Max está diante do fogão, lendo alguma coisa em seu celular, que segura com uma mão, enquanto prepara alguma coisa em uma frigideira com a outra.

Não sei o que é, mas o cheiro é bom. É bom quando há alguém que cozinhe. É bom comer algo que não tenha saído de um saco plástico ou uma caixa de papelão. É bom estar em uma casa quente.

Eu volto a olhar para a TV. A transmissão de Isaac na sala de aconselhamento virtual desapareceu, substituída por estática e chiados.

Eve me deu uma corrente para que eu possa prender o anel com o quebra-cabeça que Isaac me deu ao redor do pescoço, já que ainda não consegui descobrir o segredo, e eu fico mexendo nele enquanto passo pelos canais que mostram cada uma das celas.

Não há ninguém na Cela 7; um cara na 6, e em seguida uma mulher, uma senhora bem idosa na 5; ninguém na 4 nem na 3, e então eu passo para a 2.

Vazia. Onde diabos ele está, então?

Eu coloco a xícara de café sobre a mesa e começo a roer as unhas. Não consigo evitar.

E ali está ele. A porta se abre e algumas mãos o empurram para dentro. A primeira coisa que ele faz é olhar para a tela, como se ele estivesse olhando diretamente para mim. Como se ele soubesse que eu estou assistindo.

Oh, meu Deus. Seria muito mais fácil não sentir essa dor, essa angústia. Seria mais fácil odiá-lo. Ficar furiosa por ele ter tomado o meu lugar. Seria mais fácil estar morta.

A imagem muda. Uma das câmeras do outro lado da sala o está filmando, mas ele não percebe.

Tudo que eu vejo agora é a parte de trás da sua cabeça raspada.

Alguém toca o meu ombro e eu me viro para trás.

— Martha? — diz Cícero, com os olhos se enrugando quando ele sorri. — Por que não come alguma coisa? Max fez panquecas.

Deixo que ele me leve até a mesa e sento.

Estou tendo dificuldade para entender a gentileza deles. É tão grande que chega a ser esmagadora. Mas de um jeito bom.

— Como eles conseguiram fazer aquilo? — eu pergunto.

Os três olham para mim.

— Como conseguiram fazer o quê? — pergunta Eve, desligando o telefone, voltando para a sala e sentando-se de frente para mim.

— Apagar todas as gravações da noite passada. Milhões de pessoas devem ter visto. Deveriam estar por toda a internet. Mas não estão.

Cícero coloca um exemplar do *National News* diante de mim. Duas fotografias na primeira página.

— Você está na primeira página de todos os jornais. Você é o assunto mais interessante. Algumas manchetes são mais sensacionalistas do que outras.

Ali estou eu, em uma imagem da semana passada, com a cabeça raspada e um quadro com os meus dados —, aquela foto havia sido tirada pela polícia.

E ao lado da minha foto está uma de Isaac, tirada ontem. Que casal nós formamos. A manchete salta aos meus olhos: "O desespero do verdadeiro amor".

Eu puxo o jornal para lê-lo.

*Em uma demonstração notável de amor verdadeiro, o filho de Jackson Paige apareceu no programa Morte é Justiça e admitiu ao vivo, diante das câmeras, que ele — e não a acusada, Martha Honeydew — é culpado pelo assassinato do seu pai.*

*Algumas fontes declaram que Honeydew proclamou sua própria culpa desde o início das investigações em uma tentativa de poupar a vida do seu amante, Isaac Paige.*

Minhas bochechas ardem quando leio a palavra "amante". Mesmo assim, continuo lendo a matéria.

*Embora inicialmente a opinião pública estivesse favorável aos dois, há pessoas dizendo atualmente que a sensação geral é de irritação, devido ao fato de terem sido levadas a acreditar em mentiras e ao custo cada vez maior do caso aos contribuintes. Durante entrevistas feitas no dia de hoje, muitas pessoas que votaram no caso Estado versus Honeydew disseram que vão formalizar pedidos de reembolso e compensação contra a Olho Por Olho Produções, embora o departamento jurídico da empresa declare que isso vai contra os termos de participação no programa.*

*Outras fontes acreditam que Honeydew pode ter enganado e manipulado Paige...*

Não consigo mais ler. Coloco o jornal sobre a mesa, virado para baixo. Não aguento ver aquelas fotos.

Max coloca um prato diante de mim com uma panqueca, e empurra o pote de calda por sobre o tampo da mesa. Ergo os olhos e observo enquanto ele pega o jornal e o joga na lata do lixo.

— Ignore isso — diz ele.

— Mas as pessoas leem essa merda — eu digo. — E acreditam!

— Nós ainda temos todos os documentos — diz Cícero, exaltado. — Cópias das gravações de todas as câmeras...

— Mas as pessoas acham que são falsificadas — eu digo.

A frigideira de Max chia quando ele despeja mais massa sobre o metal quente. — Não importa — diz ele. — Vou colocar tudo na internet. As pessoas podem ver por si mesmas que as imagens não foram forjadas... e vou colocar links nos websites dos jornais, na seção de comentários onde todos ficam brigando. Vamos colocar tudo à disposição do público. Vai ficar tudo bem.

Quero acreditar nele, mas Max não conhece a vida do mesmo jeito que eu conheço.

— Vai esfriar — ele diz para mim, apontando para o meu prato com a sua espátula.

Não consigo me lembrar da última vez que comi uma panqueca. Em algum dia antes da Quaresma, sabe-se lá em que ano, quando a minha mãe ainda estava viva. Não sei se realmente quero uma agora. Não quero nada, realmente.

— Coma — diz ele. — Vai fazer bem.

Parece uma grosseria recusar, então eu pego o garfo.

Eve senta-se ao meu lado. — Max gosta de cozinhar — sussurra ela para mim. — Faz com que ele se sinta útil. E ele é.

— Algum dia, ele vai fazer da sua esposa uma mulher muito feliz — diz Cícero do outro lado da mesa, e abre um breve sorriso e pisca o olho. Eu percebo que isso é uma espécie de piada antiga entre eles.

— Eu ouvi isso, senhor juiz — responde Max. — Não precisa comer se não quiser.

— Há muita gente lá fora? — eu pergunto, perseguindo um pedaço de panqueca pelo prato.

Eve faz que sim com a cabeça. — Sim — diz ela. — Muita gente. Você causou um impacto muito forte.

Dou de ombros. — Não da maneira que eu queria. Eu não esperava estar aqui. Eu esperava... esperava que fosse Isaac que estivesse aqui. Não fiz planos para isso!

— Há pessoas lá fora que concordam com você...

— Então por que elas não dizem isso? — Eu bato com o garfo na mesa, frustrada. — Não consegui nada. Eu devia deixar que me levassem para algum lugar longe daqui e poupar o trabalho de vocês.

— Antes de fazer isso, é bom que você saiba que algumas pessoas simpatizam com a sua situação, mas, no momento, há muita gente que odeia você — diz Max, atrás de mim.

Meu estômago se revira.

Eve olha para ele, chocada. — Max...

— Ah, pense um pouco, Martha. O que você esperava? Você anuncia para milhões de pessoas que aqueles que comandam este país são corruptos. Você diz a elas que alguém que eles idolatravam como um deus é um assassino, um vigarista, um mentiroso, que dormia com prostitutas e era traficante de drogas. Você acha que todas essas pessoas vão agradecê-la por mostrar o quanto elas foram idiotas e ingênuas? É mais fácil odiar e chamar você de mentirosa do que encarar a dolorosa verdade!

— Mas...

Ele coloca uma panqueca no prato de Eve.

— Se você recuar agora, eles vão presumir que você fez tudo isso porque queria atenção ou coisa parecida. Eles vão acreditar no que o governo está tentando dizer sobre você ser instável ou qualquer outra coisa do tipo. Agora é hora de lutar com mais força e vontade, e de ficar mais firme. Nós mostramos todas as evidências para o público ver, e também as gravações do circuito fechado de TV, e provas que eles não podem negar. Mas a verdade é desconfortável. Eles não gostam. E vão lutar contra você até o fim.

A campainha toca.

Todos param de se mover.

— Um jornalista tentando a sorte, talvez? — sugere Cícero.

— Talvez. — Eve dá de ombros, mas eu consigo ver a preocupação em seus olhos.

Percebo o olhar entre Max e Cícero quando Eve sai da sala, e, após um segundo, Cícero faz um sinal afirmativo e a segue. Eu me levanto e vou calmamente em direção à porta, espiando pela fresta.

— Você sabe que pode confiar neles — diz Max, diante da pia.

— Eu sei — eu sussurro, mas estou curiosa, e também assustada.

Ando pelo corredor na ponta dos pés, sentindo uma corrente de ar frio vir pela porta aberta e bater nos meus calcanhares, mas eles estão falando muito baixo. Silenciosamente, avanço mais um pouco devagar, e quando chego até o canto, as vozes estão mais altas.

— Recebemos a informação de que Martha Elizabeth Honeydew não tem um responsável legal, e tem menos de dezoito anos de idade. Ela é menor de idade aos olhos da lei... — Uma voz masculina. Grave e imperiosa.

— Somente quando isso é do seu interesse. — diz Cícero.

— O Inspetor-Detetive Hart deu instruções específicas para que ela seja levada para uma entidade assistencial local, onde suas necessidades psicológicas e emocionais serão avaliadas e ela receberá os cuidados necessários até ser maior de idade.

Merda.

— Ela está sob os meus cuidados, pode ficar aqui. — Eve.

— Senhora, você não está registrada pelas autoridades como uma pessoa adequada para cuidar de uma menor.

— Eu passei o dia inteiro ligando para o número oficial, mas sempre desligam na minha cara! Eu sou psicóloga. Tenho todas as credenciais necessárias para ficar a sós com crianças.

— Mas você não é registrada. Seria uma quebra de protocolo se permitíssemos que ela continuasse a ficar com você. A noite de ontem foi um ato de boa vontade da nossa parte, e concordamos que seria somente por uma noite.

— Mas ela vai se sentir mais feliz aqui. — Eve protesta.

— Isso não nos diz respeito.

— Então como eu faço para me registrar?

— Há formulários que...

— Certo. Então me entreguem esses formulários!

— Senhora, por favor, mantenha a calma. Os formulários estão disponíveis nas instituições assistenciais. Você pode ir buscá-los, ou podemos pedir que eles sejam enviados pelo correio. Mas lembre-se de que são necessários aproximadamente seis meses para que o processo seja concluído. Precisamos levar a fugitiva agora.

— "Fugitiva"?

Eu não espero para ouvir mais nada. Volto correndo até a cozinha, tentando não fazer barulho, e fecho a porta. Max está olhando fixamente para mim.

— Rápido — eu digo. — Sapatos.

— O quê?

— Eu preciso de sapatos. Onde eu encontro sapatos?

A voz de Cícero ressoa na entrada da casa de Eve. — Vocês não vão entrar aqui!

— O que está acontecendo? — diz Max.

— Vieram me buscar. Rápido, sapatos. Não tenho sapatos.

Max sai correndo da cozinha e volta em segundos, jogando-me um casaco de inverno. — Leve esse. — Debaixo da mesa, ele pega um par de botas. — Ela nunca guarda essas botas.

— Vocês não têm o direito de entrar na minha propriedade! — A voz de Eve ecoa pelo corredor.

Eu visto o casaco e calço as botas.

— Nós temos toda a autoridade necessária, senhora. Agora, por favor, saia da frente.

Merda. Eles entraram na casa.

— Eu quero falar com o seu supervisor. — diz Eve.

— Essa pessoa é o Inspetor-Detetive Hart. Imagino que ele esteja ocupado no momento.

— Eu exijo falar com ele.

— Pode exigir o quanto quiser, mas este mandado nos dá o poder de entrar na sua propriedade e...

— Para onde você vai? — pergunta Max.

Eu faço um gesto negativo com a cabeça. — Não sei — eu digo. — Olhe, me ajude a ganhar tempo, está bem? Diga a eles que eu estou no banheiro ou alguma coisa do tipo, pode ser?

Ele faz que sim com a cabeça. — Claro.

Eu me viro para sair pela porta de correr, mas ele me segura firme pelo braço.

— Você vai precisar de dinheiro — diz ele.

— Não — eu digo. — Não posso...

Ele tira quarenta libras do bolso. — Pegue — diz ele.

Eu olho fixamente para Max. Ele não me conhece. Eu causei problemas demais para este garoto. Eu não deveria ser nada para ele, mas...

— Não toque em mim! — A voz de Eve outra vez.

— Pegue! — diz Max por entre os dentes, e enfia o dinheiro no meu bolso. — E isso aqui também. — Ele abre uma gaveta cheia de coisas velhas e pega um telefone celular velho. — É o meu aparelho antigo, mas está carregado. Vou colocar créditos nele.

— Max, eu... — Uma porta bate e eu paro de falar.

— Nós podemos procurar em todos os quartos, senhora, mas vamos encontrá-la.

— Vá — diz Max.

Aceno afirmativamente com a cabeça, saio pela porta de correr e chego ao jardim.

A última coisa que vejo antes de atravessar o gramado e passar pelas cercas-vivas são dois homens de terno entrando na cozinha e olhando para Max enquanto ele enfia colheres de panqueca na boca, sentado à mesa.

Deus o abençoe, Max Stanton.

Que ele abençoe a sua alma caridosa.

...

Para onde ir?

Eu me esgueiro por entre jardins e quintais, passo pelas cercas vivas, pulo cercas e muros até chegar a uma rua movimentada, em algum lugar onde as regiões centrais e as avenidas se encontram.

Eu poderia continuar me embrenhando, onde há mais gente. Me esconder no meio da multidão.

Está garoando, aquela garoa fina que o encharca sem que você perceba. Ninguém dando atenção a nada exceto a si mesmos — olhando para os seus celulares, provavelmente pensando sobre o lugar para onde estão indo ou o que vão tomar no café da manhã.

Mas o que eu faço agora? Não tenho a mínima ideia. *O que você quer, Martha?* Pergunto a mim mesma, em minha cabeça. Segurança.

Uma casa. Conforto. Amor. Isaac. Quero Isaac solto. Quero estar com ele e quero que o mundo conheça a verdade. *Isso é muita coisa para pedir.* Não deveria ser. *O que você faria para conseguir isso?* Pergunta errada. A pergunta certa é: *O que você não faria para conseguir isso?*

Eu caminho mais um pouco. E me molho mais um pouco. Sinto-me sozinha e inútil.

Minhas pernas, minha cabeça, meu cérebro, seja lá o que for, me conduzem pelas ruas, por vielas que eu não sabia que existiam, até que eu me apanho olhando para os Arranha-Céus no horizonte.

— Belo senso de direção você tem — eu sussurro para mim mesma.

O sol está escondido pelas nuvens de chuva, e tudo está escuro e cinzento. Céu cinzento, calçadas cinzentas, mundo cinzento. E tão escuro que os faróis dos carros estão acesos em plena luz do dia. Pontos de vida em meio ao cinza.

Eu continuo andando na direção dos Arranha-Céus, e os pontos de luz nos apartamentos fazem com que eles se pareçam com robôs, brilhando como se estivessem presos a um carregador, esperando para serem libertados.

Pego um atalho pelo túnel para pedestres conhecido como a Galeria e vejo todas aquelas malditas flores, os brinquedos de pelúcia e outras porcarias deixadas para Jackson.

Como uma sociedade inteira pode ser ludibriada assim? Iludida, enganada por mentiras, sem fazer perguntas? Sem enxergar a cortina de fumaça que foi erguida ao redor dela?

Isso me irrita tanto. Como tantas pessoas podem ser manipuladas assim? Acho que ouço passos. Saltos sobre o concreto. *Mova-se, Martha,* eu digo a mim mesma, e saio da Galeria, passando rapidamente pelas lojas com as vitrines cobertas por tapumes, pelo gramado malcuidado e rumando para o parque abandonado com o banco quebrado e os balanços — lugares que eu imaginei que jamais veria novamente.

Os balanços onde nos sentamos juntos, Isaac. Meus olhos ficam embaçados. Quero dizer que é o vento que os deixa marejados, e não as memórias, mas não sei. Enxugo os olhos. Concentro-me. Há carros mais adiante — não há luzes piscando, mas eu percebo que são carros de polícia. Será que arrisco, ou sigo em outra direção?

Avanço mais um pouco, indo na direção do Edifício Abrótea — a minha casa. Há algumas pessoas por ali. Alguns garotos sentados sobre um muro, uma mulher encurvada levando sacolas de supermercado, um senhor mais velho empurrando um carrinho de compras — as pessoas de sempre. Mas não o tipo que a polícia pensaria em interrogar. Francamente, eles nem se incomodariam.

As crianças iriam perturbá-los sem parar, a mulher murmuraria algumas palavras desconexas e o velho cheiraria mal. É isso que a polícia pensaria, de qualquer maneira, mas, na verdade, as crianças simplesmente causariam algum rebuliço quando o que realmente querem é somente rir e ter um pouco de atenção; a mulher pediria a eles a gentileza de ajudá-la com as suas compras, e o velho tentaria ser preso para ter um lugar quente e seco para dormir à noite.

Estereótipos? Não. Eu simplesmente vi isso acontecer um milhão de vezes.

Chego um pouco mais perto, diminuo um pouco o passo, esgueiro-me para o lado e me misturo às sombras perto das lixeiras.

Credo, que cheiro horrível.

Fico me perguntando o que a polícia está planejando. Acho que estão procurando por mim. Eu queria subir e visitar a Senhora B., ou ir até o meu apartamento para buscar algumas roupas, talvez passar o dia ali e pensar no que vou fazer em seguida, mas parece que isso foi meio ingênuo da minha parte.

Espio para fora bem quando faróis brancos iluminam a área e ergo a mão para cobrir os olhos, observando enquanto o carro estaciona. Grande e brilhante, com uma placa personalizada.

P P41GE

Que diabos Patty está fazendo aqui? Eu me agacho e vejo suas pernas saírem do carro, seguidas por um sobretudo longo e de aparência chique. A porta bate por trás dela e o aroma de seu perfume forte vem na minha direção.

— Sra. Paige — grita um policial que está diante das portas do Edifício Abrótea. — A senhora acha seguro vir até aqui sozinha?

Ele vem andando e se aproxima dela.

— Sou perfeitamente capaz de cuidar de mim mesma, obrigada.

— Falando de maneira estrita, é proibido estacionar veículos aqui, mas, no seu caso, vamos fazer uma exceção — diz ele, mais perto agora. — Importa-se se eu perguntar o que a senhora veio fazer aqui?

— Estou aqui para oferecer as minhas condolências à Lydia Barkova.

— A Senhora B.?

— Por que todo mundo a chama assim?

*Eu posso dizer,* penso. *Mas não vou.*

— Bem, de qualquer maneira, a pobre mulher passou por momentos muito difíceis — continua Patty. — Creio que é o meu dever visitá-la e oferecer o meu apoio. Eu trouxe algumas coisas do supermercado para ela também.

Ouço o farfalhar de uma sacola de compras.

— Sra. Paige, a sua gentileza é inspiradora para todos nós. O espírito de caridade do seu marido vai continuar a viver em você.

*Será que ele é um puxa-saco ou só um imbecil?*

Ele continua. — Permita-me acompanhá-la até o apartamento da Senhora B. Posso esperar pela senhora e escoltá-la de volta ao seu carro também, se quiser. Não queremos que nada de ruim aconteça com você.

*Que palhaço,* eu penso. *E lá se vai o meu plano para entrar no meu apartamento. Não vou conseguir passar enquanto Patty estiver conversando com a Senhora B.*

Eu observo enquanto ele segura a porta aberta para ela entrar, e em seguida os dois desaparecem no interior do Edifício Abrótea.

*Só resta uma coisa a fazer,* eu penso, e, esperando que os outros policiais não abordem alguém que está saindo do meio das lixeiras, me afasto dali e vou embora dos prédios, passando pelo gramado.

## SENHORA B.

Com meias até os joelhos, a saia grossa e o blusão, a sra. B sai da cozinha do seu apartamento. Traz sobre a bandeja um velho bule de chá lascado e pires e xícaras de conjuntos diferentes, e, quando passa pela porta da sala, seus olhos se estreitam ao ver sua convidada e ela torce o nariz contra o cheiro forte de perfume e cosméticos.

As xícaras tilintam em seus pires quando ela coloca a bandeja sobre a mesinha entre o sofá e a sua poltrona.

— É muito gentil da sua parte — diz Patty com a voz arrastada, empoleirando-se na beirada do sofá e cruzando as pernas, com uma saia curta, apesar do inverno.

A Senhora B. não responde; simplesmente serve o chá.

— Estamos todos muito preocupados com Martha — diz Patty.

A Senhora B. encara Patty com os olhos arregalados.

— E estávamos esperando que você soubesse onde ela pode estar. A senhora sabe que ela fugiu, não sabe?

— Quem é "nós"? — pergunta a Senhora B.

— Como assim?

— Você diz "nós".

— Ora, todo mundo, é claro! — responde Patty.

A Senhora B. ergue a xícara de chá e continua olhando para Patty.

— Eu, amigos, a imprensa, e, é claro, a sra. Stanton e o sr. Cícero.

— Você conhece eles? É amiga deles?

— Da sra. Stanton e do sr. Cícero? Sim.

— Porque não parece ser alguém do turma deles.

— Por que você diz isso?

— Porque eles pessoas boas. — O sotaque russo deixa a frase ainda mais pesada. O ar fica gelado. O silêncio impera.

Patty ergue a xícara e toma um gole, deixando uma marca de batom cor-de-rosa na borda. — Não sei exatamente o que você está insinuando — responde ela.

A Senhora B. simplesmente a observa.

— Mesmo assim, estamos todos preocupados. Tudo que queremos é que Martha esteja segura. E feliz.

— E você pode ajudar fazer isso?

— Acredito que posso, sim!

— Não tem nada ver com dinheiro? — pergunta a Senhora B.

Patty ri nervosamente. — Como isso pode ter alguma coisa a ver com dinheiro?

— Porque se Isaac for condenado à morte daqui cinco dias, então Martha fica todo dinheiro. Você não ganha nada. Você vai ter só seu... como foi que Jackson disse? Pequena mesada. Quanto é isso?

— Eu... eu...

— Não ter mais perfume, maquiagem, sapatos, roupas, essas coisas caras — diz ela com um brilho nos olhos. — Com mil demônios, você pode ter que... como é aquela palavra mesmo... espere eu pensar... ah, sim, lembrei... trabalhar. Você ter que trabalhar.

Patty a encara com um olhar intenso.

— Você saber o que é isso, sra. Paige? Trabalhar? Eu aposto que Martha trabalhou mais em seus dezesseis anos do que você trabalhou em... quantos mesmo? Quarenta-cinco... quarenta-sete?

O rosto de Patty fica vermelho. — Trinta e seis! — Ela diz, cuspindo um pouco do chá. — Tenho trinta e seis anos!

— Acho que é hora de ir embora, sra. Paige. — A Senhora B. se levanta. — Eu não sei onde Martha está, mas, se soubesse, não contava de qualquer maneira. Você não é boa gente. Você só quer... — Ela esfrega o polegar e o indicador um no outro. — Dinheiro. Dinheiro, dinheiro, para que dinheiro?

Patty se levanta. — Você está errada. Isso não tem nada a ver com dinheiro. Aquela garota é a única ligação que eu tenho com o meu filho.

— Pah! — a Senhora B. dá um tapa no ar com a mão.

— Eu... eu... eu pensei... — Patty gagueja, sentindo a garganta apertar. — Pensei que podíamos... nos apoiar nessa hora difícil... nos reconfortarmos... — Ela respira de forma apressada e leva a mão até a bolsa de grife para pegar um lenço de papel. — Vou respeitar os seus desejos e vou embora, mas, por favor... — Ela pressiona o lenço contra o nariz. — Se você falar com ela, peça que entre em contato comigo. Meu número está aqui.

Patty coloca um cartão de visitas na mesa, ao lado das xícaras de chá abandonadas. — Eu mesma posso encontrar a saída.

A Senhora B. não diz nada para Patty, mas a observa ir embora com os olhos estreitados.

Andando pelo corredor até o elevador, ela tira um pequeno frasco de desinfetante da bolsa, com os lábios se encurvando para baixo, e as sobrancelhas se erguendo conforme borrifa o produto nas mãos e o espalha, de maneira cuidadosa e demorada, por cada um dos dedos.

## MARTHA

A chuva está mais pesada agora. Gotas grandes e gordas. Eu gosto de chuva, mas, por Deus, é um saco quando você não tem para onde ir.

Demoro um longo tempo para chegar até a casa de Gus. Cortando as ruas de um lado para outro, mantendo-me nas sombras, evitando grupos de pessoas. Não é que eu não confie neles, mas as notícias se espalham rapidamente em um lugar como este, mesmo palavras ditas em voz baixa e sussurros.

As pessoas gostam de fazer fofoca.

*Vou contar um segredo, mas não conte para ninguém,* dizem eles.

*"É claro que não"*, eles dizem com os dedos cruzados atrás das costas.

A casa de Gus está às escuras e as cortinas estão fechadas. Estranho.

Bato na porta e espero. Não há resposta. Bato na janela, pensando que ele provavelmente está dormindo no sofá. De novo, sem resposta. O vento está assobiando pelo gramado e a chuva está me encharcando inteira. Eu me abaixo levemente e espio pela fresta da caixa de correio, mas não consigo ver nada lá dentro. Grito o nome dele, mas não há nenhum movimento.

— Ele não está aí.

Eu me viro para trás imediatamente, prendendo a respiração, pronta para sair correndo.

— Você não viu na televisão?

Eu relaxo. É só o vizinho. Graças a Deus.

— Ele foi preso — continua ele.

Eu o encaro com a expressão séria. — Não estou entendendo.

— Ele apareceu naquele programa — diz ele. — Não entendi direito o que estava acontecendo. Tinha umas campainhas.

Sinto meu estômago afundar. — Você está falando sobre o *Campainha da Justiça?* — eu suspiro.

— Sim, acho que foi esse mesmo. *Campainha da Justiça.* Ele foi para o xadrez. Não vai mais morar aqui.

— Quanto tempo ele pegou?

— Hmm... anos. Sete anos, foi o que deram para ele. Uma pena.

Eu olho para ele, um senhor idoso calçando chinelos e vestido com um camisolão, com a chuva encharcando os poucos cabelos que restam na sua cabeça. — É melhor o senhor entrar — eu digo. — Vai pegar uma gripe horrível. — Eu puxo o capuz do meu casaco para esconder o rosto.

— Você também — responde ele. — Pegue isso aqui. — Ele estende uma mão raquítica, com uma chave entre os dedos. — Precisamos de mais gente jovem como você, Martha Honeydew — diz ele. — Não de menos. Aproveite para se aquecer e se secar. Não vá morrer. E não fique aí por muito tempo, porque eles vão pegar você.

Eu o encaro por alguns segundos, lembrando-me do que Max disse — algumas pessoas simpatizam com a causa — e em seguida o velho vai embora para a casa e o cinza o engole tão rapidamente e facilmente quanto o revelou.

*Não vá morrer,* eu penso comigo mesma, quase com um sorriso. *Certo, vou me esforçar para não deixar isso acontecer. Não vou dar a eles essa satisfação, e não vou abandonar Isaac.*

...

O apartamento de Gus é frio e úmido.

Eu não acendo as luzes, por precaução. Não quero atrair atenção para mim, mas há luz suficiente para que eu não caia por cima das caixas vazias de pizza e latas de bebida. Vou até a cozinha, mas tudo que encontro ali é meia caneca de leite, um pedaço de presunto com as bordas duras e retorcidas e os restos de uma caixa de comida chinesa para viagem, ainda embalada no plástico.

Penso em esquentar aquilo, mas só Deus sabe há quanto tempo a comida está ali. Em vez disso, reviro os armários e encontro cereais, sacos de salgadinhos e café instantâneo.

*Vai servir.*

Volto para a geladeira, tiro o leite e cheiro o pote, mas está tão fedido que eu quase vomito.

*Vai ser cereal seco com café, então.*

Tenho que lavar uma caneca e uma vasilha.

A luz da TV ilumina a sala. Deixo o volume do aparelho baixo e me encolho diante do aquecedor elétrico, e os bastões brilham com a luz vermelha conforme ele esquenta, deixando no ar um cheiro estranho de poeira queimada.

Tiro o edredom de cima da cama e o coloco ao redor do meu corpo. Nem imagino quando foi a última vez que Gus o lavou, mas não me importo; ele pode estar um pouco fedido, mas é quente e reconfortante enquanto eu me seco. Assisto à reprise do programa em que ele é mandado para a cadeia, com o seu edredom e o seu cheiro ao meu redor, pensando em como ele cuidava de mim nos Arranha-Céus, e isso me deixa muito, muito triste.

Ele não fez nada de errado. Na verdade, esforçou-se bastante para fazer a coisa certa. Mas eles o usaram para tentar conseguir as informações que queriam. Sacanearam com ele quando não concordou com o sistema, e o descartaram no momento em que Gus finalmente se levantou contra eles.

Sete anos. Que futuro vai restar quando ele sair da cadeia?

## 18H30 – MORTE É JUSTIÇA

A música-tema com a batida do coração toca. O logotipo do olho gira na tela gigante e as luzes se acendem. Joshua sai dos bastidores vestindo um terno reluzente cinza-claro, com as calças justas ao redor das nádegas, uma camisa preta e uma gravata listrada preta e cinza. A pele do rosto recém-barbeado está brilhando e seu sorriso é amplo. Ele para na beirada do palco, perto da plateia. As pessoas aplaudem e ele ergue as mãos em agradecimento.

A música-tema é abaixada. Os aplausos cessam.

JOSHUA: Olá e boa noite, senhoras e senhores, telespectadores, plateia. Obrigado por estarem conosco!

A plateia aplaude outra vez.

JOSHUA: E vocês nem imaginam as surpresas que teremos hoje! Será um programa e tanto. Vocês realmente não perdem por esperar. Eu mal consigo conter a minha empolgação. Querem saber o que é?

PLATEIA (gritando): SIM!

JOSHUA: Aposto que querem!

Ele sorri, atravessa o estúdio até chegar à mesa arredondada e se senta na banqueta alta em uma das extremidades, com papeis dispostos à sua frente.

JOSHUA (solene): Bem, senhoras e senhores, na semana passada nós passamos juntos por uma estrada bastante acidentada, que culminou nos eventos verdadeiramente apavorantes na Cela 7 com Martha

Honeydew. Todos nós ficamos chocados; alguns de nós ficaram até mesmo traumatizados, e eu sei e compreendo que o estresse disso ainda está longe de acabar enquanto continuamos sentados na beirada dos nossos sofás, com o drama ainda se desdobrando conforme Isaac Paige, o rapaz por quem Martha estava disposta a dar sua vida, passa a semana na sua jornada da Cela 1 até a Cela 7. Tenho certeza de que todos vocês se lembram de que conversamos com a srta. Martha ontem, mas...

Ele se detém por um instante, olha para o lado com um dedo sobre os lábios e volta a encarar a plateia.

JOSHUA: Talvez seja somente impressão minha, mas ainda estou ponderando o assunto, pensando no que poderia ter levado Martha a se declarar culpada de um crime como aqueles. Questionando-me como Isaac foi capaz de simplesmente ficar parado e deixar que a garota que supostamente é o amor da vida dele morrer, debatendo sem parar comigo mesmo as minhas próprias sensações em relação a essa trágica história de amor juvenil. Não tenho vergonha de dizer a vocês, eu cheguei até mesmo a derramar algumas lágrimas.

Ele balança ligeiramente a cabeça, assumindo um tom mais sombrio em sua expressão.

JOSHUA: E também não tenho medo de dizer a vocês que estou bastante confuso; minhas opiniões vão de um lado para outro, e é em momentos como este que eu busco esclarecimentos. E qual é o melhor lugar para buscar esclarecimentos senão no topo da pirâmide, com o nosso líder, nosso primeiro-ministro, o homem em quem votamos para comandar o nosso país? Sim, estamos muito felizes em dar as boas-vindas ao programa desta noite... a ninguém menos do que o nosso primeiro-ministro, Stephen Renard.

Uma música vibrante toca. Joshua se levanta e aplaude conforme o primeiro-ministro entra no palco, trajando um terno azul-petróleo comprado na Savile Row, com uma camisa branca engomada e uma gravata azul. Ele faz uma pausa momentânea e sorri, e os seus dentes brancos e perfeitos refletem as luzes do estúdio.

A plateia se levanta, vibrando e aplaudindo. O primeiro-ministro ergue a mão para eles e vai até a mesa. Quando ele se aproxima de Joshua, a música para. Eles se cumprimentam com um aperto de mão. Depois que o primeiro-ministro se sentou, Joshua se senta também.

JOSHUA (sorrindo): Obrigado, senhor, por reservar um tempo na sua agenda abarrotada para vir ao nosso programa. Certamente é uma honra imensa tê-lo aqui como convidado.

O primeiro-ministro se empertiga e ajusta o paletó.

PRIMEIRO-MINISTRO: Muito obrigado pelo convite. Este programa, assim como o *Campainha da Justiça*, representam tudo que há de mais democrático em nossa sociedade. São uma parte integral do desenvolvimento do nosso sistema judicial, alcançando todas as comunidades como já acontece e permitindo que o público tome decisões fundamentadas e inteligentes. Eu me sinto... nós, no governo, nos sentimos muito privilegiados em ter este pódio, um lugar que permite que o mundo veja o quanto nós somos inovadores.

JOSHUA: Obrigado por essas palavras gentis, primeiro-ministro. Eu gostaria de saber se é possível perguntar as suas opiniões sobre os acontecimentos recentes. Houve algumas controvérsias. Na realidade, algumas pessoas estão fazendo comentários muito ferozes sobre o fato de quase termos assassinado uma adolescente inocente.

Joshua solta um gemido e toca a orelha. O primeiro-ministro quase não se move.

PRIMEIRO-MINISTRO: Joshua... posso chamá-lo de Joshua?

JOSHUA: Por favor.

PRIMEIRO-MINISTRO: Joshua... a minha visão a respeito disto tudo... bem, em primeiro lugar, precisamos debater a terminologia que você acabou de usar. "Assassinar" não é um termo tecnicamente correto no caso da pena de morte...

Joshua franze a testa e olha para os papeis que estão à sua frente.

JOSHUA: De acordo com os meus documentos, primeiro-ministro, a definição de assassinar...

PRIMEIRO-MINISTRO (rindo): É uma trivialidade, Joshua. Vamos continuar com o que realmente importa aqui. Como eu estava dizendo, esses dissidentes... sempre vai haver pessoas que gostam de criar problemas e polêmicas. Isso não é necessariamente negativo, pois nos força a analisar as decisões que tomamos, nossas políticas, nossas opiniões, e garantir que estamos realmente representando os desejos da maioria. É vital que consideremos as opiniões desses indivíduos; eles são, afinal de contas, um elemento, mesmo que pequeno, da sociedade como um todo. Mas, como líderes mundiais, como inovadores, como protetores do público, é nossa responsabilidade, mesmo considerando essas opiniões, de também termos a força e a coragem de defender nossas próprias opiniões e valores, e não perder de vista aquilo que é certo e que vai garantir a segurança da população.

A plateia aplaude. O primeiro-ministro espera pacientemente.

PRIMEIRO-MINISTRO: Tenho total convicção, e o meu gabinete tem a mesma certeza, de que muitas vidas são mais importantes do que uma vida solitária. Isso não significa ser insensível ao tomar uma decisão; pelo contrário, é colocar a sensibilidade no processo, bem no centro, onde ela precisa estar. Onde deveria estar.

Ele se vira para a plateia.

PRIMEIRO-MINISTRO: Pensem por um instante na lógica que temos aqui. Vamos considerar Martha Honeydew, acusada de atirar em Jackson Paige. Se ela fosse executada, uma vida seria perdida. Ela tem dezesseis anos; então, matematicamente falando, presumindo a expectativa de vida usada na Bíblia — setenta anos — é uma perda de cinquenta e quatro anos. Agora, supondo que ela fosse declarada inocente e libertada, e que matasse outra vez... Não se esqueçam que ela já matou um homem de trinta e seis anos, que resulta em uma perda de trinta e quatro. A próxima vez que ela matar alguém pode causar a perda de outros trinta, quarenta, talvez até mesmo cinquenta anos. E incluam também a dor causada, os danos contra as famílias que as estatísticas não mostram. As esposas, mães, maridos, pais, avós, mas também os filhos. Os filhos. Transformados em órfãos, forçados a viver na pobreza e na miséria por causa de um ato impensado e uma pessoa solitária.

Ele faz uma pausa, suspira e balança negativamente a cabeça.

PRIMEIRO-MINISTRO: Uma pessoa que nós escolhemos libertar. Uma pessoa que teria sido removida deste mundo e, portanto, seria incapaz de causar tanta dor e sofrimento, se não houvéssemos deixado de agir. Isso, senhoras e senhores, teria sido uma falha nossa. A culpa seria nossa e a responsabilidade também. Eu me recuso a assumir esse risco. Permitam que eu faça uma pergunta.

Ele se levanta e caminha lentamente na direção da plateia. A luz do holofote o segue.

PRIMEIRO-MINISTRO: Vocês libertariam um tigre do zoológico, dizendo às pessoas que ele até pode ter dentes, mas que provavelmente não vai usá-los? E vocês deixariam esse tigre andar pelas mesmas ruas onde as suas famílias andam? Vocês tirariam uma aranha do interior do seu viveiro, sabendo que ela é letal, mas confiando que ela sempre manteria a calma, mesmo rastejando por cima de vocês e dos seus filhos? Não. Vocês não fariam uma coisa dessas.

Ele para na beirada do palco.

PRIMEIRO-MINISTRO: E a situação aqui é a mesma. Como eu já disse inúmeras vezes e continuarei a dizer enquanto puder, a segurança da população é fundamental. E eu farei qualquer coisa que seja necessária para garantir isso.

A plateia se levanta e aplaude. O primeiro-ministro baixa levemente a cabeça em agradecimento.

PRIMEIRO-MINISTRO (mais alto): Quem quer viver em uma sociedade em que os nossos filhos não podem voltar das lojas para casa em segurança? Em que nossas filhas e irmãs têm medo de usar atalhos por becos depois que escurece? Em que nossos avós vivem assustados demais para abrir suas portas? Em que gangues de jovens ficam sentados nas esquinas aterrorizando as pessoas que passam por eles? Eu, não. E digo mais: não enquanto eu estiver no comando!

O primeiro-ministro volta para a mesa. Assobios, gritos e aplausos soam por entre a plateia. Joshua sorri, erguendo as mãos para silenciá-los. O primeiro-ministro se senta.

JOSHUA: Bem, o senhor tem razão, primeiro-ministro, obrigado. Parece que a população se sente mais segura com o senhor no timão deste navio. Há outra coisa, se não se importa, que surgiu nesta última semana. Algo que eu gostaria de saber se o senhor poderia esclarecer para nós.

PRIMEIRO-MINISTRO: É claro que sim. É para isso que estou aqui.

JOSHUA: Eu jamais gostaria de dar voz às controvérsias, mas, na minha opinião, é melhor que essas coisas sejam explicadas abertamente do que...

PRIMEIRO-MINISTRO: ...do que deixadas nas sombras. Com certeza. Eu não tenho como discordar.

JOSHUA: O senhor pode nos dizer qual é a sua posição na questão dos preços cobrados para votar? Há algumas vozes alegando que o sistema atual dá um peso maior e injusto para aqueles que têm condições de pagar para votar.

PRIMEIRO-MINISTRO: Joshua, eu fico muito feliz por você tocar nesse assunto, e fico feliz em estar aqui para dissipar quaisquer medos e preocupações. Como sempre, nós ouvimos as vozes dos nossos votantes, a nossa população, o povo a quem servimos, e tenho a satisfação de poder revelar planos que vão permitir que os menos afortunados da nossa sociedade tenham os mesmos direitos que todos os outros. Temos um dos melhores históricos de defesa de direitos humanos do mundo, e eu acredito que a nossa medida mais recente vai nos levar para o topo dessas estatísticas. Para garantir a igualdade, a partir de hoje, daremos a cada pessoa que vive na área mais carente do nosso país, os Arranha-Céus, seu próprio celular, permitindo que tenham acesso à internet e a oportunidade de votar neste programa tão icônico. Os indivíduos vão poder acrescentar seus próprios cartões de crédito e também fazer o download do aplicativo do *Morte é Justiça*, o qual, como você sabe, Joshua, traz informações atualizadas sobre cada caso, as estatísticas, o histórico dos indivíduos, e também a possibilidade de votar com um único clique, associado diretamente às suas contas bancárias.

Joshua faz um sinal afirmativo com a cabeça, com um sorriso forçado no rosto.

JOSHUA: Mesmo assim, para votar, as pessoas ainda têm que pag...

PRIMEIRO-MINISTRO (interrompendo rapidamente): Somos o primeiro país a dissolver a barreira de discriminação entre a tecnologia e a pobreza dessa maneira e a dar as mesmas oportunidades para os cidadãos mais pobres; sinto-me honrado e orgulhoso por estar envolvido nesse plano.

Novamente a plateia vibra, e o primeiro-ministro baixa a cabeça e ergue a mão.

JOSHUA: Bem, senhoras e senhores, membros da plateia, o que achamos disso? É uma bela oferta do nosso governo. É realmente bastante generosa, mas o que seria mais generoso, e mais justo, seria um sistema em que os votos fossem gratuitos.

Ele geme subitamente e toca a orelha.

PRIMEIRO-MINISTRO: E já estamos começando a entregar os aparelhos. Neste exato momento, a nossa equipe já está indo de porta em porta e também para os centros comunitários de assistência, clínicas populares e agências do correio, entregando esses celulares como uma questão prioritária.

Um sorriso forçado e desajeitado se abre no rosto de Joshua novamente.

JOSHUA: Bem, aí está. Se vocês estão nos assistindo nos Arranha-Céus, certifiquem-se de pegar seus telefones celulares gratuitos ou atender à porta quando a equipe de entregas bater. Voltaremos depois de uma pequena pausa para os comerciais, e, enquanto isso, não se esqueçam de registrar seus votos. Todas as informações que vocês precisam estão na parte de baixo da sua tela agora.

Uma faixa azul com os números e os detalhes escritos em prata passa pela parte de baixo da tela. O sorriso de Joshua se desfaz lentamente.

## MARTHA

Eu coloco a TV no mudo. O vento sopra com força lá fora. Latas de lixo vazias batem contra o asfalto e sabe-se lá o que mais está correndo pelas sarjetas, mas eu ouvi alguma outra coisa. O que foi? Uma porta?

O vento agita a aba da caixa do correio e a chuva bate com força contra as janelas, mas também não é isso. Alguém está conversando. Parece ser aquele cara com quem conversei mais cedo — o vizinho. Eu aperto o botão de desligar no controle remoto.

As barras vermelhas do aquecedor brilham, mas, exceto por isso, está tudo escuro, com uma leve luminosidade vinda das cortinas.

Há outra voz. Uma porta se fecha.

O que foi que o primeiro-ministro disse antes? Que iriam entregar celulares na região dos Arranha-Céus, ir de porta em porta... eu ouço uma batida, não na porta da casa de Gus, mas perto.

Estremeço, como se um cubo de gelo tivesse sido colocado por dentro da minha blusa e escorregado pelas costas, e aperto o edredom com força ao meu redor, como se ele pudesse me proteger de tudo.

Será que quero esperar para descobrir?

Com o edredom ainda enrolado ao redor do corpo, eu vou até a janela na ponta dos pés e espio por entre um buraco na cortina de renda. Há um homem na porta do lado oposto; parece elegante. Há uma outra pessoa com ele, e eles estão conversando com a pessoa que mora ali. Aquele é o carteiro? Com o carrinho vermelho de entregas?

Ele tira alguma coisa dali de dentro, entrega-a para o morador e pede para o cara assinar o recibo. O carteiro se vira e olha para a janela. Bem onde eu estou. Será que ele consegue me ver?

Estou olhando diretamente nos olhos dele, mas ele não dá sinais de que me reconheceu. Mas eu sei quem ele é; já o vi por aqui. É sempre o mesmo carteiro que anda por essas bandas; ele sempre cumprimenta as pessoas com acenos de cabeça.

Mas, desta vez, ele pisca o olho.

Oh, merda.

Dou um passo e fico ao lado da janela, esperando que as sombras me escondam.

Ainda consigo vê-lo, e também o outro homem que esta junto dele. Consigo ver seus contornos.

O outro se vira. — Esse trabalho é um pé no saco — diz ele.

— Não entendo por que mandaram alguém com a sua reputação fazer isso — responde o carteiro. — Qualquer idiota poderia fazer isso. Eu podia cuidar de tudo isso sozinho.

— Não tenho a intenção de desrespeitar ninguém — continua o primeiro homem. — Mas estamos procurando a garota, também, lembre-se. Você sabe, aquela Martha Honeydew, que está foragida.

— Não sabem onde ela está, então?

— Se sabem, ninguém me avisou. Em que pé estamos, afinal de contas? Qual é a próxima casa? Vamos acabar com isso logo para podermos ir para casa.

As sombras passam diante da janela, indo na direção da porta da frente. Ela é sólida, sem vidros, e eu me agacho atrás dela. A chave está na fechadura, mas não consigo me lembrar se a girei ou não.

Devo verificar? Me arriscar a provocar um barulho? Ou apenas sentar e esperar?

Subitamente, batem na porta com uma força tremenda, e a porta chega a balançar nas dobradiças. Cubro a boca para não gritar.

— Essa aqui é um chiqueiro — diz o homem.

— Duvido que alguém venha atender a porta — responde o carteiro. — Essa é a casa de Gus Evans. O cara foi preso ontem. Não vai haver ninguém aqui.

— Ah. Talvez alguém tenha invadido o lugar, quem sabe?

A aba da caixa de correio bate contra o metal. Dedos entram por ela e a abrem.

Fico paralisada.

— Acho que não.

A aba se fecha com outra batida.

— Anote que esse aparelho não foi entregue. Vou devolvê-lo para a central e mandar alguém vir até aqui dar uma olhada. Não vou ficar parado aqui nesse mau tempo.

Os pés dos dois se afastam, mas eu continuo parada.

Ouço quando ele bate na porta da vizinha e ouço alguém atender, escuto quando ele recita o texto sobre o telefone gratuito, o ato de boa-vontade do governo, promovendo a igualdade e todo o resto.

Ele pergunta o nome da mulher, confirma o endereço, pergunta a sua data de nascimento, número de seguridade social nacional, parentes... tudo. Os pelos na minha nuca se eriçam.

*Essa merda é bem esquisita,* eu penso.

Não sei o que aquele primeiro-ministro seboso Stephen Renard e seus comparsas estão tramando, mas não posso me arriscar a ficar aqui.

Não posso voltar para a casa de Eve. Não posso ir para a casa da Senhora B. e nem me esconder no meu apartamento antigo. Onde, então? Por que é sempre tão difícil para alguns e tão fácil para outros?

Eu pego uma velha mochila de Gus e enfio um cobertor ali dentro. Reviro os armários mais uma vez, encontro um pacote de biscoitos pela metade e os enfio na mochila também, e, com uma última olhada no lugar, eu saio pela porta, enfio a chave no bolso apenas por precaução e dirijo-me para as áreas centrais da cidade.

...

Já caminhei por vários quilômetros e meus pés doem. Essas botas de Eve são quentes, mas não servem direito e eu tenho a impressão de que estou com bolhas nos pés. Pensei em pegar o trem ou o ônibus, mas não me atrevi a correr o risco.

O casaco de Max ajuda a me proteger do mau tempo, mas meu rosto está congelado e as minhas pernas também. As mãos estão enfiadas dentro das mangas.

Não tenho certeza de onde estou, apenas caminho na direção das luzes e das pessoas,esperando encontrar o anonimato no meio da multidão.

Eu penso conforme ando, reviro as coisas na cabeça, faço perguntas a mim mesma.

Será que as coisas seriam tão ruins em uma instituição de assistência? Não seria melhor se eu simplesmente me entregasse? Eu encontraria um lugar quente e seco. Seria alimentada. Poderia voltar a ir à escola. Talvez as coisas pudessem ser normais.

*Ah, você acha mesmo?* diz a minha cabeça. *Eles só estão interessados porque querem o que você tem. Podem ter destruído as gravações daquela noite, apagado qualquer coisa que Max ou Cícero colocaram na internet, ridicularizado você, mas você tem os originais e eles sabem disso.*

*Para eles, você é um perigo.*

*Há muitas pessoas naquela lista que têm algo a perder. Se você se entregar agora, o jogo acaba.*

Pelo menos uma vez, a minha cabeça está raciocinando direito.

Lembro-me do telefone de Max no meu bolso e penso em ligá-lo. Em telefonar para ele e escutar uma voz familiar, uma voz gentil e amistosa. Perguntar a ele como estão as coisas, o que ele conseguiu fazer. Um website, talvez, ou algum canal de vídeos.

É a noite do segundo dia e até agora eu não fiz nada para ajudar Isaac. Ele ainda tem cinco dias para viver.

Há uma loja de TVs do outro lado da rua, e eu corro por entre o trânsito para chegar ao outro lado. Há montes de telas mostrando todos os diferentes canais, e eu verifico uma por uma. E então eu vejo um canal de notícias, com a âncora repassando o que será manchete no dia seguinte, e ali está: Isaac é a principal matéria. Prendo a respiração quando a imagem dele surge na tela.

Jesus Cristo, ele está horrível. A cabeça raspada, alguns pontos onde há sangue seco, olhos vermelhos e um hematoma na bochecha que eu tenho certeza que não estava ali antes.

Meu Deus, Isaac. Eu lamento tanto...

Tudo se transforma em um borrão diante de mim. Estou cercada por pessoas, todas cuidando das próprias vidas, sem demonstrar qualquer preocupação ou interesse. Lágrimas rolam pelo meu rosto, e quando eu pisco e a minha visão clareia, você sumiu da tela.

Eu sigo o fluxo da multidão e mantenho a cabeça baixa.

Há muitas pessoas, de repente. Um enxame delas.

A mulher que está ao meu lado tem um cheiro bom, e seus cabelos são perfeitos. Seus sapatos estalam no chão da calçada. Tudo completamente normal.

Ela está com alguma coisa enfiada sob o braço. Ela se move e a segura nas mãos estendidas, mostrando para a amiga que está com ela.

As luzes dos postes brilham naquilo e eu fico surpresa. Meus pés vacilam, meu coração bate mais forte e meu rosto arde com o calor, mas eu dou um jeito de continuar andando perto delas. Jesus... não podem estar fazendo isso! É Isaac. O rosto dele. Sorrindo em uma página de papel brilhante. Que merda...

Eles estão publicando livretos para distribuir como souvenires? Mas que...? O livreto exibe *Morte é Justiça* no alto da capa. O logotipo do olho. Isaac no meio. Um livreto com aqueles que estão encarando o fim da vida.

Como eu nunca soube disso? Será que é alguma novidade? Minhas pernas param. As pessoas trombam comigo conforme andam, mas eu não consigo ir a lugar algum. Não consigo me mover.

Olho por entre a multidão. Os rostos sorridentes, as risadas, as roupas chiques, a maquiagem e os cabelos alisados. Unhas pintadas carregando aqueles livretos, com o rosto de Isaac em toda capa.

Começo a andar na direção contrária do fluxo, abrindo caminho, rumo ao lugar de onde eles estão vindo. Sabendo agora que lugar é esse. As vozes que conversam se misturam umas com as outras, mas uma das conversas é mais alta. Com a cabeça baixa, tentando me afastar para o lado, eu escuto.

— Estou dizendo — diz uma voz feminina. — A minha mãe trabalha no jornal e ela estava lá, no dia da Cela 7 de Martha. Ela viu o que aconteceu e me contou.

— Estão abafando o caso? — responde um homem.

— Minha mãe disse que mostraram um vídeo em que Jackson estava apontando uma arma para Martha, e outro onde ele atropelava a mãe dela com um carro. E eles tinham documentos que mostravam todos esses crimes horríveis...

— Ouvi dizer que os documentos eram falsos.

— Bem, o vídeo não era! Ela filmou tudo com o celular, mas depois, logo depois, o chefe disse que todos iriam ganhar celulares novos e...

A voz da mulher desaparece conforme ela se afasta.

*Diabos.*

Abro caminho por entre as últimas pessoas que saem dali, e fico diante daquele lugar.

Corrimãos pretos que se estendem de ambos os lados, aquela porta enorme diante de mim o prédio que se ergue à minha frente e ao meu redor, e, acima dele, bem lá em cima, onde aquela bela janela redonda costumava ficar, está o logotipo do olho, com a íris azul-gelo cintilando no céu noturno. Quase como se fosse um planeta.

Eu olho para ele. Ele me mantém ali, imóvel.

Eles ainda chamam o lugar de a Real Corte de Justiça, mas não há mais justiça ali. Somente os estúdios de TV do *Morte é Justiça* e todos os escritórios.

*Talvez algum dia esse lugar voltará a ser como era antes,* eu penso comigo mesma. *Um lugar para a verdadeira justiça.* Vou para um dos lados e entro por uma das portas, espiando por entre as sombras, observando as paredes de pedra e as janelas em arco. Do lado de fora, com exceção daquele olho, tudo é gótico e tradicional; dentro, tudo são superfícies reluzentes, brilho e glamour, tudo é lindo.

Nós sorrimos. Vocês aplaudem. Nós mostramos algum escândalo e vocês fazem *oooh* e *aaah*. Sintonizem o nosso canal para saber mais. Mais telespectadores, mais votos, mais dinheiro. Não existe fumaça sem fogo, vocês dizem. Por isso, nós matamos algumas pessoas e vocês aplaudem. As estatísticas dos crimes estão caindo. Funciona, vocês dizem. Apenas fechem os olhos, ignorem os fatos e não façam perguntas. É mais fácil assim. Nunca vai acontecer comigo, vocês dizem. Por que eu deveria me importar? Apatia.

Um portão range por perto e eu enfio a cabeça dentro do casaco, recuando ainda mais para o interior das sombras.

— Quer que eu chame um táxi, sr. Decker? — pergunta uma voz de homem.

— Não, obrigado. Hoje não. O ar fresco vai me fazer bem — vem a resposta.

*Decker,* eu penso. *Decker. O quê? Joshua Decker? O apresentador?*

Olho para fora das sombras e percebo que ele está caminhando em minha direção.

*Desgraça dos infernos, é ele.*

Eu prendo a respiração conforme ele se aproxima.

— Antes você do que eu, sr. Decker — diz a primeira voz por trás dele. — Está um pouco frio para o meu gosto.

Ouço Joshua suspirar quando passa por mim, e observo quando ele ergue a gola do seu sobretudo para se proteger do vento. Ele passa tão perto que eu poderia estender a mão para tocá-lo. Mas não faço isso. Fico olhando para ele, observando enquanto ele se afasta. E lembro da noite em que estive no programa com ele, em minha tentativa inútil de ajudar Isaac.

Saio pela porta e acompanho os passos dele, ficando um pouco para trás. E o sigo.

...

Ele não anda muito rápido. Em seu caminho, ele passa pelo Old Bailey, e depois pela Millenium Bridge. Ele para no meio da ponte, vai até a borda e se apoia nos corrimãos, olhando para algum ponto ao longe.

Eu o observo, imaginando sobre o que ele está pensando.

Estou um pouco distante, mas mesmo daqui ele não age como faz na TV ou quando o encontrei. Parece estar triste.

Após algum tempo ele começa a andar de novo e eu o sigo por mais algum tempo.

Espero em um beco enquanto ele entra em uma loja de bebidas alcoólicas, saindo dali com uma garrafa em uma sacola. Diminuo o passo conforme ele atravessa ruas e anda por entre o trânsito. Ele não vai me ver. Com a escuridão e o vento, com as lâmpadas dos postes que não funcionam em alguns lugares e os faróis e as luzes dos carros e ônibus e tudo mais, e todas aquelas pessoas, qualquer um poderia estar seguindo ou ser seguido.

Ele para diante do tipo de casa onde eu sonho em viver, com degraus que levam até uma porta de madeira grande, janelas amplas dos dois lados e grades em estilo antigo.

Quando alguém abre a porta da frente para ele entrar, eu saio das sombras e atravesso a rua.

## EVE

— Max! — Eve bate a porta e marcha pela casa. — Max, onde você está?

— Isso aqui chegou para você — diz ele quando Eve entra na cozinha. — Eles me mandaram assinar para dizer que eu a recebi em seu nome. — Max entrega uma carta a ela.

Ela treme ligeiramente quando pega a carta, rasga a aba e puxa uma folha de papel, e, conforme lê o que está escrito, leva a mão à boca.

— Más notícias? — pergunta ele.

— Não são nada boas.

Ela passa a carta para ele e vira o rosto, respirando em golfadas longas e difíceis.

— "Caso Martha Elizabeth Honeydew não seja entregue às autoridades até o meio-dia de amanhã, isso será considerado um ato contra a segurança e a estabilidade da nossa nação, em violação direta das exigências das autoridades. Isso resultará na sua prisão e na subsequente acusação de perverter a execução da justiça" — lê Max em voz alta.

Ele levanta o rosto rapidamente. — Eles querem prender vocês? Como o ato de não entregar Martha pode ser considerado "perverter a execução da justiça"?

— Não importa — diz ela. — Eles vão inventar alguma coisa. Eles veem Martha, e a nós, como uma ameaça.

— Porque sabem que temos os arquivos e os documentos originais? E a gravação das câmeras de circuito fechado? Mesmo que já estejam fazendo de tudo para nos desacreditar?

— Por que arriscar, quando podem nos silenciar antes que qualquer pessoa comece a escutar? — Diz ela.

— Bem, não vai dar certo — responde ele. — Já digitalizei tudo que estava ali. Mandei para todos os editores de jornais, produtores de TV, qualquer pessoa que pudesse se interessar. Já postei tudo em um website que criei com os vídeos... não vou deixar que me intimidem.

— Mas Max, isso aqui... — ela aponta para a carta. — Não podemos lutar contra isso. Se não dissermos a eles onde Martha está, eles vão vir me prender.

— Você não está pensando realmente em entregá-la, não é?

— E como eu poderia fazer isso? Não sei onde ela está.

Os dois ficam em silêncio. Max estende o braço para acender o bico do fogão onde está a chaleira.

— Preciso de vinho, não de café — murmura ela, e, enquanto tira uma garrafa do armário, Max volta a olhar para a carta em sua mão.

— "Este crime grave incorre em uma sentença máxima de prisão perpétua" — lê Max, erguendo os olhos enquanto ela enche uma taça até a borda. — "Embora isso seja decidido caso a caso, de acordo com os parâmetros especificados no programa *Campainha da Justiça*".

Eve enfia o saca-rolhas de volta na garrafa. — E vai ser assim... meu destino vai ser decidido por três pessoas aleatórias. Basta que duas toquem a campainha e eu vou para a cadeia.

Ela levanta o copo e olha para ele. — Max... se isso acontecer... se eles decidirem que eu sou culpada...

— Está tudo bem — diz ele para reconfortá-la. — Você já me falou antes. Se alguma coisa acontecer com você, você já deixou declarado com um advogado que eu vou morar com a tia...

— Não é isso — interrompe ela. — Há uma coisa que...

— Pare, mãe. Vai ficar tudo bem. Você vai ficar bem. Nós vamos falar com eles, explicar tudo. — Ele coloca os braços ao redor de Eve e a abraça.

— Eu não mereço um filho como você — sussurra ela.

## MARTHA

A pessoa que abriu a porta para ele fica oculta, e eu não consigo enxergá-la.

Vejo o sorriso de Joshua e o alívio em seu rosto, entretanto. O alívio de estar com alguém querido, de poder baixar a guarda. O prazer de estar entre aquelas paredes que se chama "casa", onde você pode simplesmente ser você mesmo e mandar o resto do mundo à merda.

Como é Joshua quando está sendo ele mesmo? Tenho a impressão de que ele não é o cara que vemos na TV, com os cabelos e as roupas perfeitas e aquele sorriso de astro do cinema.

Eu subo os três degraus de pedra que levam até aquela porta impressionante. Pingos de chuva escorrem pela madeira negra e lustrosa, a luz suave do interior da casa sendo filtrada pelos painéis de vidro, plantas em vasos dos dois lados da porta, e uma daquelas coisas onde você raspa a lama das botas ao chegar.

E um batedor de bronze. Eu o toco, levanto-o, mas não consigo deixá-lo cair. Gentilmente, eu o coloco de volta na posição original.

*O que você está fazendo?* Eu pergunto a mim mesma, em minha cabeça. *O que você espera conseguir?*

Estou com frio. Com fome, cansada e sozinha. Eu quero... eu preciso... *Ser encontrada? Que Joshua ligue para a polícia e que eles a levem daqui, para que você nunca mais saiba o que é liberdade de novo?*

Se isso é a liberdade, será que eu a quero?

O rosto de Isaac em todos aqueles livretos distribuídos como souvenir enche a minha mente e eu não sei qual é a resposta, mas eu já estou muito mais do que farta disso.

Descendo as escadas, eu volto para o caminho que leva de volta à rua, mas alguma coisa me faz virar.

Essa gloriosa casa onde Joshua mora tem quatro andares: o pavimento com a porta da frente, outros dois acima dele e um porão. Há uma luz no porão. Recuo devagar e percebo uma escada menor que leva para baixo, com alguns degraus cobertos por trepadeiras e outros quebrados.

Ficando mais próxima da lateral e protegida pela escuridão das plantas que cobrem a escadaria, vou descendo cautelosamente.

Ninguém que esteja na rua pode me ver agora.

E não vão conseguir me ver se estiverem ali dentro — a luz vai fazer com que isso seja impossível —, mas eu posso vê-los.

Ali está Joshua. Ele joga as chaves em um pote que está na mesa e tira os sapatos. Em seguida, tira as meias também, e fica parado, flexionando os dedos dos pés com os olhos fechados. Uma outra pessoa entra na sala, um homem de estatura mediana e cabelos escuros — eu não o reconheço. Ele retira o paletó de Joshua e o pendura em um cabide para casacos que está perto da porta.

Joshua senta-se à mesa e apoia a cabeça nas mãos. O outro homem se aproxima por trás e coloca as mãos nos ombros de Joshua. Em seguida, o envolve com os braços, o abraça e o beija.

*Ah,* eu penso. *Isso ele não mostra para o público em geral. Fico me perguntando por quê.*

E em seguida eu penso no *Morte é Justiça*; já que ele é o novo rosto do programa. As mulheres desmaiam quando ele chega perto. Quantas outras ligam a TV apenas para vê-lo? Os produtores do programa sabem que ele é gay? Será que se importam com isso? Isso importa para a população? Para os telespectadores? Para quem vota?

O homem se afasta e senta-se ao lado dele, e, conforme eu observo a cena, vejo a cabeça de Joshua se levantar e balançar negativamente. Vejo também lágrimas em seu rosto e o seu companheiro passando um lenço de papel. *Não tenho o direito de ver isso,* eu penso, e volto a me dirigir para a rua. O que eu faço agora? Uso o dinheiro que Max me deu para alugar um quarto? Mas onde eu ficaria em segurança?

Tenho vontade de apertar o botão de pausa na vida para que eu possa parar, pensar e descansar. Estou tão cansada e com tanto frio, gelada até os ossos, mas não posso parar. Cada minuto, cada segundo que eu desperdiço é um segundo que passa rumo à morte de Isaac.

*Você vai poder descansar daqui a cinco dias,* eu digo a mim mesma. *Vai poder dormir. E aí você vai poder olhar para trás e saber que fez tudo, absolutamente tudo, que podia.*

Mas, neste exato momento, eu não estou fazendo absolutamente nada. Preciso de um espaço, preciso pensar e planejar o que vou fazer.

## O PRIMEIRO-MINISTRO

O primeiro-ministro avança por um longo corredor de carpete grosso que suaviza seus passos e com as paredes cobertas por painéis de madeira e pinturas de líderes de outras épocas que o encaram. Ele os viu inúmeras vezes, e, como sempre, passa por eles sem dedicar qualquer olhar ou pensamento. Para ele, aquelas pessoas não são parte da história e não têm qualquer significado; são simplesmente pinturas.

Ele passa por uma porta dupla e, em seguida, vira imediatamente para a esquerda, pressionando o polegar em um terminal na parede. A porta se abre com um clique e ele entra em uma sala pintada de azul.

Ali dentro, uma das paredes está tomada por uma enorme tela central, com outros monitores menores cercando-a. As telas menores vigiam as ruas do alto, cruzamentos, frentes de casas, lojas ou escolas, enquanto a maior é uma imagem de satélite da região central de Londres, das Avenidas e dos Arranha-Céus. Pontos vermelhos salpicam a imagem; alguns permanecem congelados; outros se movem, em diferentes velocidades, em todas as direções.

Sentada em uma das duas cadeiras giratórias de couro diante das telas está Sofia, sua auxiliar.

— Senhor — diz ela, levantando-se quando o primeiro-ministro entra. — Eu reuni todas as imagens em um único vídeo para o senhor. É ela, claramente.

O primeiro-ministro se senta.

— Eu estava examinando as gravações das casas de celebridades como faço todas as noites neste horário. Joshua Decker foi incluído recentemente na lista de vigilância; se não fosse assim, eu provavelmente levaria mais uma hora ou duas para encontrá-la. — Conforme Sofia fala, ela aperta botões e limpa as imagens das telas menores.

— Depois, eu as segui em ordem inversa, mapeando a rota por onde ela deve ter vindo. Fica um pouco confuso quando chegamos ao território dos Arranha-Céus por causa da quantidade de câmaras vandalizadas — o senhor vai perceber que algumas estão com a imagem distorcida ou tremida, e que a qualidade das imagens é ruim.

As mesmas imagens surgem em todos os monitores menores, várias tomadas de Martha em ruas diferentes conforme a gravação passa de uma câmera para outra.

— Mas eu consegui segui-la até o ponto de origem. Parece que ela estava na casa de Gus Evans.

Na tela principal, todos os pontos vermelhos se apagam, e a tela se aproxima em *zoom* na área dos Arranha-Céus.

— Mesmo assim, conforme os celulares foram sendo ativados e começamos a rastreá-los, eu percebi um sinal antigo que correspondia aos seus movimentos. Acredito que ela deve estar com algum aparelho antigo de Max Stanton. Felizmente, em vez de deletar os registros anteriores, nós os arquivamos para que eles ainda pudessem funcionar.

Ela pressiona mais alguns botões; um ponto vermelho solitário cresce na tela.

— E aí está ela. Ou estava, pelo menos.

— Tem certeza de que é ela? — pergunta o primeiro-ministro.

— Certeza absoluta. Como o senhor pode ver, quando eu cruzo as referências das câmeras de vigilância onde ela foi avistada com o sinal daquele celular... — ela para de falar enquanto pressiona os botões, e a tela central mostra a jornada do ponto vermelho enquanto as telas ao redor revelam as gravações captadas pelas câmeras de vigilância da trajetória de Martha pela região central da cidade.

— Isso é espantoso. E nós podemos acompanhar cada movimento dela agora?

— Sim, senhor. Na verdade, com a iniciativa de distribuir celulares para todos, você pode seguir os movimentos de qualquer pessoa.

— Exatamente o que eu queria — diz ele com um sorriso torto.

— Desde que ninguém descubra. Acho que algumas pessoas podem não gostar de ter todos os seus movimentos monitorados.

Ele faz um gesto no ar. — Apenas para serem derrubados por aqueles que alegam que, nesse caso, essas pessoas têm algo a esconder. Não, isso não é um problema. Sofia, você realmente se superou. Eu lhe confiei essa tarefa, e agora você conquistou o direito de receber responsabilidades maiores no futuro. Meus parabéns. Pode ir agora. Tire o resto do dia de folga.

Ela olha para o relógio na parede: 23h30.

— Obrigada, senhor — responde ela, e sai da sala.

Sozinho, o primeiro-ministro se recosta na cadeira; o móvel range, e ele tamborila com os dedos no queixo enquanto pensa, os olhos se estreitando quando suspira.

Ele se inclina para frente para se aproximar do teclado, ativa o menu "opções" na tela e, no espaço reservado para o nome, digita "Patty Paige". A tela fica borrada por um momento, a gravação se move, e depois volta a ficar bem focalizada e se aproxima em zoom de uma imagem de satélite da região central da cidade, um ponto vermelho que está imóvel dentro de um prédio.

Ele pega o telefone que está sobre a mesa e digita um número.

Enquanto toca, o ponto vermelho sai de dentro do prédio e vai até uma rua lateral.

— Alô — diz Patty quando atende o telefone.

— Patty, minha querida. Como você está?

Há uma pausa. O ruído do trânsito é audível ao fundo.

— Stephen?

— É "primeiro-ministro" para você, Patty, mas sim, sou eu. Como você está, diabos?

— Bem, obrigada — responde ela.

— Excelente. Eu estava preocupado. Pensei que talvez pudesse estar sofrendo pela sua perda, e porque o seu filho está no corredor da morte.

— Ele não é meu filho.

— Você não está sentindo a necessidade de afogar as suas mágoas, não é mesmo? — Ele aumenta ainda mais o *zoom* da imagem via satélite. A tela volta a focalizar no bar do qual ela acabou de sair, e o nome do lugar, Holly's, aparece em letras de neon.

— Eu lembro que você gostava de frequentar o Holly's...

— Aquele pulgueiro? De jeito nenhum — responde ela. — Estou no meu carro. Estacionei para atender a ligação. Acho que você consegue ouvir o barulho do trânsito.

— Não duvido de você nem por um momento, Patty — diz ele, observando o ponto vermelho se aproximar da rua. — Você tem a minha confiança.

— Que bom — diz ela. — Tenho o controle total da situação. Como prometi que teria. Não vai ser um problema; eu vou cuidar de Honeydew.

— Seria terrível, Patty, se não tivéssemos uma compreensão clara a respeito de nós mesmos. Como eu disse antes, seria detestável ter que dar um fim à nossa amizade e ao nosso acordo. Até este momento ela foi mutuamente benéfica, mas isso precisa continuar; e, para tanto, é preciso que haja cooperação total.

— Absolutamente — responde ela.

— Então onde está Honeydew? — ele aciona o campo de opções novamente, colocando-o na tela.

— Bem...

— Porque você disse, e disse várias vezes, que está cuidando disso. — Ele digita "Martha Honeydew" no campo "nome" e pressiona Enter.

— Olhe, eu posso garantir que...

— Onde ela está agora, Patty?

O zoom da tela diminui, um ponto vermelho aparece na borda, e o *zoom* é acionado mais uma vez para ampliar a imagem.

— Eu...

— Quer que eu diga?

— Ela... ela está escondida nos Arranha-Céus...

— Não está, não. — Ele bufa, soltando longamente o ar. — Obviamente, você não sabe. E, se não sabe, então não pode estar no controle da situação.

O pé do primeiro-ministro bate no chão.

Patty não responde.

— Ela está em um parque perto da casa de Joshua Decker. Aquele que tem o coreto. Você tem vinte e quatro horas. Se a situação não estiver resolvida até lá, então toda a sua reputação pública vai para o esgoto. Fui claro?

— Como...

— Eu não quero ter que cuidar da sua parte neste acordo também. Saia desse bar sujo e volte logo ao trabalho.

— Você está me espionando?

Ele ignora o protesto escandalizado de Patty. — Sofia vai informar você se houver alguma atualização. Agora é hora de voltar ao trabalho, Patty. Se você cair do pedestal tão alto no qual se colocou, vai criar uma sujeira enorme. Amanhã à noite. Sem desculpas.

Ele desliga o telefone e observa para o conjunto de monitores.

— Você, Martha Honeydew, é uma garota muito incômoda.

# DIA 3

# MARTHA

Estou morta de frio. Estou congelando, mesmo com o cobertor e a jaqueta de Gus.

Não consigo me lembrar da última vez em que dormi direito.

Antes daquela noite, provavelmente. A noite em que você matou Jackson. Quando estávamos juntos, ainda no meu apartamento.

Eu me sento aqui e deixo os meus olhos se acostumarem à escuridão. Consigo ver os contornos das árvores, galhos que se movem com o vento, consigo ouvi-los chacoalhando também. Eu me sujeito ao frio porque tenho que fazer isso; não posso recorrer às pessoas em quem confio para pedir ajuda. Por isso, aqui estou eu.

Os sinos de uma igreja tocam; eu conto as badaladas — uma, duas, três, quatro, cinco.

Cinco da manhã. Imagino que devo ter dormido, então.

Tiro a corrente do pescoço e deixo o anel com o quebra-cabeças cair na palma da minha mão. Olho fixamente para ele. Cinco anéis conectados, mas em pedaços. Mexo nas peças, tentando fazer com que todas se juntem em um único aro, mas é inútil. Fico pensando no que ele disse — “Espero que você aceite usá-lo, e que se lembre de mim, onde quer que eu esteja agora. E espero que ele a inspire para continuar sempre lutando”.

Tento forçá-los a ficarem no lugar certo, mas eles acabam se embolando e se desmontam mais uma vez.

Frustrada, eu prendo o anel de volta na corrente e a coloco ao redor do pescoço.

*Estou lutando, Isaac,* eu penso. *E vou continuar lutando. Mais uma razão para tirar você daí também. Para que você possa me mostrar a solução do quebra-cabeça.*

Olho para o céu, que ainda está escuro — um veludo azul, com as estrelas brilhando. O nosso céu, Isaac, com as nossas estrelas. Não consigo imaginar a sensação de olhar para o alto depois que você se for.

Sinto-me como se estivesse observando um trem correndo pelos trilhos, e, sobre os trilhos, há um carro parado, com o motor afogado. Todas as pessoas estão ao redor, esperando pela carnificina. Eu sei que ele está vindo. Eu percebo que posso conseguir parar o trem em algum ponto, fazer com que diminua a marcha ou algo do tipo, mas não a tempo de salvar o carro.

Meu Deus, essa merda toda é uma loucura só. Se você me dissesse no ano passado que isso ia acontecer, eu teria rido na sua cara. Se tivesse me dito isso há duas semanas, talvez eu acreditasse em uma parte. Se me dissesse há uma semana, então eu me pergunto se ainda teria feito o que fiz na Cela 7.

## ISAAC

Estou esperando o sol nascer para ser levado a uma nova cela. Ontem, momentos antes de ser tirado da última cela e colocado nesta, eu olhei pelo corredor e vi a porta que leva à Cela 7. Ela está na parede mais distante, como um portão para o céu. Ou para o inferno.

Ou para um auditório. Estamos nos bastidores e a população, a nossa plateia, está esperando do outro lado pelo espetáculo. Será que vão conseguir o que querem?

Vão julgar que a minha interpretação é digna dos seus aplausos? Talvez até mesmo me aplaudir em pé? Que farsa. Sinto-me enjoado até os nervos, e também com medo.

## MARTHA

Já é o Dia 3, e eu ainda não consegui pensar em um modo de tirar você daí ou ajudá-lo de alguma maneira.

Tiro do bolso o telefone que Max me deu. Nunca usei um aparelho desses; não tinha condições de comprar. Eu tinha um velho, do tamanho de um tijolo, que apenas fazia chamadas, mas, mesmo assim, eu não tinha dinheiro para pagar as ligações e também não tinha para quem ligar. Este parece mais incrementado.

O horário me encara em meio à escuridão - 5h16 — e uma chamada perdida. Casa, diz o aparelho. Meu estômago se revira por um segundo, mas aquela não é a minha casa. É a de Max. Ele ligou de lá para que eu pudesse saber quem era. A tela do telefone diz que a ligação foi às 2h30. Eu devia estar dormindo.

Há uma mensagem, também. Consigo fazê-la aparecer na tela. "Onde você está? Estou preocupado. Podemos nos encontrar? Me ligue". *Mais tarde,* eu penso comigo mesma. Levanto-me, sentindo dores nas pernas e os braços enrijecidos. *Isso podia ter acontecido na primavera ou no verão,* eu penso. *Mas não, né?* E desço do coreto a passos cambaleantes, atravessando o parque.

Tudo está quieto, a sensação é de calma. Talvez, Isaac, se eu puder tirar você daí, então nós vamos poder vir até aqui juntos. Chutar as folhas do outono ou caminhar na grama congelada pela geada. Ficar de mãos dadas, mesmo que estejam cobertas por luvas de lã.

Estou fora do parque agora, e as ruas estão mais movimentadas do que eu imaginei que estariam. É uma sensação esquisita — uma cidade acordando, ganhando vida, as pessoas indo trabalhar. Eu as observo, imaginando o que está acontecendo em seus mundos, se estão felizes ou tristes, se alguém que eles conhecem está morrendo, se estão vivendo sem dinheiro algum?

Às vezes isso surge nos seus rostos e em seus olhos, mas a maioria está com os ombros encurvados para baixo e seguem as calçadas cinzentas para frente, sempre para frente, como robôs.

Mecânicos. Programados para irem do ponto A ao ponto B por uma determinada rota. Programados para acreditarem no que dizem a eles e não questionar. Programados para ler alguma coisa em um jornal e acreditarem que é verdade. E programados para sentir tristeza por pessoas que estão às portas da morte em um minuto, e, no minuto seguinte, sentirem-se gratos por não serem eles; e, finalmente, para se esquecerem de terem lido ou ouvido falar dessa pessoa.

Apatia. Ignorância. Covardia. Estou esbravejando. Devo estar parecendo alguma ativista maluca ou algo do tipo. Aqui estou.

O prédio do corredor da morte está diante de mim. Erguendo-se, enorme, alto e escuro. Ele me assusta. Mas é onde Isaac está.

Cercas de ferro negro, portões de ferro negro, enormes portas de madeira na entrada, e, acima delas, o enorme olho, brilhando e observando, iluminado pelo neon azul-gelo. De tempos em tempos, "Olho por Olho por Olho por" gira ao redor da íris, e aquele efeito de faíscas atravessa a frase. Isso me faz estremecer e me faz lembrar da sensação de estar naquela cadeira: as correias nos meus pulsos, o frio da coroa na minha cabeça. O medo... O quanto eu estive próxima de... E agora é a vez de Isaac...

Eu aperto os olhos em meio à escuridão. Ao lado da porta de madeira, em um letreiro muito menor, estão os dizeres "Patrocinado por Cyber Secure" e uma pequena ilustração de uma nuvem fofa com um cadeado.

Vou até o portão. O caminho do outro lado conduz as pessoas pelo interior da propriedade, passando pela árvore e chegando até a entrada onde todos passam para as execuções.

A *árvore,* eu penso, e fico surpresa com a sensação de conforto que ela me traz. Atrevo-me a esperar por mais alguns segundos e, quando o pássaro sai voando dos galhos, sinto o alívio de saber que ele ainda está vivo. Não consigo evitar um sorriso.

*As pequenas coisas têm importância.*

Continuo andando do lado de fora, e, conforme vou me afastando dos lugares onde o público circula, o terreno vai ficando cada vez mais sujo. Alguns dos postes de luz estão quebrados, um deles pisca rapidamente, sem parar, e quando contorno uma esquina, as cercas são substituídas por um velho muro de pedra. Eu o sigo, afastando-me da rua, e a calçada se transforma em grama.

Nada de luzes, nada de carros, nada. Nada do sol nascer. Mal consigo ver a minha mão diante do rosto. É como se eu nem estivesse mais na área central da cidade. Os meus pés estão úmidos agora, e o chão está mole e encharcado, fazendo um barulho quando eu ando.

*Mas é claro... com toda aquela chuva.*

Quando olho para cima, consigo enxergar o alto do muro, mas não consigo ver o que há do outro lado, não consigo ver o lado oposto do prédio. Uma árvore se ergue à minha frente. Não é das grandes, mas... Eu paro e penso. Dou a volta ao redor dela, tocando-a, calculando onde estão os seus galhos e abrindo os olhos o máximo que consigo para tentar enxergar mais.

Minha cabeça está cheia de ideias que eu não sei se devo me arriscar a colocar em ação. *O que é a pior coisa que poderia acontecer?* Ela diz para mim, e a pergunta paira como nuvens de hálito quente no ar frio.

Eu suspiro. *Que diabos,* eu penso. *O que eu tenho a perder?*

Não é difícil subir naquela árvore. Há galhos que se projetam para todos os lados, e eu chego até o alto do muro com bastante facilidade. Espio por cima e consigo ver o prédio agora. Não é tão alto deste lado; parece achatado e um pouco descuidado. Imagino que não precise ter uma aparência tão boa, não é? Ninguém olha para dentro dali, somente para fora.

E vejo as janelas também. Meu Deus, isso é muito estranho. Visões do que está acontecendo lá dentro surgem na minha cabeça. Será que tudo continua igual? Eve disse que eles mudaram a ordem das celas, que trouxeram coisas novas. A janela na esquerda está com um forte brilho branco pela luz, então deve ser a Cela 1. E, meu Deus, choveu muito nesses dias; qual era o número da cela com a goteira? A três? Ou é uma cela diferente agora? Algum outro ato perverso de tortura sob a fachada daquilo que chamam de justiça.

Isaac vai estar na dois. Eles ainda não o tiraram de lá. Não até o nascer do sol, e devem ser umas cinco e meia da manhã, agora. A que horas o sol nasce em novembro? Ainda vai demorar uma eternidade. Aquela deve ser a janela da Cela 2, logo adiante.

Eu examino a fileira de janelas. Elas *realmente* vão diminuindo de tamanho. Olho para baixo, para o chão.

Se eu pular o muro, será que vou conseguir voltar para fora? Não tenho certeza. Mas... ali está a cela de Isaac. Ali. Logo ali. É onde ele está agora.

Eu salto para dentro antes que o meu cérebro consiga me convencer do contrário. Despenco no chão desajeitadamente, mas percebo que estou bem, e sem parar eu avanço pelo gramado até estar debaixo da janela. E fico ali, parada, sem saber que diabos eu vou fazer agora.

Eu paro e penso. A janela não é muito alta; provavelmente eu poderia gritar e ele me ouviria. Eu poderia dar uma olhada ao redor, encontrar alguma coisa que pudesse usar para subir até estar no nível da janela e finalmente vê-lo. Falar com ele.

Quebrar o vidro, se houver vidro — não consigo me lembrar — e segurar na mão dele. Estar com ele. A sós. Ele está a... o quê? uns dois metros de mim. Três, talvez.

Por um segundo eu fecho os olhos e o imagino deitado na cama. Se eu pelo menos pudesse entrar na cela e me deitar ao seu lado, e se pudéssemos estar nos braços um do outro e todo o resto à nossa volta pudesse simplesmente desaparecer.

“Se”.

Eu fico onde estou e respiro fundo.

— Isaac! — eu digo para a janela, por entre os dentes.

Paro e espero. Nada.

— Amo você — eu me atrevo a gritar, mas o vento sopra no meu rosto como um tapa e leva as minhas palavras embora.

Meus olhos ardem. Eu pisco para espantar as lágrimas, fungo ruidosamente e respiro fundo outra vez, para gritar de novo, desta vez o mais alto que consigo.

Mas, com os pulmões cheios de ar, eu paro.

*Você não pode fazer isso,* eu digo a mim mesma. *Pense no que vai acontecer. Há uma câmera ali dentro que está observando cada movimento que ele faz. Eles chegariam aqui em poucos segundos. Você não teria a menor chance.*

Na escuridão, abaixo, olho para o alto, para a luz.

*Você não se importa em ser pega?* Eu pergunto.

É claro que me importo, mas tenho que fazer isso, eu respondo dentro da cabeça.

*O quê? Somente para vê-lo mais uma vez?*

Sim! E para que ele saiba que estou lutando por ele, e que não me esqueci dele.

*E para que ele veja você sendo levada para a cadeia outra vez?*

Não tenho resposta para essa pergunta.

*Desista, Martha, e desça já daí. Isso é impossível e é uma estupidez sem tamanho.*

Quero bater boca comigo mesma por mais um tempo e tentar descobrir uma maneira pela qual isto *não seja* impossível ou uma estupidez, mas, na realidade, eu sei que só estou enganando a mim mesma. Se eu não estivesse tão determinada a ser forte, podia simplesmente me sentar aqui e chorar. Encostando-me na parede, eu ando para o lado. Ainda está escuro, mas agora há um toque de luz que vem pelo canto do prédio.

Eu me agacho, fico perto da parede e vou até a extremidade de onde posso olhar pelo canto. Estou olhando para as grades agora, para a parte da frente onde fica a rua e onde as pessoas formam filas para entrar. Não me atrevo a me aproximar mais, mas não há problemas; consigo ver tudo agora.

Ali está a árvore, perto da janela da velha sala de acompanhamento psicológico, estendendo seus galhos nus para cima, na direção da luz do luar. O que há com aquela árvore? Por que ela é tão reconfortante? Por que Eve a plantou, quando não devia ter feito isso? Por que ela é um ato silencioso de rebeldia? Ela me tratou bem. Todos me trataram. Tenho muito a retribuir.

Dou as costas para o prédio. Não posso ser pega agora. Mas como eu faço para sair daqui?

...

Pelo que estou vendo, tenho três opções.

Posso dar a volta no prédio outra vez e tentar subir naquele muro; posso sair, com toda a minha audácia e cara-de-pau pelos portões, esperando que a minha autoconfiança aparente seja suficiente para que ninguém me descubra e rezando que eles estejam destrancados. Ou posso ir até a cerca de ferro e tentar me espremer por entre as barras.

Nenhuma dessas ideias parece muito boa.

*Sua vaca idiota,* eu digo a mim mesma. *Que coisa mais imbecil. Por que você fez isso, hein?*

*Eu estava pensando com o coração, e não com a cabeça,* eu respondo para mim mesma. Então, dane-se.

Examino a cerca de ferro, observo as pessoas iluminadas pelos postes da rua passarem pelos portões. Volto a olhar pelo muro, perguntando a mim mesma se a minha primeira opção talvez fosse melhor, mas então vejo o que posso fazer. Suponho que esse seja o segredo de lugares velhos com partes que foram acrescentadas depois. Em algum lugar elas têm que se unir, e bem ali, onde o muro antigo se encontra com a cerca nova, parece que alguém executou mal e porcamente o seu trabalho e deixou uma fresta.

*Por onde eu vou passar.*

Dando uma volta bem ampla, eu vou até o muro e corro junto a ele até a cerca. Agora eu vejo porque aquela fenda está ali — há uma lixeira concretada no chão. Imagino que levaria tempo demais, ou seria necessário esforço e dinheiro demais para tirá-la dali e levá-la para outro lugar, mas acho que eu daria um beijo no pedreiro que tomou essa decisão, porque eu chego, subo na lixeira, pulo e estou fora dali em poucos segundos.

Estou de volta à rua principal. Um pouco mais enlameada e um pouco mais fedida. Um pouco mais deprimida. Com a cabeça baixa, o capuz erguido e as mãos nos bolsos, eu continuo a andar. Não sei o que eu esperava conseguir. Não sei por que vim até aqui.

*Não há maneira de tirá-lo de lá,* pensa a minha cabeça. *É impossível. Você sabe muito bem que é impossível. Ele vai morrer. E você vai ficar sozinha, Martha.*

Eu dedilho o anel com o quebra-cabeças ao redor do pescoço, tentando empurrar as peças para que se juntem, como se encontrar a solução pudesse me dar uma resposta mágica.

O que eu faço? O que eu posso fazer? Não vem nada à minha cabeça. Nada, nada, *nada.* E eu me sinto tão incrivelmente inútil.

Um carro estaciona ao meu lado. Eu continuo andando, sem olhar para trás. *Caia fora,* eu tenho vontade de dizer. *Me deixe em paz.* Ouço a janela se abrir — aquele som do motor elétrico. *Não pare de andar,* eu digo para mim mesma. Procuro por uma esquina onde possa virar à esquerda, mas não vejo nenhuma. Quero atravessar a rua, mas não posso. Diminuo um pouco o passo. O carro diminui a velocidade. Eu ando mais rápido e ele acelera também. Viro para trás, andando no sentido oposto agora. Merda, o carro parou e está andando de marcha a ré. E agora? O que eu faço?

— Martha? — uma voz de mulher vem do carro, uma espécie de sussurro sibilado. Olho para a rua, de um lado para outro, sem saber para onde ir.

— Martha, queridinha, entre no carro. Vamos conversar.

*Queridinha? Queridinha!? O quê?*

Viro-me novamente e resolvo atravessar a rua correndo, mas o carro subitamente avança com um tranco, parando bem diante dos meus pés, as minhas mãos estão no capô e eu estou olhando pelo para-brisa.

Patty Paige, aquela puta. Ela sorri para mim e aponta para o interior do carro. Não me movo.

Do outro lado da rua, um carro diminui a marcha e a janela do lado do motorista se abre.

— Está tudo bem com você, moça? — pergunta o motorista.

Eu olho fixamente para ele. Sou um coelho surpreendido pelos faróis de um carro. Afogada em luz branca. Os holofotes estão sobre mim. Faço um sinal para ele. — Está sim — eu balbucio, e, com a maior calma que consigo reunir, dou a volta até o lado do passageiro do carro de Patty e entro. Neste momento, Patty Paige parece ser a melhor opção, e estou sendo bastante generosa.

— O que você quer? — eu pergunto enquanto me acomodo no assento do passageiro.

Ela sai dirigindo e as portas se trancam com um clique. Sinto-me aprisionada no carro.

Nunca estive dentro de um carro como esse; é todo brilhante e tem um cheiro engraçado, com números digitais brilhantes dizendo qual é a velocidade e outras luzes para a gasolina e coisas do tipo. E o banco é quente. Parece até que eu fiz xixi nas calças.

— É uma bela maneira de conversar com alguém que está salvando a sua pele.

— Que jeito estranho de encarar a situação — eu respondo — já que você quase me atropelou. Alguém já matou uma mulher da família

Honeydew com um carro, não sabia? Você não iria querer ser acusada de plágio.

Ela para nos semáforos vermelhos; o motor do carro desliga automaticamente.

— Seu carro é legal — eu digo. — Se você tem condições de comprar uma merda dessas. É melhor cuidar bem dele. Ouvi dizer que custam uma nota para trocar.

— Você deveria moderar esse seu linguajar; as boas moças não falam palavrões.

Eu rio dela. A luz verde se acende e ela continua dirigindo.

— O quê? — eu digo. — Você fica escandalizada com uma moça falando palavrões, mas não com pessoas que manipulam um país inteiro para matar gente inocente?

— Do que você está falando?

— Olhe, é só você me deixar sair daqui.

— Você não vai querer sair. — Ela liga a seta e entra em uma rodovia de pista dupla. — Tenho uma proposta para você.

— Não estou interessada.

— Mas vai ficar. — Ela entra na via. — Dê-me cinco minutos para explicar, e depois eu a levo de volta, e a deixo onde você quiser.

Não quero ter nenhum tipo de contato com ela, mas fecho a minha boca e observo os faróis nos levarem até uma via estreita, avançando aos solavancos em meio à escuridão até algum lugar que eu não conheço e onde ninguém conseguiria me encontrar. Enfio as mãos nos bolsos e sinto o telefone de Max ao lado dos meus dedos.

— Aonde estamos indo? — eu murmuro.

— Para um lugar tranquilo — responde ela.

Tranquilo? Eu penso e me lembro do que a carta de Isaac disse sobre o dinheiro — que ele deixaria tudo para mim, não para Patty.

Mas e se eu não existisse? Se não estivesse aqui? Se estivesse morta? Para quem o dinheiro iria, então? *Para os familiares dele*, diz uma voz na minha cabeça. E isso quer dizer... Patty.

Jesus. Ela não faria isso comigo, faria? *É claro que faria,* responde a minha cabeça.

Por que diabos eu entrei neste carro? Não estamos indo tão rápido. E se eu pulasse para fora? Mas a porta está trancada. Não sei se eu conseguiria sair. E se eu conseguisse? O que ela faria? Será que passaria com o carro por cima de mim?

Merda. Merda, merda, merda.

Ela para o carro antes que eu faça qualquer coisa, e desliga os faróis.

— Vamos lá — diz ela.

Patty sai do carro.

Eu a sigo, mas mantendo o máximo de distância dela que consigo. Meu coração está batendo aceleradamente. Minhas palmas estão úmidas pelo suor.

Estamos perto do rio. Posso ouvir o som da água corrente, sentir a umidade no ar.

— Chegue mais perto — diz ela. — O sol já vai nascer. Vai ficar lindo refletido na água.

*Que se foda,* eu penso. *Eu sei o quanto essa água está gelada, e só Deus sabe o que há lá embaixo, carrinhos de supermercado e carros velhos provavelmente, o bastante para quebrar as suas pernas se você cair na água.*

— Vou ficar por aqui.

— Como preferir.

Dou de ombros.

— Temos um problema em comum — diz ela. — Isaac.

— Por que ele é um problema?

— A situação em que ele está envolvido é um problema.

Eu me encosto no carro dela porque acho que isso irá irritá-la, e esfrego meus dedos no veículo enquanto escuto o que ela fala.

— Seja lá o que você pense a meu respeito, srta. Honeydew, eu me importo muito com aquele garoto, e não quero vê-lo morrer. Já perdi um homem na minha vida; não tenho qualquer desejo de perder outro.

Há muita coisa que eu quero dizer, mas fico de bico fechado.

— Eu entendo os seus sentimentos profundos e verdadeiros por ele, e é uma infelicidade que a situação tenha chegado a este ponto. Eu realmente acho que todo esse... espetáculo... podia ter sido evitado. Ou resolvido de uma maneira melhor.

— "Espetáculo"? — eu questiono.

Ela me ignora.

— Apesar de tudo que aconteceu, ele é meu filho. Eu o criei. Eu tenho responsabilidades em relação a ele.

— E...? — Eu queria que ela fosse direto ao ponto. Ela está se aproximando de mim, pouco a pouco, com as mãos enfiadas nos bolsos de um casaco de peles falsas. Será que está escondendo alguma coisa?

— Eu acredito que seria melhor para todo mundo se conseguíssemos tirar Isaac de lá.

Meu estômago se revira. *Tirá-lo de lá? Como?*

— Ele não merece morrer — continua ela. — Jackson era um porco. Agora eu posso dizer isso. Antes... eu estava praticamente sob o controle dele. Ele era um homem ruim. Imagino que Isaac tenha contado a você.

Ela olha para mim, mas eu não deixo escapar nada. Isso parece ser alguma história que ela ensaiou, e eu a observo, a maneira como ela se move, o que as suas mãos estão fazendo, tentando calcular o que ela está aprontando.

— Cá entre nós, podemos fazer isso de um jeito muito fácil. — Ela vem se aproximando.

— Como assim? — Eu sinto ódio de mim mesma por perguntar, mas estou intrigada.

— Arrebentando a parede com uma explosão.

Eu rio dela. — Você é maluca — eu digo. — Honestamente, acho que tem algo errado com a sua cabeça. — Eu começo a andar para longe dali, aliviada. Não, decepcionada.

— Você vai simplesmente ficar parada e observar enquanto ele morre? — Ela grita atrás de mim. — Não quer nem mesmo tentar? Ele não desistiu de você com a mesma facilidade, não foi? Duvido que você o ame tanto assim.

Isso me faz parar. No frio, com o vento soprando por sobre a água e batendo em mim, eu fico imóvel. Eu o amo de verdade. Como ela se atreve a dizer que eu não amo?

*Você se lembra do que você disse ontem à noite, Martha?* pergunta a minha cabeça. *Como foi mesmo que você disse?* — "Cada minuto, cada segundo que eu desperdiço é um segundo que passa rumo à morte de Isaac".

— Mas, supondo que ele seja apanhado pela explosão, ou que alguma outra pessoa seja morta? — eu sussurro.

— Não vamos usar uma quantidade muito grande, sua vaca idiota.

*Arrebentando a parede com uma explosão,* repete lentamente a minha cabeça.

— Você está falando de usar explosivos? Uma bomba?

— Provavelmente seria melhor se não pensássemos em termos dessa palavra que começa com B. As pessoas agem de um jeito estranho quando se menciona isso, e não seria uma bomba da maneira tradicional como aquelas em que você está pensando, que as pessoas usam nos filmes para entrar em um cofre de banco. Estamos falando de abrir um buraco por onde ele possa sair.

Alarmes de todos os tipos estão soando na minha cabeça. De acordo com a mídia, ou a polícia, ou o governo, explodir alguma coisa com certeza significa usar uma bomba, não é mesmo?

Mas... meu Deus... há tantos "mas".

— Por que você precisa de mim, então? Para que eu possa levar a culpa e você sair impune? Com as mãos limpas, como sempre?

— Há algumas coisas na vida para as quais eu tenho talento, e outras para as quais não tenho. Eu admito isso. Posso conseguir os explosivos, eu conheço algumas pessoas, mas não posso chegar perto daquele prédio ou entrar pelos portões.

— E o que faz você pensar que eu posso?

Ela se vira e olha para mim com as sobrancelhas finas erguidas.

— Não se finja de idiota comigo — diz ela. — Ou ache que eu sou burra. Você vai se arrepender.

— E como vai ser a instalação? Você sabe... fazer essa coisa... — Eu ouço essas palavras ridículas saindo da minha boca, mas não consigo imaginar por que raios as estou dizendo. Por que eu simplesmente não vou embora e deixo essa vadia maluca e o seu plano maluco para trás?

*Isaac. Por causa dele.*

— Você não vai precisar fazer isso. Tenho um contato que vai conseguir os explosivos e ensinar a você o que deve ser feito.

Eu olho para o rio, observando a água fluir por nós e se afastar.

— E depois? — eu pergunto. — Quando estiver tudo feito. O que vai acontecer depois?

— O que você quiser — responde ela. — Tudo que eu quero é que ele esteja feliz e em segurança...

— E isso não tem nada a ver com dinheiro, não é mesmo? — eu digo, interrompendo.

Ela inclina a cabeça para um lado. — Ah. Bem, sim. Alguma compensação financeira é de se esperar. Acho que um acordo justo seria que você instruísse Isaac para dividir a riqueza que o pai dele deixou comigo, meio a meio.

— Por que é que eu não estou surpresa?

— Eu poderia dizer que quero cem por cento para mim; afinal, não se pode colocar um preço na vida de uma pessoa, não é? Mas não sou tão gananciosa assim. Além disso, vocês dois ficam livres para ir e fazer o que quiserem. Não vou impedi-los.

— Não sei... — eu digo. — Isso é... isso é sério. Se eu for pega...

— Não vai ser.

— Se alguém se machucar... ou morrer... e eu for pega por causa disso, eu voltaria diretamente para o corredor da morte.

— Onde Isaac está agora, por ter salvado a sua vida. Não há tempo a perder com besteiras. Se você não está disposta a fazer nenhum esforço para salvá-lo, eu preciso saber. Nesse caso, vou procurar outra pessoa que está.

*Encontrar outra pessoa?* Eu repito na minha cabeça. *Quem? E o que Isaac vai pensar sobre isso? E se essa "outra pessoa" meter os pés pelas mãos e ele for morto por causa disso?*

— Você tem vinte e quatro horas. — Ela me entrega um cartão com o número do seu celular. — Se você não entrar em contato comigo até lá, vou presumir que os seus sentimentos por ele não são tão fortes quanto você diz. Vou encontrar alguém que se importe mais.

Sinto-me como se tivesse levado um chute na barriga.

*Tenho mais uma pergunta.* — Como você pode ter influência o bastante para conseguir esses explosivos e prometer que eu não vou ser pega, mas ainda assim não é capaz de tirar Isaac de lá?

Ela ri de mim agora. — Detesto admitir isso, especialmente para você, mas algumas coisas estão fora do meu alcance. Especialmente desde as suas aventuras na semana passada. Dessa forma, todos nós conseguimos o que queremos. Você fica com Isaac, eu fico com uma parte justa do dinheiro e com a simpatia do público. Imagine os protestos se ele fosse solto de maneira legítima.

— Jackson era um homem muito querido pelas pessoas. O público quer ver alguém ser levado à justiça pela morte dele. Eles precisam disso. Isso faz com que tenham fé no sistema, e, enquanto tiverem fé, não vão questionar.

Por mais que eu odeie essa mulher, ela não é a loira burra que finge ser. Ela é inteligente, manipuladora, astuta. — Mas eu quero que eles questionem — eu digo. — O sistema é errado. É por essa razão que estamos fazendo tudo isso!

— Não. Você precisa deixar que as pessoas acreditem que suas opiniões têm valor, e que elas têm algum poder. Precisa deixar que acreditem que vivem em uma democracia. Mas é só uma mentira. Às vezes, entretanto, há um osso para jogar aos cães. Isaac, no momento, é esse osso.

— Mas e se nós o libertarmos...

— Um ato terrorista. Vão acreditar ainda mais em nós.

Eu olho para a margem oposta do rio, as paredes da Torre de Londres estão ao longe, e penso nas pessoas que são executadas ali. Penso em Isaac, que está cada vez mais próximo do seu equivalente moderno.

*Como vou poder fazer isso?* Eu penso. *Esse ato vai contra tudo que eu represento.*

Mas... Isaac... Quatro dias! Como você vai mudar a cabeça das pessoas em quatro dias? Tem que haver outra maneira. Eu respiro fundo.

Martha Honeydew — filha, amiga, namorada, amante.

Martha Honeydew — acusada de assassinato, sobrevivente do corredor da morte, fugitiva das autoridades. Martha Honeydew — terrorista?

— Vinte e quatro horas — diz Patty, e entra novamente em seu carro e vai embora, deixando-me sozinha na margem do rio para pensar em sua proposta.

## CASA DA FAMÍLIA STANTON

Eve está sentada na cama, com os cabelos presos em um rabo de cavalo, os olhos avermelhados e o rosto manchado. As cortinas estão entreabertas e um facho da luz do amanhecer lança seus raios sobre as fotografias espalhadas pelo cobertor.

Algumas são dela. Algumas de Max. Algumas do pai de Max, Jim. Algumas em que os três aparecem juntos. Misturados a elas estão velhos recortes de jornais, amarelados e quebradiços. "O sistema de justiça prevalece outra vez", diz uma das manchetes do jornal. Outra: "Agente humanitário executado por ato desumano". E acima de uma foto do seu corpo na cadeira elétrica da Cela 7: "Jim Stanton: tão morto como sua vítima".

Eve as vira para baixo. Seus olhos começam a se encher de lágrimas, mas ela pisca para afastá-las, pega um bloco de notas e uma caneta da mesa de cabeceira e, com a respiração trêmula, começa a escrever:

*Querido Max,*

*Nunca houve a ocasião certa para dizer isso a você. Eu preferiria ter contado pessoalmente, mas o futuro está mudando muito rapidamente. E me assusta que isso possa vir à tona antes que eu tenha uma chance de explicar tudo a você. Se você estiver lendo isso, então eles já me levaram para a cadeia, sob a acusação de ajudar Martha. E, se fizeram isso, então eu temo que vai ser apenas uma questão de tempo até que alguém descubra um segredo que mantive escondido de você; se isso acontecer, eles vão usá-lo somente para vender mais jornais, sem se preocupar com o que isso pode causar a você.*

*Quero que você ouça a verdade antes que ela seja transformada em sensacionalismo barato pelos jornais. Quero que você a ouça diretamente de mim. E eu quero, Max, mais do que qualquer coisa, dizer a você que sinto muito.*

Ao seu lado, um envelope com o nome do filho espera que ela termine de escrever.

...

No corredor, Cícero, vestido com seu pijama, entra na cozinha a passos lentos. Ele vê Max sentado à mesa, com a cabeça enfiada em seu notebook, o brilho fantasmagórico refletido em seu rosto, e uma pilha de papéis e pastas ao seu lado.

Os olhos de Max se erguem na direção em que Cícero está e ele franze as sobrancelhas.

— Eu dormi no sofá — diz Cícero.

— Os jornais vão adorar essa notícia — responde Max, já de volta ao seu computador. — Ainda estão acampados do outro lado da rua, você se lembra?

Cícero dá de ombros e coloca o bule no fogão.

— Max, não há nada...

— Não é da minha conta, senhor juiz — interrompe Max.

Cícero cruza os braços diante do peito. — O que você está fazendo?

Max não ergue os olhos; seus dedos continuam pressionando as teclas. — O website foi tirado do ar — murmura. — Com todos os vídeos. Eles tiveram muitas visualizações, e também alguns comentários. Algumas pessoas simplesmente fizeram pouco caso, dizendo que tudo não passava de uma tentativa ruim de teoria da conspiração, mas outras discutiram com as mais céticas. Algumas pessoas estão escutando, mas... — ele dá de ombros.

— Um processo longo?

Max confirma com um aceno de cabeça. — Sim. Talvez seja longo demais para fazer a diferença em pouco tempo. Estou montando outro site. Vamos ver o que acontece.

— Eles podem rastrear tudo isso até encontrar você?

— Da maneira que montei a estrutura, não seria possível.

— E a gravação do *Morte é Justiça* que mostra Martha na Cela 7? — pergunta Cícero.

Max faz um gesto negativo com a cabeça. — Mesmo se arquivaram uma cópia do programa, eles aumentaram a segurança do sistema. Não consigo entrar.

Ele pressiona as teclas e abre uma nova página — uma tela de acesso para o *Morte é Justiça*. Ele digita mais algumas coisas e outro link aparece. — Esta parece ser a via mais fácil para entrar. Parece que alguns dos funcionários, produtores, equipes de filmagem ou coisas do tipo podem entrar no sistema. Se eu pudesse entrar por aqui, talvez eu pudesse passar pelas barreiras de segurança e encontrar os arquivos. Isso se eles ainda não foram deletados. Mas... eu preciso de mais tempo. E... — Ele faz que não com a cabeça mais uma vez.

Cícero vai até o armário e pega duas canecas, escutando Max falar enquanto prepara o café.

— ... eu estava pensando como Jackson conseguiu fazer tudo aquilo sozinho. É bastante complicado...

Diante da geladeira, Cícero para e olha para ele. — Você está achando que há mais alguém envolvido?

Max confirma com um aceno de cabeça.

— Como quem? — pergunta ele, servindo o leite.

— Patty Paige?

— Patty Paige?! — Cícero está incrédulo. — Mas ela é somente uma... desculpe a expressão. Uma cabeça de vento!

Max pega a caneca que ele traz e volta a se ocupar com o notebook, passando os dedos pelas pastas e documentos ao lado da máquina.

— Dê uma boa olhada nesta lista de Jackson Paige — diz ele, abrindo-a para que Cícero possa vê-la. — Veja o tipo de gente que está listado nela.

Cícero passa os olhos pelos nomes. — Penny Drayton, o Inspetor-Detetive Hart, Ian Chobury... espere aí... eles estavam no painel de debatedores comigo.

— Continue lendo.

— Albert DeLonzo... — ele percorre a lista com os dedos. — São todos jornalistas...

Max faz que sim com a cabeça.

— E também... políticos... — Ele continua lendo a tela do computador. — Um monte de políticos.

— Mais políticos do que qualquer outra coisa. Está em algum tipo de ordem.

— Hmmm... aqui tem o chanceler, o secretário de saúde, o ministro da educação... quase todo o gabinete.

— Todas as pessoas mais poderosas do governo — diz Max. — Com exceção do primeiro-ministro. — Ele aponta para a anotação ao lado de um nome. — Se você olhar os detalhes, vai ver que alguns são bem sérios, como esse ao lado de Jonny West. Sabe quem é, não? O apresentador de TV? Isso é... — ele balança a cabeça outra vez. — Isso é chocante. Mas olhe para as outras anotações, como aquela que está ao lado do secretário de segurança pública.

Continuando a leitura da lista, Cícero para e sorri. — O secretário de segurança pública perdeu a virgindade para uma prostituta?

— Quem se importa com uma coisa dessas?

— Tudo isso são informações para fazer pressão — diz Cícero. — E quanto a assuntos relacionados a sexo, você ficaria surpreso. Quando eu era juiz, esse tipo de coisa era o que mais constrangia as pessoas. Quando isso chegar a público, quando viralizar... — ele faz que não com a cabeça. — Mas não conseguiu nada sobre o primeiro-ministro?

— Não. E não há nada sobre a família de Patty também.

— Os pais dela tinham muito dinheiro e influência — diz Cícero. — Mas perderam tudo antes que ela se casasse com Jackson. E o irmão dela... o que foi mesmo que houve com o irmão dela? — Ele esfrega os dedos pelo bigode. — Aconteceu alguma coisa com ele. Qual era o nome dele? Stuart? Stan? Algo do tipo. Não me lembro de ver nada publicado nos jornais, mas lembro dos boatos que se espalharam por aí. Foi por causa de algum ataque? Ele não foi preso?

Os dois bebem lentamente o café, pensando.

— Pode ser só uma coincidência — diz Max.

— Talvez nós não devêssemos nos apressar tanto para nos permitir acreditar em coincidências — emenda Cícero.

A campainha toca enquanto ele examina a lista outra vez, mas, antes que possam reagir, alguém começa a bater e socar a porta, sem parar, cada vez mais alto.

— Mas o quê? — diz Cícero, levantando-se apressadamente.

Max não diz nada, com os olhos amargurados, mas recolhe os papéis, tira o seu notebook da tomada e sai correndo pela casa com eles.

— Se você não abrir a porta, nós vamos derrubá-la! — grita uma voz do lado de fora. Eve sai correndo do quarto, colocando um blusão sobre o pijama. — Que diabos está acontecendo? — grita ela. — Quem está na porta?

Cícero abre a boca, mas Eve já está andando pelo corredor, indo até a porta da frente. Quando Max reaparece, com as mãos vazias, Eve volta para a sala, seguida por três policiais.

— Vocês disseram que eu tinha até o meio-dia — esbraveja ela.

— Nossas ordens mudaram, sra. Stanton — diz um deles, e os olhos dele se fixam em Eve e em suas roupas de dormir, olhando em seguida para Cícero, com seu pijama e os pés descalços. — Sr. Cícero? — diz ele, erguendo as sobrancelhas.

— O sofá — diz Cícero. — Sou um hóspede aqui. Eu estava dormindo no sofá.

O policial assente com a cabeça, devagar.

— Quais são as ordens?

— Se você continuar a obstruir a busca, recusando-se a entregar Martha Honeydew ou a nos dizer onde ela está, então será presa e julgada por perverter a execução da justiça.

— Mas... ela não está aqui. E não sei onde ela está.

— Temos razões para não acreditar nisso.

— Não sei de nada. E vocês podem voltar e dizer exatamente isso aos seus superiores.

— Receio que isso não vai ser possível. Nós vamos retornar com Martha Honeydew ou informações sobre o seu paradeiro, ou então com você.

— Isso é ridículo! — vocifera Cícero.

— Não há nada que eu possa dizer a vocês — diz Eve, com o tom de voz baixo.

— Então, sra. Stanton, não temos escolha a não ser prendê-la.

— Ela disse que não sabe onde Martha está! — grita Max. — De que vai adiantar prendê-la? Para que ela não tenha o que dizer em uma delegacia de polícia também?

— Estamos apenas cumprindo ordens — responde um dos policiais. — Sra. Stanton, por favor, venha conosco.

— E qual é a acusação? — exige Cícero.

— Como já dissemos, senhor: perverter a execução da justiça — responde o oficial.

— Isso não faz sentido — insiste Cícero. — A definição de perverter a execução da justiça serve para casos quando uma pessoa impede que a justiça seja executada sobre si mesma, ou sobre terceiros.

— Lembrou-se perfeitamente — diz o policial.

— Explique-me como isso está acontecendo aqui — diz Cícero. — Qual é a justiça que deve ser executada sobre Martha Honeydew? Qual foi o crime que ela cometeu?

— Ela não informou às autoridades competentes que é menor de idade e que está vivendo sem um adulto presente. Após a descoberta deste fato, ela não se apresentou para essas mesmas autoridades; portanto, está vivendo em um estado de permanente insupervisão desde os acontecimentos.

— Insupervisão? Essa palavra existe? Vocês inventam essas acusações conforme vão passando de um caso a outro?

— Ela não tem ninguém que possa assumir a responsabilidade completa por suas ações, como um pai, uma mãe ou um responsável designado...

— Eu disse que assumiria a função de responsável legal — interrompe Eve.

— Mas você não preencheu os formulários necessários, e até que esses documentos sejam recebidos, processados e uma decisão seja tomada, isso não é possível.

— Mas...

— Como eu estava dizendo... ela não tem ninguém que possa assumir a total responsabilidade por suas ações, como um pai ou um responsável legal. E, como não está abrigada em uma instituição assistencial, não está sob o controle das autoridades.

— E isso é um crime, então? — exige saber Cícero.

O policial o ignora. — Por favor, sra. Stanton. Não queremos causar um escândalo. Se a senhora puder nos acompanhar...

— Isso é besteira — diz Max.

Eve olha para o filho. — Fique fora disso, Max.

— Sra. Stanton, eu receio que, se você não vier conosco pacificamente, teremos que levá-la à força.

— Não! — grita Max.

Eve ergue a mão. — Posso pelo menos me vestir? — ela pergunta ao oficial de polícia.

— Receio que não, senhora. Temos instruções estritas de levá-la imediatamente à delegacia para que o seu caso seja analisado o mais rapidamente possível.

— O quê? Eu não posso nem me vestir?

— Eve, nós podemos contestar isso...

— Não pode, sr. Cícero. Ela cometeu um crime e nós temos um mandado de prisão assinado pessoalmente pelo primeiro-ministro.

— Por que ela é tão perigosa assim?

— Porque Martha Honeydew é uma ameaça séria à nossa segurança nacional e à segurança da população.

— Não faça nada, Cícero — diz Eve, calçando os sapatos. — O que vai acontecer? — pergunta ela.

— Não temos autorização para dizer — responde ele.

Eve olha para Cícero e ele assente, com um entendimento silencioso passando entre os dois.

— Você pode se informar por meio dos canais habituais — diz o policial, e entrega um cartão para Cícero. — O telefone do serviço de informações está aí, e também o número do caso da sra. Stanton. Você pode se informar sobre como as coisas vão correr daqui por diante.

— A ligação é cobrada por minuto? — pergunta Cícero.

O policial não responde.

Eve dá um passo adiante, coloca os braços ao redor de Max e o abraça forte.

— Vou ficar bem, mãe — diz ele.

Ela se afasta e o olha intensamente no rosto. — Saiba em quem você pode confiar — diz ela. Em seguida, vira as costas e sai da casa.

## ISAAC

Eu observo a sombra das grades se movendo na parede oposta conforme o sol nasce, desejando que isso fizesse alguma diferença na temperatura aqui de dentro, mas não; está congelante.

Fico imaginando se há geada lá fora. Fico imaginando se ela cobriu os galhos daquela árvore e se os pássaros ainda estão vivos.

As pessoas que criaram este lugar são espertas. A câmera me observa, mas o público não vai saber o frio que faz aqui dentro. Por isso, não vou entrar debaixo das cobertas porque vão pensar que eu desisti; não vou ficar andando de um lado para outro para me aquecer para que não pensem que isso é uma consequência do meu estado de nervos, e vou me esforçar para não tremer de frio, para que não pensem que isso se deve ao medo.

Em vez disso, vou ficar sentado aqui, na beirada da cama, e fingir que estou aquecido.

Por algum tempo eu fecho os olhos e lembro-me de estar em Bracken Woods com Martha. Acendemos uma fogueira e ela queima diante de nós, estalando e crepitando conforme a fumaça sobe e vai primeiro para um lado e depois para outro, ao sabor do vento.

Ela está nos meus braços e eu consigo sentir o seu calor, e o seu peito movendo para cima e para baixo conforme ela respira. Ela ergue o rosto para olhar para mim, e eu penso em dizer que a amo. As palavras estão na minha boca, mas parece cedo demais para dizê-las caso ela não acredite em mim, ou caso ela não sinta o mesmo. O vento pregou algumas peças em mim na noite passada; pensei ter ouvido, ou melhor, poderia jurar que ouvi Martha dizendo que me ama. Como eu gostaria que isso fosse verdade, que ela estivesse comigo na noite passada, perto de mim, sussurrando aquelas doces palavras. Se ao menos isso fosse possível...

Abro os olhos e a imagem, a lembrança e as esperanças se dissipam conforme o frio da cela me engole outra vez. Levanto-me, aliso o tecido do meu macacão e dou os três passos até a janela. Não há vidro, e por um momento eu levanto o rosto para sentir a brisa, mas o frio é tão intenso que chega a roubar o meu fôlego; a dor na minha pele e na garganta me faz lembrar que estou vivo. Quando não consigo mais suportar a sensação, baixo a cabeça e olho para baixo, para os meus pés descalços.

Meus pés descalços na areia.

Pés de oito anos de idade que não estavam gelados naquele dia; estavam ardendo na praia, castigados pelo sol. Havia outro par ao lado dos meus, tão pequenos quanto, mas com cortes e hematomas e esmalte de unhas descascado.

— Calce os seus chinelos.

Eu me virei e vi uma mulher que usava óculos de tamanho exagerado, um chapéu e um biquíni cor-de-rosa berrante, deitada em uma espreguiçadeira. Patty. Ela tirou os fones das orelhas para falar comigo. — Eu não paguei todo aquele dinheiro por eles para que você não os use — disse ela.

— Mas ela não está de chinelo — eu respondi.

A garota sorriu para mim e nós demos as mãos. — Para o mar! — gritou ela.

Eu queria correr com ela, mas a mão de Patty se fechou com força ao redor da minha; aquelas unhas eram como garras, marcando a minha pele.

— Ela não está usando chinelos porque não pode comprá-los — disse ela, por entre os dentes. — Não é uma pessoa como nós.

O rosto esquálido da menina e os seus olhos grandes me imploravam para correr até o mar e brincar.

— Por quê? — eu perguntei a Patty.

— Olhe para a família dela, ali adiante — disse ela. — Roupas baratas e toalhas que provavelmente vieram de alguma loja popular. E olhe para o cabelo dela, pelo amor de Deus.

Eu não sabia o que havia de errado com os cabelos dela, ou por que motivo era importante não comprar toalhas de uma loja popular, e nem sabia por que não se devia ter roupas que fossem baratas. Mas eu soltei a mão da menina e fiz um sinal negativo para ela com a cabeça. A menina saiu correndo e Patty colocou os fones de volta nos ouvidos, e virou-se de bruços para cozinhar do outro lado, como um frango no espeto.

Enquanto eu estava sentado na outra espreguiçadeira, Jackson voltou do bar com dois coquetéis.

— Posso ir para o mar com outra pessoa? — eu perguntei a ele.

E eu me lembro muito claramente agora, e não sei por que eu me lembrei disso somente agora.

— Esse calção — perguntou ele. — É aquele que a sua mãe comprou para você há uns dias?

Eu faço que sim com a cabeça.

Ele olha para Patty, perdida em seu próprio mundo, e depois para mim outra vez. — Nada feito, amigão — disse ele. — Ela vai me matar se eu deixar você nadar com isso aí. — Ele fez um gesto negativo com a cabeça. — Custou caro demais para ficar usando de qualquer jeito.

Fiquei olhando enquanto ele equilibrava os coquetéis na mesa de madeira.

— Mas ficou bonito em você — disse ele, olhando novamente para mim.

Voltei a me recostar na espreguiçadeira e peguei o meu videogame portátil.

— Essas crianças de hoje — disse ele, ainda olhando para mim. — Toda essa praia para brincar, e tudo que querem é ficar no videogame.

Eu guardei o console e olhei para os meus pés descalços.

...

Há muito poucas distrações aqui e muito tempo para pensar. Voltam à mente memórias que eu não quero, aos poucos. Lembro-me de que sempre era Jackson quem ia às reuniões de pais e professores na escola. Foi Jackson que me ensinou a andar de bicicleta. Jackson, que construiu uma casa na árvore para mim. Jackson, que lia histórias em quadrinhos para mim antes de eu dormir. E eu atirei naquele homem.

Foi Jackson quem matou a minha mãe. Jackson, que era um traficante. Jackson, que atropelou a mãe de Martha. Jackson, que deixava outros morrerem para se salvar. E eu atirei naquele homem.

Não consigo reunir os dois, mas eles devem ter vivido juntos. Talvez nenhum deles fosse verdadeiramente bom ou mau, ou talvez um deles tenha dominado o outro no fim. Ou talvez alguma coisa aconteceu para que ele se tornasse aquela pessoa.

## 14H30 – MORTE É JUSTIÇA

A música-tema com a batida de coração toca, o logotipo do olho pisca e brilha, e as luzes sobre a plateia ficam mais suaves conforme as que ficam sobre o palco ganham força. Vestindo calças e um colete cinza-carvão e uma camisa roxa desabotoada na altura do pescoço, Joshua sai dos bastidores, com um enorme sorriso e um caloroso aceno de boas-vindas.

A plateia vibra e aplaude. Ele vai até o centro do palco, para e ergue as mãos.

JOSHUA: Senhoras e senhores, obrigado e sejam bem-vindos a este episódio diurno de *Morte é Justiça!*

A plateia aplaude com mais força.

JOSHUA: Na edição da noite, nós veremos atualizações ao vivo de todas as celas, vamos dar uma olhada nas estatísticas e ver quem parece ter mais chances de morrer. Vai ser um programa que vocês não vão querer perder. Mas, primeiro, telespectadores...

Ele faz uma pausa para criar um efeito dramático, estreita os olhos e baixa a cabeça.

JOSHUA: Hoje, teremos uma convidada muito especial.

Um "ooooh" soa em meio à plateia.

JOSHUA: Mas antes de sabermos quem é essa convidada especial, vamos primeiramente recapitular o drama que está em progresso. Nosso caso, que é diferente de todos os outros casos que vimos antes. Uma situação verdadeiramente inédita no *Morte é Justiça*. Sim, é a tragédia de Isaac Paige.

Uma música mais lenta e emotiva começa a tocar conforme Joshua vai até a mesa, sentando-se na banqueta alta à esquerda. Na tela, à direita, o logotipo do olho desaparece e é substituído pela transmissão ao vivo de Isaac na Cela 3. A música silencia lentamente.

JOSHUA: Todos nós conhecemos a história, trágica e chocante como é. Um número recorde de 25,5 milhões de telespectadores sintonizaram o canal para assistir à inocente Martha Honeydew ser declarada culpada pelo assassinato de Jackson Paige, e viram este rapaz...

Ele ergue a mão na direção da tela.

JOSHUA: ... admitir que a culpa foi dele. Foi uma reviravolta verdadeiramente dramática e emocionante...

MEMBRO DA PLATEIA 1: Mas ainda não sabemos o que foi dito! A transmissão foi cortada!

MEMBRO DA PLATEIA 2: Você está dizendo que um número recorde de pessoas sintonizou o canal e não viu nada na tela!

MEMBRO DA PLATEIA 3: E não dá para ver o programa no canal de reprises. E nem na internet! Ninguém sabe o que aconteceu!

A plateia vai ficando mais inflamada. Joshua não faz nada para acalmá-los. Ele faz uma careta e toca a orelha; em seguida, ergue a mão para proteger os olhos das luzes. Baques e barulho de passos vêm da plateia, as vozes se aquietam. Joshua fica em pé.

JOSHUA: Sem mais delongas, vamos dar as boas-vindas à nossa convidada muito especial de hoje...

O ruído arrefece completamente.

JOSHUA: Senhoras e senhores, telespectadores em casa, por favor, deem uma salva de palmas para uma pessoa que está no coração deste caso, que conhece a jovem srta. Honeydew como somente uma mãe conseguiria conhecer. Alguém que, tenho certeza, pode nos dar uma visão melhor sobre o relacionamento que supostamente existe entre Martha e Isaac Paige. Sim, é a representante de Isaac Paige, a primeira e única pessoa comparecer ao *Morte é Justiça* como convidada especial por três vezes... sra. Lydia Barkova!

As luzes mudam. A plateia aplaude intensamente. Vestida com a sua saia fora de moda habitual e um blusão, a Senhora B., com óculos de armação de chifre na ponta do nariz, sai a passos lentos dos bastidores, passando diante da mesa e sentando-se desajeitadamente na banqueta alta.

Joshua se levanta, cumprimenta-a com um aperto de mão e volta a se sentar. O estúdio fica em silêncio.

JOSHUA: Senhora B... posso chamá-la de Senhora B.?

SENHORA B. (assentindo): Pode, sim. Você é cavalheiro, na minha opinião. Eu respeito.

JOSHUA (franzindo a testa, falando com a voz baixa): Obrigado, é muita gentileza. Agora, Senhora B., esta deve ser uma época chocante para você. Imagino que sejam tempos muito difíceis e perturbadores.

SENHORA B.: É, sim, sr. Decker.

A Senhora B. esfrega as mãos uma na outra.

JOSHUA: Na verdade, se repassarmos o seu último ano, aproximadamente, a senhora perdeu a sua amiga Beth Honeydey, a mãe de Martha; o seu filho...

SENHORA B. (interrompendo): Não perdi, sr. Decker, essa palavra gentil demais para usar. Eles foram mortos. Assassinados.

JOSHUA: Assassinato é uma palavra muito forte, Senhora B.

SENHORA B.: Qual definição de assassinato? Vi dicionário antes. Diz: "Morte premeditada de ser humano por outro". Jackson planejou matar Beth, nós sabemos, vimos naquele vídeo, naquele gravação de circuito fechado.

Murmúrios passam por entre a plateia. Um lampejo de luzes conforme as pessoas pegam seus telefones e os ligam.

SENHORA B.: E o que é isso? Aqui? Essa cadeira elétrica que tirou meu Ollie, meu filho, meu filho inocente, de mim?

JOSHUA: É a pena capital. Justiça.

SENHORA B.: Não é morte planejada de um humano por outro?

Joshua não responde. A Sra. B. se agita no seu assento e endireita o corpo. Ela balança a cabeça nervosamente.

SENHORA B.: Sr. Decker, você surpreende. Eu esperava ouvir isso da mulher que estar aqui antes, como era nome dela mesmo? Aquela magricela com cara de plástico.

JOSHUA: Kristina?

SENHORA B.: Kristina, isso. Eu esperava ouvir isso dela, mas de você? Você não é idiota, e sua cabeça não estar enfiada na terra, eu percebo isso. Você sabe o que está acontecendo. Você conhece verdade. Mas você é esperto. Um homem complicado. Você sabe que isso é assassinato. Você sabe que é errado; estou vendo em seu rosto. Você sabe o que aconteceu com Martha em Cela 7. Você ouviu provas contra os políticos e pessoas importantes, não foi?

JOSHUA: Lamento, Senhora B. Não compreendo ao que a senhora está se referindo. Acredito que uma investigação foi iniciada para descobrir o que aconteceu com a gravação daquela noite, assim como o estado mental de Martha, mas eu não me recordo de...

SENHORA B.: É isso que voz na sua orelha mandar você dizer? Faça essa mulher parecer louca? Uma russa maluca que não entende inglês? Essa coisa na sua orelha o controla?

JOSHUA: Senhora B., se pudermos deixar esse tópico de lado por um momento e falar sobre Isaac...

A Senhora B. se inclina um pouco para trás, baixa a cabeça e olha para Joshua por cima dos óculos.

SENHORA B.: Isaac? Tudo bem, fazemos isso então, falamos sobre Isaac. Sr. Decker, diga como pessoas que estão aqui e as que estão em casa podem votar corretamente se não sabem o que aconteceu.

JOSHUA: Elas sabem que Isaac se declarou culpado de atirar e matar seu pai adotivo, Jackson Paige.

SENHORA B.: Eles sabem motivo?

JOSHUA: A lei diz que o motivo por trás da morte de um indivíduo é irrelevante na declaração da sentença de um acusado. Mas vamos deixar isso de lado, Senhora B., e falar sobre o relacionamento de Isaac com Martha.

SENHORA B.: Não, vamos continuar falar sobre coisas da lei. Eu sei o que lei diz, sr. Decker, mas quero saber o que você acha.

Ela se vira para a plateia.

SENHORA B. (gritando): E eu quero saber o que vocês acham.

Ela se levanta e anda na direção da plateia. Joshua observa, embasbacado.

SENHORA B.: O que vocês acham? Vocês querem saber por que Isaac atirou em seu pai? Todos que estavam na sala da execução sabem porque viram gravação de vídeo! Pessoas que estavam sentadas onde vocês estão sentados agora viram também! Mas elas não dizer nada!

Ela para na beirada do palco e golpeia o ar com o dedo em riste.

SENHORA B.: Eles... autoridades e governo... eles escondem verdade das pessoas. Impedem pessoas falarem o que sabem. Impedem pessoas saberem verdade! Pessoas como vocês não sabem que Jackson atropelou Beth Honeydew com o carro, mas tem vídeo que mostra isso. Jackson, ele matou Beth, mas meu filho foi executado por esse crime. E Isaac? Isaac matou Jackson para salvar vida de Martha! Nós vimos vídeo de Jackson com cinto ao redor do pescoço dela, dizendo que ia matá-la...

O microfone dela começa a falhar, e sua voz vai ficando entrecortada.

SENHORA B.: Eles fazem... microfone parar de funcionar. Depois... interrompem... programa. Ou... me tiram... do ar.

Joshua sai de trás da mesa e vai até o lado dela.

JOSHUA (sussurrando): Lydia... volte para a mesa.

Ele solta um gemido e leva a mão à orelha.

MEMBRO DA PLATEIA 4: Isaac Paige merece morrer! Nós merecemos justiça! Nossos filhos merecem ruas seguras!

MEMBRO DA PLATEIA 5: É olho por olho. Ele matou o pai, eu vi. Todos nós vimos!

SENHORA B.: Olho por olho é uma merda! É errado...

MEMBRO DA PLATEIA 6: Simpatizantes como você deveriam calar essa boca de merda! Malditos otimistas. Se dependesse de vocês, nós soltaríamos todas essas pessoas! Ele é um assassino e nós não queremos assassinos nas nossas ruas! Queremos saber que nossas famílias estão a salvo!

SENHORA B. (gritando): Revoguem pena de morte!

Gritos irritados da plateia enchem o ar.

MEMBRO DA PLATEIA 5: E vamos deixar os matadores de crianças à solta? Deixar que eles andem pelas nossas ruas para que possam matar de novo? Você é uma velha louca!

SENHORA B.: Isso não é justiça...

MEMBRO DA PLATEIA 5: E libertá-los é justiça? Que justiça a vítima recebeu? Mas você diria isso de qualquer jeito, não é? O seu filho era um assassino.

SENHORA B. (gritando): Não!

MEMBRO DA PLATEIA 4: Vocês, os simpatizantes, são tão perigosos quanto os assassinos. Atitudes como a sua deveriam mandá-la para a cadeia.

MEMBRO DA PLATEIA 5: Mandem todos para os Arranha-Céus! Todos ali são uma corja de bandidos e simpatizantes de criminosos.

SENHORA B.: Vocês são errados! Nós temos coração. Não somos motivados por dinheiro como vocês!

MEMBRO DA PLATEIA 5: Cerquem o lugar com um muro!

A plateia grita e vaia, cada vez mais alto. Alguns se levantam e agitam os punhos. Joshua segura no braço da Senhora B. e tenta puxá-la para trás.

JOSHUA: Lydia! Venha comigo!

SENHORA B.: Eu não recuar. Vou defender o que acredito.

Algumas pessoas da plateia ficam em pé sobre as cadeiras, outros empunham seus telefones celulares, filmando a cena. Uma garrafa de refrigerante passa voando na direção do palco, efervescendo e cuspindo o líquido pelo palco. Um balde de pipocas ainda cheio, a metade de um hambúrguer...

JOSHUA: Vamos sair daqui, Lydia! Agora!

Outra garrafa plástica voa na direção do palco, atingindo a Senhora B. bem no meio do peito. Joshua a puxa para longe com mais força. A plateia sai dos seus assentos e parte atrás deles. As luzes tremem. Ouve-se o som de coisas batendo e se quebrando.

Por cima de tudo, o logotipo do olho volta a ocupar a tela, cobrindo-a de azul-gelo enquanto observa toda a cena.

## MARTHA

Preciso arejar a cabeça. Tomar a minha decisão. Vou até as partes mais densas da região central da cidade para me esconder no meio das multidões. Coloco o capuz para cobrir a cabeça e enfio as mãos nos bolsos. Anônima, eu espero.

Isso me faz sentir náuseas. Pessoas fazendo compras de natal. Olhem para todas as sacolas que eles carregam. Provavelmente estão cheias de coisas que ninguém quer de verdade. Alguém esbarra em mim e eu viro de lado. É quando vejo aquilo.

Uma banca de revistas, e a primeira página está exposta para todo mundo ver. E nela, a imagem que aparece...

... sou eu.

Eu paro e olho para mim mesma, que me encara de volta. É a minha fotografia, tirada na delegacia de polícia, no momento em que fui presa. Não consigo me mover. As pessoas estão esbarrando e trombando em mim, empurrando, murmurando xingamentos, balançando a cabeça negativamente. Meu Deus, eu estou horrível. Minha cabeça foi raspada e meus olhos estão selvagens, assustados. Vejo o que diz a legenda: "Martha insana".

Vou me aproximando devagar, tentando olhar mais de perto sem que o jornaleiro perceba que eu estou aí, e corro os olhos pelo artigo, percebendo sentenças aqui e ali.

"A renomada psicóloga Penny Drayton proclama que Honeydew tem um forte distúrbio de personalidade... construiu uma enorme teia de mentiras... faz de tudo para conseguir atenção... precisa ser encarcerada para a segurança dos outros".

Meu estômago se revira. Estão acabando comigo. Mentiras sobre mentiras para que consigam se proteger. Por que eu me permiti pensar que não fariam isso? Não é o que sempre fazem?

Não consigo ler mais; estou enjoada.

— Você não pode ficar parada no meio da calçada! — alguém grita. — Saia do caminho!

Estou prestes a levantar a cabeça e retrucar, mas alguma coisa não deixa que eu faça isso.

— Desculpe — eu murmuro e saio de lado, chegando até a vitrine de uma loja que vende TVs.

E ali estou eu outra vez. Todas as telas estão tomadas pela minha imagem. Merda!

A imagem muda mais uma vez. Minha foto desliza até o canto das telas, e uma âncora de telejornal aparece. Ela está séria, mas não consigo ouvir o que ela diz. Continuo assistindo assim mesmo. O texto passa na parte de baixo da tela. Eu pisco os olhos várias vezes, tentando focalizar.

INIMIGA PÚBLICA E AMEAÇA À SEGURANÇA NACIONAL, MARTHA HONEYDEW ESTÁ FORAGIDA E É PROCURADA PELAS AUTORIDADES. A POPULAÇÃO ESTÁ SENDO ADVERTIDA A NÃO SE APROXIMAR. SE HONEYDEW FOR AVISTADA, LIGUE IMEDIATAMENTE PARA O NOSSO TELEFONE DE APOIO. HÁ UMA RECOMPENSA POR INFORMAÇÕES QUE LEVEM À SUA PRISÃO.

Todo mundo está olhando para mim ou isso é só paranoia? Estou tremendo. Estou com medo. Jesus Cristo. Como eles podem fazer uma coisa dessas? O que foi que eu fiz? *Ameaça à segurança nacional?*

A tela muda outra vez. Uma gravação que me mostra atravessando os jardins atrás da casa de Eve. Onde foi que conseguiram isso?

Um calafrio percorre o meu corpo. *Tem um ganso na sua sepultura,* diria a Senhora B.

Olho para além das telas, o interior das lojas. Há um cara parado ali. Ele está me encarando com um olhar sério.

Eu me viro, entro no meio da multidão e, enquanto isso, olho para cima, para a enorme tela que fica sobre o cinema. Toda formada por pixels e piscando com propagandas e coisas do tipo.

Mas não hoje. Aquilo não é uma propaganda. Aquela sou eu. Uma imagem minha, enorme. *Mas quê?*

Tento olhar para as pessoas por baixo do meu capuz. Muitas delas estão olhando para aquela tela. Virando-se para alguém que está logo ao lado e apontando, tirando fotos da tela com seus celulares.

*Eu não fiz nada!* Tenho vontade de gritar, e estou tremendo, com lágrimas nos olhos.

*Por que estão fazendo isso? Preciso sair daqui.*

Caminho o mais rápido que eu posso, tentando evitar as pessoas que estão olhando para aquela tela.

Viro em uma esquina, vejo outra banca de jornais. Mais fotos minhas penduradas. Merda, merda, merda, merda. Viro em outra esquina. Entro por um beco. Atravesso uma avenida. Subo por uma rua lateral, sem a menor ideia de onde estou ou para onde estou indo. Movendo-me, andando. Atravessando uma rua larga, voltando por uma mais estreita, e o barulho diminui. Não sei se isso é bom ou ruim.

*Eles estão com medo de você*, diz a voz na minha cabeça. *Estão preocupados com o que você tem.*

Mas o que eu faço? Ouço um barulho mais adiante. Uma multidão. Vai ser mais fácil me esconder. E me misturar.

Corro até a o final da rua, que desemboca em uma via mais larga. A Real Corte da Justiça — o estúdio de TV do *Morte é Justiça* — está diante de mim.

Torres e janelas, portas grandes e grades. E aquele olho. Aquele olho maldito. Mas alguma coisa está acontecendo.

Há uma sensação estranha no ar, como nervosismo ou expectativa. Muitas pessoas estão saindo pelas portas principais e pelas laterais também. Estão gritando, algumas estão dizendo frases de efeito, irritadas e em voz alta. O que eles estão dizendo? Alguns estão com os punhos erguidos no ar.

Eu saio da rua lateral e atravesso pela faixa de segurança, tentando me aproximar, tentando compreender o que significa todas aquelas vozes misturadas.

Há mais gente agora. De onde eles estão vindo? Eu entro no meio da multidão.

— O que está acontecendo? — eu grito para um homem qualquer. Ele está com o punho levantado, olhando para as portas principais com cara feia.

— Malditos simpatizantes! — diz ele.

Não digo nada; mantenho a cabeça abaixada.

— Aquela mulher, Barkova! — continua ele. — Ela pediu a revogação da pena de morte. Disse que devíamos soltar todos os assassinos nas ruas.

Meu estômago se revira, sinto calafrios pelo corpo.

— Lydia Barkova?

Ele faz uma careta zombeteira, mas está ocupado demais dando socos no ar com os outros para olhar para mim.

— Sim, aquela mulher dos Arranha-Céus. Ela estava no *Morte é Justiça*. Já é a terceira vez que ela aparece no programa. O que diabos isso significa para você? Está aqui como representante de Isaac Paige desta vez. Estava delirando, dizendo que não existe justiça, dizendo que a pena de morte é moralmente errada dizendo que nós, pessoas que vivem na área central da cidade, não temos coração nem consciência. Isso é besteira.

— Como você sabe que ela disse isso? Você estava lá dentro? Essas foram as palavras exatas dela?

— Está por toda a internet. Todo mundo sabe o que ela disse.

Ele se vira para trás, e eu enfio a cabeça ainda mais para dentro do meu capuz. — Você fala como se fosse um deles. Por acaso você é dos Arranha-Céus? Por que não volta para lá? — diz ele, balançando a cabeça negativamente. — Eles tinham razão quando começaram a falar em levantar um muro ao redor daquele lugar.

Eu me afasto dele. Já ouvi o bastante. Isso é assustador. Há ódio no ar e mentiras sendo espalhadas. Passo por uma mulher de meia-idade que está olhando para o seu celular e percebo que ela está acessando o website do *National News*. A manchete grita em grossas letras vermelhas:

"Porta-voz dos Arranha-céus pede que assassinos sejam libertados". *Não*, eu penso. *Ela não diria uma coisa dessas.* Estamos sendo demonizados. Eles estão ensinando as pessoas a nos odiar. Quem são "eles"? Quem está fazendo isso? E por quê?

*Porque você pode ficar poderosa*, diz a voz na minha cabeça. *Porque eles estão assustados.*

Um homem que está ao meu lado me empurra e atrai a minha atenção. Eu desvio o olhar, mas ele fica paralisado.

— Martha Honeydew? — eu o ouço perguntar.

Tento me enfiar por entre a multidão e me misturar às pessoas.

— Martha Honeydew? — ele grita.

Empurro os corpos ao meu redor para abrir caminho, bem quando a multidão cresce e eu sou empurrada para frente.

— Aí está ela! — alguém grita. — Honeydew!

*Merda.*

Uma vaia e um grito surgem, e as pessoas viram as cabeças para a frente, desviando a atenção que estava concentrada em mim, graças a Deus, mas o que é que eles estão olhando?

Eu me viro e olho junto com eles. Senhora B. Ali está ela, saindo do prédio.

A multidão grita, avançando com fúria. Sou engolida, sou pequena demais para enxergar por cima das cabeças e saber o que está acontecendo. As palavras que eles estão gritando estão se misturando, palavrões estão sendo ditos. Tento entender aquilo, mas não consigo.

Tento abrir caminho por entre algumas frestas, mas a multidão é forte e as pessoas estão irritadas. Um outro estrondo soa, e alguma coisa está acontecendo. Não consigo perceber o que é.

Ouço cascos batendo no asfalto. Vidros se quebrando. Alguma coisa passa cortando o ar. Gritos e berros.

Tento abrir caminho cada vez com mais força, indo na direção daquelas grades pretas e daquela porta enorme, mas não consigo chegar lá. Sou forçada a ir para um lado, depois para outro.

Há coisas que passam voando sobre a minha cabeça — pedras, garrafas, coisas tiradas das lixeiras — pessoas estão gritando.

Estou com medo.

— Decker! — eu ouço alguém gritar e olho para cima, por entre os ombros à minha volta, e ali está Joshua Decker, puxando a Senhora B. pela mão.

O que ele está fazendo com ela?

— Senhora B. — eu sibilo por entre as pessoas. — Senhora B.

É impossível que ela consiga me ouvir, mas percebo que ela se vira na minha direção.

Eu vejo o rosto dela, e nossos olhares se cruzam.

Um sorriso se abre naquele rosto carinhoso, os olhos se enrugando por trás dos óculos de aro de chifre, e todo o seu corpo se ergue conforme os braços dela se estendem na minha direção, e parece que faz uma eternidade desde a última vez que a vi tão feliz.

Ela é o que mais se aproxima de uma verdadeira mãe para mim, e eu a amo. Ela é o meu pilar, a minha rocha, minha melhor amiga. Ela se livra das mãos de Joshua e vem na minha direção, com os braços prontos para me acolher. E nós sorrimos uma para a outra, enquanto tudo à nossa volta parece se desfazer.

Senhora B. O meu farol. A minha rocha. O que eu faço agora?

Vejo Joshua avançar por entre a multidão atrás dela, balançando a cabeça, olhando para baixo.

Ouço o tropel dos cascos outra vez.

Subitamente eu vejo policiais à minha volta, cavalos e corpos.

Alguma espécie de gás se espalha pela rua e tudo fica oculto por uma névoa seca.

— Senhora B. — eu digo com dificuldade. — Senhora B.! — Tento atravessar a névoa com os braços abertos, inclinando o corpo para frente, os olhos ardendo. As pessoas estão fugindo, alguns estão gritando, outros estão chorando, tossindo enquanto puxam lenços para cobrir as bocas e limpar os rostos.

— Senhora B.! — Eu estou gritando a plenos pulmões agora.

Mais coisas são arremessadas no ar, pedras ou tijolos ou coisas do tipo, mas eu ignoro tudo aquilo, tossindo enquanto avanço por entre a nuvem, os olhos vertendo lágrimas, o nariz escorrendo, sabendo que ela tem que estar em algum lugar por perto.

O vento sopra pela rua, forte e frio, e a nuvem dispersa. Ali está ela. Ali está ela. Mas alguém está correndo em direção a ela. Há uma faca em sua mão. Eu corro. Mas ele a alcança antes de mim.

Eu vejo quando ela encara o homem e faz um sinal negativo com a cabeça, e vejo a faca ser enfiada nela.

— Senhora B.! — eu grito, o mais alto que consigo. — Lydia! — Eu grito porque agora eu já não me importo mais. E corro para perto de onde ela está. Com todo o tipo de porcaria chovendo dos céus, eu corro até onde ela está.

Mas ela está no chão, e ele a está esfaqueando de novo.

— Não! — eu berro.

Vejo Joshua aproximando-se dela outra vez, com os olhos arregalados pelo horror, a boca aberta pelo choque. O homem solta a faca, vira-se para trás e sai correndo, segundos antes que eu os alcance.

Eu me jogo no chão, ao lado dela.

— Não! — eu grito. — Não, não, não...

Toco o seu rosto, afasto os seus cabelos, olho em seus olhos...

Vazios.

— Senhora B.! — eu grito, desesperada. — Senhora B.! Não, não!

A mão que pressionava o abdômen cai para o outro lado, e o sangue jorra do seu corpo. Eu balanço a cabeça, puxo suas roupas encharcadas e vermelhas. Há muito sangue escorrendo dela em uma poça no chão, em suas mãos, em seus braços.

Estou ajoelhada nele; minhas mãos estão cobertas de sangue. Eu a toco no rosto, movo a sua cabeça, tento sentir a sua pulsação, uma brisa de respiração...

— Oh, merda! Oh, não. Oh, não. Não...

Joshua está ajoelhado ao meu lado.

— Você planejou isso? — eu grito para ele.

— Eu estava tentando ajudar — ele murmura, com a voz baixa, mas irritado. — Estava tentando levá-la para um lugar seguro.

— Você sabia que alguém ia atacá-la com uma faca? Você sabia?

— É claro que não! — ele sibila para mim. Seu rosto está pálido, os olhos úmidos. Devo acreditar nele? — Martha, você tem que sair daqui — diz ele. — Você tem que ir embora. Se eles a pegarem...

— Não posso fazer isso! — eu grito. — Tenho que ficar aqui, com ela. Tenho que lutar contra isso. Essas pessoas aqui, elas têm que saber...

Ele está balançando a cabeça negativamente para mim. — Não desse jeito — diz ele. — Essas pessoas estão atrás de você. Se eles a virem aqui, você vai receber a culpa por tudo. Eles querem transformá-la em um monstro!

— Mas... — Eu olho para o corpo da Senhora B. e não consigo acreditar... não consigo...

— Martha — ele fala de novo por entre os dentes, chegando bem perto. — Martha! Levante-se agora e corra. Olhe à sua volta!

Relutantemente, eu ergo a cabeça.

O gás está se dissipando.

Um círculo vazio está se formando à nossa volta. Há pessoas saindo do meio da névoa como fantasmas. E atrás deles, mais claramente, há capacetes pretos que se movem como formigas. Vindo em nossa direção. Na minha direção.

— Vá, Martha! — Joshua implora para mim. — Vá!

Eu faço que sim com a cabeça e me levanto rapidamente. Estou tremendo, sinto-me enjoada, a minha cabeça está girando, mas eu abro caminho por entre aquelas pessoas e saio dali o mais rápido que consigo.

## CASA DA FAMÍLIA STANTON

— Uma multidão causou um tumulto diante do prédio que antigamente era conhecido como a Real Corte de Justiça, e que agora abriga os estúdios de televisão do programa *Morte é Justiça.* — O apresentador do telejornal na televisão não demonstra nenhum traço de emoção conforme lê as informações do *teleprompter.*

— Os manifestantes ficaram exaltados devido aos pedidos da convidada especial do programa, a sra. Lydia Barkova, para que a pena de morte fosse revogada, alegando que "é preciso oferecer simpatia a assassinos e matadores".

— A sra. Barkova estava presente como representante do acusado Isaac Paige, após fazer uma campanha vigorosa pela inocência do seu próprio filho e da fugitiva Martha Honeydew.

— Representantes do *Morte é Justiça* reiteraram que tais opiniões pertencem unicamente à sra. Barkova, e que não estão alinhadas com as do programa ou com as da Olho Por Olho Produções.

— Após o programa, a sra. Barkova infelizmente veio a falecer devido a um incidente envolvendo um esfaqueamento do lado de fora dos estúdios. Acredita-se que o culpado por este crime pode ser o parente de alguma vítima de assassinato cujo perpetrador tenha sido declarado "inocente" após uma votação apertada. Se essa hipótese for confirmada, pode fazer com que os parâmetros de execução sejam ampliados em relação às regras atuais referentes à maioria, em que um acusado é libertado se o veredicto de "culpado" ficar abaixo de cinquenta por cento.

— Vamos trazer atualizações sobre o crime assim que a polícia as disponibilizar.

— E as outras notícias do dia...

Cícero começa a desembalar a comida chinesa para viagem na mesa da cozinha, e olha para Max.

— Você a conhecia?

— Não, mas eu sei que ela era uma pessoa muito importante para Martha — diz ele, tirando dois garfos da gaveta. — Não sei no que acreditar hoje em dia. Afinal, não foi exatamente isso que a Senhora B. disse no programa, foi?

Cícero faz um gesto negativo com a cabeça. — Será que algum dia vamos saber toda a verdade?

Max fica olhando para a comida que está à sua frente. — Não parece certo estar aqui, comendo... Você sabe... Sem que a minha mãe esteja aqui, sem Martha, e agora sem a Senhora B.

— Você não é responsável pelo que aconteceu. — Cícero tenta confortá-lo.

Max dá de ombros. — Tudo isso é ridículo. Pensar que alguém esfaquearia uma pessoa somente por causa do que ela disse. Ou pelo que pensa que ela disse. E eu fico me perguntando... — Ele para e coça a cabeça. — Isso é muito conveniente, não é?

— Como assim?

— Que alguém que era contra a pena de morte foi assassinada, alguém que não tinha medo de expressar suas opiniões. E que, além disso, era amiga c apoiadora de Martha.

— Está dizendo que eles planejaram tudo isso? Levá-la até o show para expressar sua opinião e depois calar sua voz?

— Estou dizendo que... eu suponho, eu estou perguntando... depois que alguém mente para você a respeito de uma coisa, como você pode confiar que essa pessoa não vai mentir sobre outras coisas? — Max coloca um pouco de comida na boca e mastiga, pensando.

— Eu liguei para aquele número para saber o que está acontecendo com a minha mãe — diz ele, após algum tempo. — Mas fiquei aguardando o atendimento por um tempo enorme, e depois a ligação caiu. — Ele faz uma pausa, baixa a cabeça por um momento e coloca o garfo sobre a mesa. — Estou muito preocupado — sussurra ele.

Cícero ergue os olhos e vê a dor no rosto de Max, a dor que ele está lutando para esconder.

— Eu sei — responde ele gentilmente. — Tentei ligar mais cedo e não consegui nada também. Mas tenho certeza de que ela vai estar bem, Max — continua ele, mas os dois evitam cruzar os olhares e as palavras soam vazias.

— Vou tentar de novo — diz Max, tirando o celular do bolso.

— Use o telefone fixo, Max. É mais barato. A sua mãe estava com o telefone no quarto, pelo que me lembro.

Max faz que sim com a cabeça, deixa a comida no prato e sai da cozinha, seguindo pelo corredor, até chegar ao quarto de Eve. Ele para por um momento em frente à porta, tentando ignorar o fato de que deveria bater, e entra.

O quarto está à meia-luz; as cortinas estão abertas e as luzes dos postes da rua banham tudo com um brilho estranho. Ele observa o interior do quarto, a foto da sua família na mesinha de cabeceira, o urso de pelúcia que ele deu de presente para ela no dia das mães, um livro que Max escolheu para ela na biblioteca, e a cama desarrumada, como se ela houvesse sido arrancada dali.

Ele aperta os olhos para enxergar em meio à escuridão. O telefone celular dela, folhas de papel, uma caneta.

— Está aí? — grita Cícero, na cozinha.

Max observa o restante do quarto e vê o telefone do outro lado da cama. Quando ele se abaixa para pegá-lo, sua mão esbarra em algo que está meio escondido sob as dobras do edredom. Ele olha para baixo; é um envelope que exibe o seu nome escrito.

Com o telefone em uma das mãos, ele volta a se endireitar.

— Max? — Cícero chama outra vez.

Max olha para o envelope e o seu nome. Está fechado e lacrado.

— Conseguiu encontrar? A sua comida está esfriando.

Max pega o envelope e o enfia no bolso. — Achei! — grita ele, e sai rapidamente do quarto.

## MARTHA

Estou paralisada. Enjoada. Sem palavras. Vazia. Chorando. Perdida.

Estou andando. Andando. Andando.

Não há palavras. Não consigo pensar. Não consigo falar.

Sente-se, Martha. Sente-se. Encolha-se. Desista. Morra.

Eu sento. Calçada. Fria. Molhada.

E me encolho. Eu me odeio. Com todas as minhas forças, eu me odeio. Fecho os olhos. Deixem-me ir embora. Levem-me. O vento frio sopra. Através de mim. Preguiça.

Lembro-me de você me dizendo isso certa vez, Senhora B. Vento preguiçoso — preguiçoso demais para dar a volta — passa através de você.

Você disse muitas coisas.

*Não esqueça de manter a mão sobre o sua porta-moedas.*

*As peras não caem longe dos pereiras.*

Seu jeito engraçado de ser.

*Caia sete vezes, levante oito,* você disse uma vez.

Eu abro os olhos. Quantas vezes eu caí? Mas eu tenho que me levantar, não é? Levante ou desista. Mas o que eu faço?

Lembro-me do que perguntei a mim mesma antes: *"O que você não faria?"*.

Conforme vou caminhando, o anel com o quebra-cabeças balança na corrente que está ao redor do meu pescoç, e as palavras de Isaac ecoam na minha cabeça. *É difícil no começo, mas persevere e você vai chegar lá.*

É mesmo? O que mais você disse? *Espero que ele a inspire para continuar lutando.*

Eu tiro o telefone do bolso. Aperto os botões com dedos trêmulos. Seguro o aparelho diante da orelha. Ouço tocar.

— Alô — diz uma voz.

A respiração sai entrecortada.

— Martha? — pergunta ele. — Martha, é você?

— Max — eu murmuro por entre soluços... — Eu... eu...

Não consigo falar. Apenas escuto. Faço que sim com a cabeça. Olho à minha volta.

— Por favor — eu sussurro.

Murmuro o nome que está na placa acima de mim, e deixo o telefone cair. Encosto-me na parede e fecho os olhos outra vez.

...

Acho que o cheiro me acorda. Café e... o que mais... comida chinesa? Eu abro os olhos e há um cobertor ao redor do meu corpo. Max também está ali.

— Desculpe — sussurra ele, e me entrega um copo de papelão.

Estendo os braços para pegá-lo, mas paro. Minhas mãos estão tingidas de vermelho vivo por causa do sangue seco. As minhas mangas também. Eu olho para baixo; meus joelhos e as calças estão na mesma situação. Que lástima.

— Você estava com ela? — pergunta Max.

Confirmo com a cabeça.

— Eles a esfaquearam — eu balbucio.

— Eu sei — sussurra ele. — Eu lamento.

Ele me passa a embalagem de comida chinesa. — É melhor você comer — diz ele. — São algumas sobras. Não havia muita coisa em casa.

— Obrigada — eu respondo.

— E se tudo foi planejado? — diz ele.

Dou de ombros. — Não posso provar nada. — Olho para ele. — O que vamos fazer? Eles estão nos eliminando, um por um? Uma lista? Livrando-se de nós ou nos prendendo. Gus, a Senhora B., Isaac...

Ele se senta ao meu lado. Eu podia chorar pelo alívio de estar com um amigo.

— Minha mãe foi presa — diz ele.

— Oh, meu Deus, que horror. Qual o motivo?

Ele explica e eu me sinto enjoada. Culpada. Idiota e egoísta.

— Não se entregue — diz ele, adivinhando o que eu ia dizer.

— Mas...

— Não. De jeito nenhum. Ela não ia querer isso.

Quero discutir com ele, mas Max parece já estar bastante abalado, então eu deixo aquilo para depois, vou pensar no caso. Dou de ombros. — Talvez — eu respondo.

— Martha...

— Tenho que tirar Isaac de lá — eu digo, por entre garfadas de macarrão, mudando o assunto. Engulo e viro de frente para ele.

Conto a ele sobre a oferta de Patty? Seu plano? Será que ele vai me convencer a concordar ou a recusar? Se eu quiser ver Isaac de novo, se quiser libertar um homem inocente, se quiser que ele esteja ao meu lado para podermos lutar contra tudo isso juntos, então... que escolha eu tenho?

## PATTY E O PRIMEIRO-MINISTRO

— Estou ficando cheia de ter que me esconder e me esgueirar desse jeito — diz Patty. — Atravessando jardins e passagens secretas! Por que não posso entrar pela porta da frente como todo mundo?

Ele se recosta no banco do jardim. Seu casaco de lã está abotoado até o pescoço.

— Agora que Jackson está morto — emenda ela.

O primeiro-ministro a ignora. — Presumo que você já resolveu a situação?

— Você sabe que sempre pode confiar em mim. Estou atraindo a garota para o plano...

— Atraindo?

— Sim, ela vai concordar. Pode escrever o que eu digo.

— Ela ainda não concordou?

— Bem, ainda não, mas...

— Então você não resolveu a situação como eu pedi que fizesse.

— Estou dizendo, ela vai concordar.

— Patty...

— Eu a coloquei em uma posição em que ela não consegue ter nenhuma esperança e, por isso, não tem para onde correr. Paguei uma pessoa para se livrar daquela mulher russa, a amiga dela. Eu...

— Você pagou alguém para matar Barkova? Toda aquela confusão foi obra sua?

— Não foi uma confusão. Faz parte do plano. E vai funcionar. E, se der errado, você pode prendê-la por aquele assassinato. Ela estava lá.

— A última coisa que eu quero é aquela garota de volta no corredor da morte, e que deem voz a ela. Ela precisa ser silenciada e precisa desaparecer, sem qualquer possibilidade de voltar.

— Mas se ela...

— Pare de me interromper. Lembre-se de com quem você está conversando. Já parou para pensar por que eu não compartilho do seu entusiasmo ou da sua certeza? Será que isso se deve ao fato de que você prometeu resultados que nunca chegaram a se materializar? Como garantir que guardar informações na sua casa seria uma boa ideia, por exemplo? Que era seguro? Não sei por que dou ouvidos a você, Patty. Eu realmente não sei.

— Acho que você sabe — responde ela.

— Eu a aconselho a não tentar me ameaçar — diz ele. — Não acho que você seja idiota o bastante para tentar me chantagear.

Ele exala, e seu hálito forma nuvens que pairam no ar e se dispersam logo em seguida. — Se surgirem mais pontas soltas, vamos precisar cortá-las. — Ele se levanta e alisa o tecido do casaco que veste. — Vou dar o benefício da dúvida para você pela última vez, Patty, mas quero ser informado imediatamente de qualquer progresso nesse seu plano. Você entendeu?

— O quê? Por quê? Eu disse que você pode confiar em mim.

— Ligue para Sofia para atualizá-la sobre o que está acontecendo. Como eu disse para você fazer antes.

— Mas eu tenho tudo sob controle.

— Cortesia, Patty, e respeito. É isso que eu sempre pedi a você. Não falhe comigo agora.

Por um breve momento, ele pousa a mão no ombro dela, e depois volta a se mesclar nas sombras.

Max me arranja um quarto em um hotel barato. Finge que é para ele. Fica sentado comigo por algum tempo. É bom ter companhia, mas eu digo a ele para ir embora. Não sei se Cícero sabe que ele veio me encontrar. Não perguntei. Eve vai aparecer no *Campainha da Justiça* amanhã.

O quarto é uma merda.

O papel da parede está se soltando em alguns lugares, a janela faz barulho quando está fechada e o vento frio invade o quarto. Há uma mancha esquisita no carpete e o lençol é tão fino que quase dá para enxergar através dele.

Consigo ouvir pessoas subindo as escadas também. Rindo ou conversando. Consigo ouvir pessoas caminhando de um lado para outro no quarto de cima, e a pessoa que está no quarto ao lado, seja quem for, está fazendo a cama bater com força na parede.

Mas... por que eu me preocupo com isso? Não é como se eu pudesse escolher onde vou ficar.

Estou seca. Tenho comida. Tomei um banho, embora estivesse acompanhada por aranhas e uns tatuzinhos de jardim. E posso ficar sentada aqui, com as roupas limpas que ele me trouxe, e assistir você pela TV, Isaac.

A TV parece ser a coisa mais nova no quarto, mas está presa a um suporte na parede com um cadeado. Será que as pessoas realmente pensariam em roubá-la?

Olho para a tela, observando você.

*Ele está esperando por você,* diz a minha cabeça.

Parece que você perdeu peso, Isaac. Você parece estar doente. Sentado na beirada da cama desse jeito, olhando para o que há ao seu redor, com os movimentos espasmódicos.

O que está acontecendo com você? O que estão fazendo com você? Eu toco a tela, desejando que as coisas fossem diferentes... desejando...

Que dia. Que semana. Ano. Vida de merda.

*O que você vai fazer, Honeydew?* Eu pergunto a mim mesma. Que escolha eu tenho?

Com um suspiro, eu tiro o telefone do bolso e ligo para o número no cartão dela.

— Patty — eu digo no telefone quando ela atende. — Estou dentro.

Eu odeio aquela desgraçada, mas amo o filho dela.

# DIA 4

## CASA DA FAMÍLIA STANTON

— Pronto? — Cícero veste um sobretudo impermeável e tem um chapéu de lã na cabeça.

Max vem pelo corredor. — Senhor juiz, você não precisa fazer isso.

— Pelo que estou percebendo, Max, ou nós fazemos isso ou não fazemos nada.

— Mas é o seu dinheiro.

— E o que mais eu vou fazer com ele?

— Eu acho que consigo pensar em um milhão de coisas.

— Provavelmente não são o tipo de coisas com as quais eu gostaria de gastá-lo. — O sorriso dele se estende por baixo do longo bigode e, por trás dos óculos de lentes grossas, seus olhos exibem um brilho raro.

Max pega o seu boné. — Vamos lá, então — diz ele. Quando ele leva a mão ao bolso para pegar as chaves, o envelope que encontrou na cama da sua mãe toca em seus dedos. Ele para.

— Está tudo bem? — pergunta Cícero.

Max fecha os olhos e respira fundo.

— Max? Você está bem?

— É... — a mão dele segura o envelope.

— A sua mãe é uma mulher forte. Vamos dar um jeito nisso e trazê-la para casa ainda esta noite.

Max solta o envelope.

— Sim — suspira ele. — Você tem razão.

...Saindo da casa e descendo até a rua, lutando para abrir caminho por entre jornalistas que enfiam microfones em seus rostos e os paparazzi disparando os flashes das câmeras.

— O que você vai fazer quando sua mãe for condenada? — grita um deles.

— Você está chateado por perder outro familiar? — pergunta outro.

— É verdade que Cícero e a sua mãe estavam tendo um caso?

— Como é ser o filho de um criminoso?

— Ignore-os — murmura Cícero perto do seu ouvido. — Eles querem uma reação, somente isso. Não alimente essas expectativas.

— Você acha que o crime é uma tradição na sua família?

— Ficou irritado por ela ter colocado o seu futuro em risco?

— Como você se sente?

As perguntas os bombardeiam, uma após a outra, como uma saraivada de balas.

— Vamos — diz Cícero.

Ele abre a porta do carro e Max entra.

Ainda assim, os rostos inclementes o observam pela janela e os flashes iluminam o seu rosto. Cícero dá a partida. Outro jornalista soca o vidro. — Dê-nos alguma coisa para colocar na primeira página — grita ele. — A menos que você queira que a gente comece a remexer o passado dela.

Mais uma vez, Max toca o envelope.

O carro se afasta da casa.

...

Cícero estaciona ao lado da calçada de uma rua lateral, e ele e Max descem do carro. O barulho das portas se fechando ecoa pelas paredes dos prédios que se erguem ao redor dos dois e, por um segundo, Cícero ergue a cabeça nervosamente na direção de todas as janelas escuras e anônimas que olham para baixo. Com as mãos enfiadas bem fundo nos bolsos e o capuz puxado sobre a cabeça, Max começa a andar e, logo atrás, olhando para o interior de cada beco pelos quais passam, Cícero o segue, com o chapéu de lã e a gola do casaco erguidas.

Seus passos são pesados e solitários.

A cidade se ergue sobre os dois; os prédios repletos de história os guiam sob um céu escuro e pesado. Uma tempestade está se formando no horizonte.

Eles viram para um lado, depois para outro, e o barulho do trânsito das proximidades rosna em meio ao silêncio. Eles se viram mais uma vez e é possível ouvir vozes, abafando gradualmente o som dos seus sapatos na calçada.

— Aqui vamos nós — diz Max, e respira fundo.

Ao seu lado, Cícero faz um sinal afirmativo com a cabeça.

Eles viram em uma esquina e, diante deles, está o Old Bailey, com a escultura da Dama da Justiça no ar com os braços estendidos, a balança em uma das mãos e a espada na outra.

Cícero e Max param e olham ao redor.

As ruas estão fechadas. A fita amarela da polícia se estende entre os postes, mantendo o trânsito fora daquela área. As buzinas dos carros tocam com força, os motoristas gritam pelas janelas, viaturas da polícia estacionadas diante dos bloqueios nas ruas fazem as luzes piscarem intermitentemente. Vendedores de ingressos oferecem suas mercadorias, jornaleiros acenam com a edição mais recente e vendedores de fast-food anunciam os seus preços.

— É muita gente — diz Cícero.

— É como se o circo estivesse na cidade — diz Max. — É sempre desse jeito?

Cícero faz que não com a cabeça. — Nunca é desse jeito.

Ficando próximos um ao outro, eles passam por entre a multidão. Gangues de adolescentes bem vestidos filmam uns aos outros com seus celulares, um grupo barulhento de homens engravatados falam sobre negócios e um grupo grande de mães elegantes com carrinhos caros de bebê formam um círculo, passando de mão em mão garrafas térmicas de café e petiscos caseiros bastante elaborados.

— Por que todas essas pessoas estão interessadas na minha mãe? — pergunta Max.

— Não creio que estejam necessariamente interessadas — responde Cícero. — Isso parece ter algum tipo de organização por trás. — Ele vira para a esquerda, diminui o passo e se aproxima de um guarda de segurança. Um gesto de cabeça quase imperceptível passa de um para outro. Ele e Max param.

— Juiz Cícero. — A voz do guarda é baixa. — É bom vê-lo.

— Você também — responde Cícero. — Já faz um bom tempo. Lamento que tenha perdido o seu emprego no tribunal.

— Ei, todos nós perdemos, não foi?

— Bem... — Cícero dá de ombros. — Ah, permita que eu faça as apresentações. Este aqui é Max, o filho de Eve Stanton.

— É um prazer — diz ele, estendendo a mão para Max. — Vamos cuidar dos negócios então, senhor juiz? Não devemos correr o risco de sermos vistos.

— Ah, sim — responde Cícero, tirando um envelope volumoso do bolso do casaco. — Conforme combinamos.

Com um aceno de cabeça, o homem o coloca dentro de um bolso interno do uniforme.

— Diga-me — pede Cícero. — Quem são as pessoas?

— Ok — sussurra ele. — São três homens. As mulheres normalmente demonstram mais simpatia, então talvez seja por isso que não há nenhuma aqui. Um dos caras, um tal de Lucas, é do tipo que se veste bem. Está usando terno e gravata, mas o paletó já é meio velho. Como se estivesse vestindo a sua melhor roupa de domingo que tem há anos, mas o paletó é aquele que usa para ir ao trabalho todos os dias, entende? Cabelos grisalhos, testa do tamanho de uma tábua de passar roupa, mas com muitas rugas. Você vai reconhecê-lo a um quilômetro de distância. Mas... — Ele faz uma pausa para pensar, passando a mão pelo rosto e suspirando. — Vai ser complicado, porque eu soube que ele já andou se estranhando com você, Cícero. A filha dele foi morta na época em que ainda tínhamos as cortes. Você foi o juiz do caso.

— Não me diga, acho que eu posso adivinhar. O cara que estava sendo acusado não foi preso.

— Exatamente. Talvez seja melhor que o garoto converse com ele. De qualquer forma, outro dos jurados é enorme, com a cabeça raspada e cara de poucos amigos. Você sabe como é. Seu nome é Jase. Provavelmente tem um chihuahua ou coisa do tipo, você conhece o tipo?

Cícero assente, observando a fila e vendo o homem a quem ele deve estar se referindo.

— Mas ele tem dívidas que a esposa não conhece, e não consigo vê-lo como alguém que realmente gostaria de estar aqui. Eu aposto que ele tentou conseguir um ingresso pensando que poderia vendê-lo a um preço ainda maior e faturar algum dinheiro com isso. O terceiro cara, Raif, é um daqueles almofadinhas engravatados, que carregam um guarda-chuva para todo lugar que vão, cheio de dedos. Está me entendendo?

— Entendo.

— Acho que ele pode ser meio complicado também, e eu não consegui descobrir muita coisa a respeito. Nada na internet. Parece que é bem reservado. Não consegui descobrir mais coisas, desculpe. Tive muito pouco tempo.

— Não há problema — garante Cícero. — Posso trabalhar com essas informações.

— As pessoas fazem qualquer coisa por dinheiro, senhor juiz.

— A maioria das pessoas — diz Cícero com um sorriso.

O homem assente. — O senhor sempre foi uma exceção a todas as regras.

Cícero enfia as mãos nos bolsos. — Diga olá à sua esposa por mim. Diga que eu me lembro do bolo de chocolate que ela faz.

— Vou dizer, senhor juiz. Cuide-se. Você também, Max. Boa sorte.

## MARTHA

Eu passo a noite inteira dormindo e acordando. Não consigo parar de ver a Senhora B. deitada ali. Aquela imagem dela, sem parar. Quem faria aquilo? Será que Max tinha razão em suas suspeitas? Foi tudo realmente planejado?

Meu Deus, se alguém disser isso em voz alta, vai parecer uma daquelas pessoas que acham que tudo é uma imensa teoria da conspiração, que se enfiam em quartos minúsculos, com as paredes cobertas de papeis, pedaços de barbante presos e fotografias, até serem levadas para algum hospício.

Eu não sou uma dessas pessoas... sou?

Eu saí do hotel enquanto o cara da recepção estava ocupado atendendo o telefone. Havia um jornal no balcão com a minha foto, e na TV o apresentador estava falando sobre a Senhora B. Não consegui aguentar. Fiquei paralisada por um momento e tenho certeza de que ouvi o meu nome, tenho certeza de que ouvi a palavra "recompensa".

Larguei a chave no balcão e saí dali sem tomar o café da manhã, sem me atrever a correr esse risco, e saí em meio a um tempo tão gelado quanto a atitude deste governo em relação a nós, pessoas que não têm dinheiro.

Não sei por que eles fingem que estão nos oferecendo concessões. São só mentiras. Dar com uma mão e tirar mais com a outra. Eles poderiam muito bem decidir simplesmente nos ignorar. É óbvio que somos odiados.

As multidões vão ficando mais densas conforme eu me aproximo do Old Bailey. Há um zumbido engraçado no ar. Não gosto disso. Faz com que eu me sinta nervosa. Viro a esquina e... Meu Deus. Existem diversos tipos de loucos. Mas isto, bem na minha frente, é uma loucura sem tamanho. Quantas pessoas! E todas parecem tão chiques!

É como se houvessem recolhido todas as pessoas da região central e das Avenidas e as colocado em uma excursão até aqui, ao Old Bailey. E também como se tivessem mandado essas pessoas vestirem as roupas mais chiques que tinham no armário.

Por que toda essa gente está aqui? Por que estão tão interessados no caso de Eve?

Jesus, se eu for avistada aqui, vou ser linchada. Mas não posso ir embora. Não, eu não vou sair daqui.

Há câmeras de TV e repórteres, e eles estão entrevistando essas pessoas. Não vão conseguir um equilíbrio de opiniões, não é? Não vejo ninguém que parece ter vindo dos Arranha-Céus.

Nossa... há até mesmo gente vendendo balões! E bandeirinhas! E pipoca, como se fosse algum tipo de espetáculo ou show.

Eu me lembro de Roma. Gladiadores lutando até a morte. Quem foi que disse que somos mais civilizados agora?

Essa porra é inacreditável. O que diz aquela faixa ali adiante? "Nada de simpatia pelos simpatizantes". E o que há naquele adesivo colado na roupa do outro cara? "Justiça cruel para alguns é justiça gentil para todos". Mas quê? E outro... "Morte aos matadores". Já ouvi essa antes.

Há um cinegrafista empoleirado em um poste filmando a área. Certo, é isso mesmo, mostre a única opinião que há aqui e diga que é a opinião de todos. Isso foi planejado; isso é manipulação, é massificação. Propaganda ideológica.

Uma mulher está sendo entrevistada. Eu me aproximo, de costas para eles, mas escutando.

— Bem, no meu caso, estou extremamente preocupada com a situação e temo pela segurança das nossas crianças. É óbvio que Martha Honeydew é uma pessoa de coração frio, egoísta, e concordo totalmente com as autoridades quando dizem que ela é mentalmente instável.

Pessoalmente, eu me arriscaria a dizer que ela exibe tendências psicopatas ou sociopatas. Está claro que ela influenciou o pobre Isaac Paige, e agora nós, cidadãos de bem, estamos sem opção. Se desejamos acatar as leis que o nosso governo criou, e é claro que desejamos, devemos sentenciar aquele pobre garoto a ser executado. Ele matou um homem.

— Você acredita que a lei está correta?

— É lei, e está aí para ser obedecida, não questionada, e a sra. Stanton, especialmente por causa da posição de autoridade que exerceu anteriormente, deveria se lembrar disso. Ela abusou claramente do seu poder para afetar a situação.

— E se você tivesse um ingresso para estar no quadro de jurados hoje, o que faria?

— Não precisa nem perguntar. Ela é culpada. Na minha opinião, ela não precisa nem mesmo falar. O que ela fez é imperdoável, e ela deveria servir de exemplo, receber a sentença mais longa e severa que pode ser dada para esse crime. Por ter ajudado e instigado Martha Honeydew, ela perverteu a execução da justiça e colocou este país em um rumo muito instável, pôs a ordem e a segurança da população em perigo. Já foi dito várias vezes, até mesmo pelo próprio primeiro-ministro, que Honeydew é uma ameaça à segurança nacional, e eu concordo totalmente com ele.

Mantenho a cabeça baixa, mas sinto que ela vira de frente para a multidão.

— Nós queremos que os nossos filhos possam caminhar até a escola em segurança?

— SIM! — eles gritam em resposta.

— Nós queremos viajar em ônibus e trens sem o medo de que Martha Honeydew esteve lá antes de nós?

— SIM!

— Nós queremos que o nosso país seja governado de maneira justa e democrática?

— SIM!

— Nós acreditamos que Eve Stanton abusou do seu cargo e da sua autoridade?

— SIM!

— Então ela deve ser condenada!

— CONDENADA! CONDENADA! — vibra a multidão, e o barulho é ensurdecedor.

*Merda,* eu penso. *Puta merda.*

## MAX E CÍCERO

Max ajusta o capuz para encobrir um pouco mais do rosto e, andando de lado, aproxima-se de um homem que está sozinho na fila; vincos impecáveis e elegantes nas calças, mas o paletó está coberto com pelos de cachorro.

— Com licença — diz ele. — Lucas?

Os olhos do homem se estreitam quando ele olha para Max. — Sim — responde ele. — Posso ajudá-lo?

— Acho que eu é que posso ajudá-lo — diz Max. — Tenho uma oferta para você.

— Não estou interessado. Sugiro que você vá embora daqui. — A voz dele é baixa e controlada. Ele tira as mãos dos bolsos e tenta flexionar os ombros esquálidos.

— Eu acho você ficaria interessado, se...

Lucas avança, agarra o rosto de Max sob o queixo e o ergue.

— Posso garantir que eu não estou interessado — diz ele por entre os dentes, com o rosto se contorcendo e o suor se formando em gotas na testa alta. — Esperei muito tempo por isso, e não é um merdinha como você que vai estragar isso para mim. Agora... — ele o solta lentamente. — ... caia fora daqui.

Max abre a boca para discutir, mas Lucas ergue um dedo para adverti-lo a nem tentar.

— Ok, Ok — responde Max, e vai embora.

...

Cícero anda por entre a multidão, rapidamente trocando os óculos, puxando o chapéu para baixo e o cachecol para cima para ocultar o rosto. Ele se concentra no grandalhão, aproxima-se dele e para bem ao seu lado.

O homem — Jase — olha para o juiz.

Cícero abre um rápido sorriso para ele. — Está frio hoje — diz ele, esfregando as mãos uma na outra.

Cícero tira um cantil de metal do bolso, dá um gole e oferece-o para o homem.

— Conhaque — diz ele. — Ajuda a nos manter aquecidos em um dia como este.

— Ora, obrigado — responde Jase, e toma um gole. — Você tem ingresso?

Cícero faz que não com a cabeça e guarda o cantil de conhaque no bolso.

— Está querendo comprar um?

— Talvez. — Cícero dá de ombros. — Por quê? Você está vendendo?

Jase olha ao redor, suspira e vira-se de frente para Cícero, com a cabeça baixa. — Para dizer a verdade, eu comprei o ingresso para a minha mulher. Estávamos passando por uma fase ruim e eu queria fazer uma surpresa.

Cícero assente. — Entendo.

— Ela jogou o ingresso na minha cara quando descobriu o preço que paguei. Então eu pensei: Bem, que se foda, então. Eu mesmo vou usá-lo.

Por baixo do bigode volumoso, Cícero abre um largo sorriso.

— Mas estou começando a me arrepender um pouco agora.

— Essas mulheres, hein?

— Eu sei, eu sei. Você é casado?

— Não — responde Cícero.

— Não conseguiu encontrar a mulher certa?

— Mais ou menos isso. Deixe-me dizer uma coisa, então. Acho que podemos ajudar um ao outro aqui. — Ele termina de falar e se aproxima um pouco, tentando não torcer o nariz devido ao cheiro do homem. — Na verdade, existe uma mulher, sim. Ela estudou com Eve Stanton e se lembra dela quando ela era advogada. Eram amigas, e essa mulher de quem eu estou falando...

Jase faz que sim com a cabeça conforme escuta.

— ... ela acha que Stanton simplesmente surtou pelo estresse de perder o emprego, e precisa de um pouco de paz e sossego. Ela tenta enxergar o que há de melhor nas pessoas, especialmente pessoas como nós, gente da região central e das Avenidas. Ela está bem irritada, e eu estava pensando se... talvez...

Jase ri e cutuca Cícero com o cotovelo. — Você está querendo impressioná-la!

— Acho que dá para dizer isso.

— Você quer impedir que essa Eve Stanton seja condenada? Quer comprar o meu ingresso para poder mandar um recado para essa mulher que você gosta?

Cícero coça a cabeça. — Eu gostaria, mas acho que eu não suportaria aparecer na televisão. Talvez possamos chegar a um acordo diferente.

Ele deixa as palavras no ar por um momento.

— Você não quer que eu aperte a campainha. — Os olhos de Jase se estreitam enquanto ele pensa. — Eu tenho minhas próprias ideias e a minha moral em relação a isso, você sabe.

— Obviamente — responde Cícero. — E respeito isso. Mas, se você estiver disposto... tenho certeza de que podemos negociar algum valor. Fazer valer a pena para você... — Ele tira um maço de notas do bolso interno do casaco. — Este montante agora, e um montante igual depois. Desde que você não aperte a campainha.

Jase sorri.

...

— Não me importa o que você está oferecendo — diz o último homem, Raif, para Cícero, com os lábios finos se esticando por sobre os dentes e as narinas se dilatando. — Ela precisa ser punida, e ser um exemplo. Ela zombou das nossas leis e colocou o nosso país em perigo quando abrigou uma criminosa conhecida em sua casa. E se você insistir em continuar me incomodando, vou ser forçado a chamar a segurança, e tenho certeza de que eles vão ficar bem interessados em me ouvir falar sobre as suas tentativas de me subornar.

Cícero faz um sinal afirmativo com a cabeça, puxa o sobretudo ao redor de si e recua, voltando a se misturar com a multidão. A voz esganiçada de Raif atraiu atenção demais e as pessoas estão olhando para eles. Ele move primeiro em uma direção e depois em outra, encobrindo seus passos.

*Somente um,* ele pensa consigo mesmo. *Espero que Max tenha conseguido convencer o outro.*

A música começa a tocar, alta e dramática, tambores marcando o ritmo como uma batida de coração, e as pessoas param de andar, interrompem suas conversas e olham ao redor. Cícero faz o mesmo. Em um dos lados, uma enorme tela desce de um suporte de metal, e, quando ela ganha vida, o rosto sorridente de Kristina Albright aparece.

— Senhoras e senhores, telespectadores, plateia, convidados... — Sua voz cantarola por sobre a multidão conforme o volume da música vai diminuindo. — Estamos encantados pela sua presença. Em breve as portas serão abertas para os nossos estimados jurados e para a plateia do estúdio, mas, devido ao grande número de pessoas que está ao redor do prédio hoje, faremos uma transmissão ao vivo, com a nossa inovadora tela externa, possibilitando que vocês assistam ao programa junto conosco.

A multidão aplaude e grita.

— Tudo gratuitamente! — Seus lábios pintados se abrem em um amplo sorriso.

A multidão vibra mais uma vez.

— Isso foi possível devido às doações que recebemos do nosso patrocinador, a Cyber Secure, e à generosidade de vocês, o público telespectador. Esperamos que o tempo fique firme e que vocês se divirtam com a tarde de entretenimento que terão conosco.

Aplausos ecoam pelas ruas.

A música começa a tocar de novo, e quando o rosto da apresentadora desaparece e é substituído pelo logotipo do olho, a fila começa lentamente a andar.

Max os observa, com o destino da sua mãe nas mãos de três homens. Ele olha para as outras pessoas, observa a fila desaparecendo, e avista Cícero com as costas eretas e as mãos nos bolsos. Ele move o olhar para um ponto um pouco mais adiante e para.

A alguma distância dali, alguém está olhando diretamente para ele. Com olhos que aparecem por baixo de um capuz, exatamente como os dele.

Os dois se entreolham, ambos sabendo quem é a outra pessoa, e se cumprimentam com acenos de cabeça muito discretos. Em seguida, sem que os outros os vejam, Max inclina a cabeça para um dos lados, vira-se e anda lentamente por entre a multidão que aguarda.

A outra pessoa o segue, os olhos fixos em Max, passando ao redor das pessoas, indo para o lado, ziguezagueando de um lado para outro, mas finalmente de volta às sombras da rua lateral.

— E então? — diz Martha a ele. — Vocês conseguiram?

— Você não devia ter vindo aqui — responde Max.

Cícero aparece, virando a esquina.

— Martha? — sussurra ele.

— Eu sei o que vocês vão dizer, o que os dois vão dizer, mas eu tinha que fazer isso.

Cícero se aproxima e coloca a mão no ombro de Martha. — É bom ver você — diz ele. — Mas este lugar não é seguro.

— Nenhum lugar é seguro — sussurra ela. — Mas eu tinha que vir até aqui por Eve.

## 10H30 — ABERTURA DO PROGRAMA CAMPAINHA DA JUSTIÇA

A música agitada de abertura soa pelo estúdio. As luzes piscam e dançam de um lado para outro e a plateia se ajeita em seus assentos, com um murmúrio animado passando por entre eles.

VOZ DO LOCUTOR (alta e masculina): Senhoras e senhoras, telespectadores em casa, e o público que nos assiste do lado de fora do estúdio, sejam bem-vindos ao episódio de hoje de... *Campainha da Justiça!*

A plateia aplaude e vibra.

VOZ DO LOCUTOR (masculina): Com a sua apresentadora... Kristina Albright!

Saindo dos bastidores, Kristina vem saltitando, usando um vestido azul-bebê justo, franzido em um dos lados e com um decote generoso, e sapatos de salto da mesma cor. Seus cabelos loiros balançam quando ela acena para a plateia, e seus dentes reluzem quando ela sorri.

KRISTINA (gritando por sobre os aplausos): Obrigada! Obrigada, senhoras e senhores.

Os aplausos cessam.

KRISTINA: E sejam bem-vindos ao programa que todos vocês estavam esperando! Que animação para um programa matinal. Mais emocionante do que o nosso programa-irmão, *Morte é Justiça*, vem sendo nesses últimos tempos, com certeza. E isso é porque nós trazemos todos os casos para vocês; de ataques com ácido a sequestros, de agressões a incitação à prostituição, de falsificações a acidentes de carros, nós realmente dispensamos todo o tipo de justiça. E esses casos não são empolgantes, também?

Ela faz que sim com a cabeça e passa os olhos pela plateia.

KRISTINA: Eu disse, esses casos não são empolgantes?

PLATEIA (todos juntos): Sim!

KRISTINA: Sim, está certo, todos são! E o caso de hoje não é exceção, porque hoje teremos a conclusão do longo drama e do escândalo de Eve Stanton.

Ouve-se pessoas inalando o ar por entre os assentos.

KRISTINA: Claro, nós sabemos que vocês, telespectadores fiéis, vêm acompanhando os altos e baixos, todo o desenrolar da saga da família Paige. A tragédia que começou com o revoltante assassinato a tiros do nosso herói Jackson, seguido pelo escândalo quando descobrimos que a demoníaca Martha Honeydew havia manipulado o filho de Jackson para que assassinasse o próprio pai. E o...

Ela faz uma pausa, suspira e faz um gesto negativo com a cabeça.

KRISTINA (com a voz baixa): O choque inacreditável quando percebemos que a ação que ele foi convencido a executar vai significar a sua morte, se nos comprometermos a honrar os princípios pelos quais vivemos.

Ela anda pelo palco, e os holofotes a seguem.

KRISTINA: Tudo isso torna o caso de hoje muito mais pertinente. É imprescindível para a nossa ordem e segurança nacional que Martha Honeydew seja encontrada, apreendida e avaliada adequadamente. Sem isso, sabe-se lá o que ela fará a seguir, ou quem poderá ser manipulado a agir de acordo com os desejos dela.

Ela para diante da plateia. As pessoas absorvem cada palavra.

KRISTINA: Mesmo assim, parece que a nossa ordem e segurança não são do interesse da acusada de hoje, que consistentemente ocultou informações sobre o paradeiro de Honeydew, e, ao fazer isso, colocou em risco as nossas vidas e também as dos nossos entes queridos: nossos maridos e esposas, filhos e pais, nossos idosos e os doentes, os nossos jovens e as pessoas vulneráveis. Um ato egoísta, um ato de rebeldia e desrespeito pelas nossas leis e pelas nossas lideranças. Senhoras e senhores, estimados jurados, se eu estivesse sentada nessas cadeiras, com essas campainhas diante de mim, não hesitaria em mandá-la para a cadeia. Afinal de contas, qual é a alternativa? Ficar parado e esperar até que outras pessoas sejam mortas ou manipuladas a cometer esses atos tão hediondos?

Ela faz uma pausa, olha para a plateia e para cada membro do painel de jurados.

KRISTINA: Vamos trazê-la para cá!

A música começa a tocar, as luzes dançam no teto e a plateia aplaude. Escoltada por um segurança, Eve, com os cabelos despenteados, sem maquiagem e ainda vestida com o pijama e o seu velho blusão, sai dos bastidores.

A plateia vaia e zomba. Com a cabeça abaixada, Eve toma seu lugar no banco dos réus. Kristina está ereta e bastante autoconfiante. A música para e as luzes que estavam sobre a plateia enfraquecem enquanto aquelas que iluminam os jurados, e também Kristina e Eve, ainda brilham.

KRISTINA: Sra. Stanton, você foi trazida aqui hoje para encarar alegações muito sérias. Alegações que podem afetar as vidas de milhares, senão milhões de pessoas, e que podem resultar na sua condenação a muitos anos de prisão. O futuro do seu filho, que já está bastante ameaçado por ter sido criado apenas por um dos pais, corre sério risco. Afinal de contas, quem vai dar emprego ao filho de uma criminosa condenada?

Eve não reage.

KRISTINA: Sra. Stanton, em respeito à plateia, para termos certeza de que o nosso quadro de jurados tenha informações relevantes e para garantir que estamos seguindo as regras democráticas e permitindo que você fale, vamos começar a listar alguns fatos. Em primeiro lugar, é verdade que você foi a conselheira designada para Martha Honeydew?

Eve se aproxima do microfone.

EVE: É verdade.

KRISTINA: Responda sim ou não, por favor.

EVE: Sim.

KRISTINA: E é verdade que você desenvolveu uma afeição por essa garota, que acreditava que ela era inocente e tentou convencê-la a mudar a sua alegação?

EVE: Ela era inocente. Executá-la seria...

KRISTINA: Sim ou não, sra. Stanton?

EVE (com a voz baixa): Sim.

KRISTINA: E pode comentar com sim ou não nessa questão, por favor? Você levou Martha Honeydew à sua casa para morar, e escondeu-a das autoridades quando vieram buscá-la para que ela fosse levada a uma entidade assistencial?

EVE (suspirando): Sim, mas...

KRISTINA: Uma última pergunta. Desde a implementação do programa Votos para Todos, e do sistema atual do corredor da morte, a justiça viu uma queda de 87% em crimes violentos, e foi provado que o sistema tira os criminosos perigosos das ruas e as torna mais seguras. Apesar disso, é verdade que você continua a ser uma oponente fervorosa dos nossos sistemas e da pena e morte, fazendo campanhas para que ele seja mudado, o que pode acabar colocando mais vidas em risco?

EVE: As suas palavras são enganosas.

KRISTINA: Sim ou não? Negar-se a responder resultará no seu encarceramento imediato.

EVE: As pessoas diziam que as cortes eram injustas e manipuladoras, e agora nós temos isto? Como é possível que seja uma opção melhor?

KRISTINA: Último aviso, sra. Stanton. Por favor, responda: Você deseja que o nosso sistema judicial atual seja abolido?

EVE: Sim.

KRISTINA: Obrigada. Então, para recapitular: a sra. Eve Stanton declarou que acreditava que Martha Honeydew era inocente durante o tempo em que passou no corredor da morte, e encorajou-a a mudar sua alegação; é uma oponente declarada e feroz do sistema atual, um sistema que salva vidas inocentes todos os dias; e impediu propositalmente que Martha Honeydew, uma ameaça à nossa segurança, chegasse às mãos das autoridades relevantes, colocando assim em risco as vidas de cada membro da sociedade.

Kristina deixa o silêncio tomar conta do estúdio e suas palavras serem absorvidas. Ela balança negativamente a cabeça, devagar. Eve não diz nada, mas sua postura é altiva.

KRISTINA: Vamos dar uma olhada em nossa tela e descobrir exatamente quais são os crimes pelos quais ela é acusada.

À esquerda da tela, a palavra CRIME é iluminada com enormes letras azuis. Sob a palavra, fileiras de LEDs começam a piscar.

KRISTINA: Mostrem os crimes!

A tensão aumenta. As luzes param de piscar com um estrondo. Uma das linhas exibe: "AJUDAR E ABRIGAR UMA CRIMINOSA DECLARADA". Em seguida, a próxima: "PERVERTER A EXECUÇÃO DA JUSTIÇA". E finalmente: "COLOCAR VIDAS ALHEIAS EM RISCO". A plateia murmura.

KRISTINA: Temos três crimes cometidos! E são crimes muito sérios. Vamos continuar rapidamente, e descobrir qual será a sentença de prisão da sra. Stanton se... ou melhor, quando ela for declarada culpada.

A plateia aplaude e vibra, indicando sua aprovação. Kristina volta a ficar de frente para a tela. Sob os crimes, ao lado da palavra TOTAL, LEDs piscam antes de parar com um estrondo. A plateia fica em silêncio.

KRISTINA: Santo Deus. Acredito que essa é a maior condenação à prisão que já vimos aqui, no *Campainha da Justiça*. É completamente justificada, com certeza. Mesmo assim, acredito que vai ser um choque para você, sra. Stanton, e para a sua família.

No banco dos réus, o rosto de Eve empalidece quando ela olha para a decisão da tela: 30 anos.

KRISTINA: Com certeza, sra. Stanton, quando você for solta, seu filho já terá concluído a escola, passado pela universidade e encontrado um emprego e uma companhia na vida. Muito provavelmente, quando ele tiver essa idade, já terá seus filhos. Netos que você não terá conhecido. Fico me perguntando quantos anos eles vão ter na época em que você for solta. E quantos anos você vai ter na ocasião da sua soltura, sra. Stanton. Na verdade, será que vai conseguir sobreviver até o final da sentença?

Ela atravessa o palco e olha para a câmera.

KRISTINA: Este é um momento que pode mudar a vida da sra. Stanton e da sua família, mas, certamente, é algo em que ela devia ter pensado antes de cometer os seus crimes. Vamos conhecer e conversar com os nossos jurados agora.

EVE (gritando): O que houve com os meus trinta segundos? Eu tenho o direito de me defender por trinta segundos!

Kristina a encara com um sorriso malandro.

KRISTINA (rindo): Eve, você não ouviu o que eu disse? As perguntas que eu fiz eram a sua oportunidade para falar. Elas deram a você bem mais do que os trinta segundos regulamentares.

EVE: Não! Isso não é justo. Quero falar com a minha família. Max, escute, Max, não acredite...

O microfone é desligado. Suas palavras são silenciadas abruptamente, mas seus lábios ainda se movem com velocidade, o rosto contorcido pela raiva conforme ela bate com os punhos no vidro do banco dos réus.

KRISTINA: Ora, ora, Eve. A raiva nunca resolve coisa alguma, não é mesmo? Você sabe disso.

Ela sorri para a câmera. O barulho das pancadas continua ao fundo.

KRISTINA (falando mais alto): Eve Stanton pode ter visto seu filho pela última vez fora da prisão. Pode ter tido a última oportunidade de respirar o ar da liberdade, e já pode ter comido a sua última refeição como uma mulher livre. Pode parecer que a justiça é severa, mas Eve Stanton, entre todas as pessoas, sabia dos riscos quando cometeu os seus crimes. Jurados, a decisão é sua. A responsabilidade pela segurança da nossa nação está nas pontas dos seus dedos. Mas antes de descobrirmos, vamos ouvir uma palavra do nosso patrocinador. Continuem conosco logo após o comercial.

Ela sorri e o ícone da nuvem com o cadeado da Cyber Secure aparece no canto da tela.

## DO LADO DE FORA DO OLD BAILEY

— E se eu me entregar agora? — diz Martha enquanto eles assistem à transmissão ao vivo, abrigados sob o toldo de uma loja vazia.

— Não vai fazer diferença. Eles vão ter vocês duas nas mãos.

— Mas eles queriam a mim. Foi por isso que a pegaram.

— Max tem razão — emenda Cícero. — Eles não vão recuar agora. Vão dizer que estão criando um exemplo, um precedente. Mas, na verdade, tudo que querem é tirá-la do caminho.

— Estou começando a pensar que eles querem tirar todos nós do caminho — diz Martha. — Nós somos um problema, não é mesmo? Essas pessoas aqui, essa gente que tem dinheiro, eles não estão questionando, nem mesmo escutando, porque não querem, porque não precisam. Eles simplesmente pensam: "não é comigo, não importa". Até que aconteça com eles, é claro.

— Exceção feita às pessoas presentes — diz Max.

— Ela tem razão — murmura Cícero.

Martha olha para ver o que está atraindo a atenção dele. Na tela aparece a sua própria foto tirada pela polícia com a palavra "PROCURADA" carimbada sobre a imagem, e um número que as pessoas possam ligar e passar informações.

— Acho que eu consegui convencer o primeiro homem — sussurra Cícero para si mesmo. — Mas e os outros? — ele dá de ombros. — Quem sabe?

A imagem de Martha desaparece.

## CAMPAINHA DA JUSTIÇA

O volume da música-tema diminui até se transformar no ritmo da batida de coração. Eve está no banco dos réus, com a expressão fixa, ainda cercada pelo vidro reforçado. O rosto de Kristina está solene conforme ela se aproxima dos jurados.

KRISTINA: Sejam bem-vindos novamente, telespectadores.

Ela para de andar e as luzes apontam para baixo.

KRISTINA: Jurado número um: Raif, trinta e nove anos, casado, tem três filhos. Filhos, sem dúvida, pelos quais você faria qualquer coisa para manter em segurança. Raif, você ouviu as respostas de Eve às nossas perguntas e viu as acusações que pesam sobre ela. Você agora tem trinta segundos para decidir se confia que a sra. Stanton percebeu os erros que cometeu, ou se o risco para a segurança das outras pessoas é simplesmente grande demais. Seu tempo começa... agora.

Na tela, uma contagem regressiva começa em 30 segundos, enquanto, ao seu lado, aparecem imagens de crianças chorando em ruas empoeiradas.

RAIF: Não preciso nem pensar.

Ele bate a mão sobre a campainha, o olho se abre com um lampejo e o brilho da luz azul se acende sobre ele. A plateia fica em silêncio.

KRISTINA: Já temos um voto, faltam dois; mas será que os outros jurados vão tomar sua decisão com a mesma rapidez de Raif? Ele é claramente um homem que encara seriamente o seu dever para com a sociedade, mas será que os nossos outros jurados também não precisam nem pensar para decidir? Eu, certamente, não precisaria. Vamos continuar. Jurado número dois: Jase, técnico em motores, casado com a namorada que conheceu quando ainda era adolescente, e que, segundo ele, ainda é a dona do seu coração. Que coisa mais meiga! Jase, você tem trinta segundos para dar o seu voto.

O cronômetro começa a regredir 29, 28, 27. A cabeça de Eve baixa. Calmamente, Jase olha para a plateia e para todo o mar de rostos.

KRISTINA: Restam quinze segundos agora, Jase. Se você quer fazer a diferença para a segurança da nossa nação, este é o seu momento. Doze segundos.

O cronômetro chega a 10 segundos e sons de tique-taque ecoam pelo estúdio, com as luzes pulsando a cada batida. Jase estende as mãos gorduchas.

KRISTINA (junto com o cronômetro): Três... dois... um... zero.

As luzes ao redor de Jase se apagam e ele é totalmente engolido pela escuridão.

KRISTINA: É surpreendente o rumo que este programa está tomando. Senhoras e senhores, não tenho pudor em dizer a vocês que estou chocada. Pensei que este caso seria resolvido rapidamente, mas claramente não é assim. A situação é triste quando se julga que um indivíduo tem mais importância do que o coletivo. Claramente, Jase está desiludido e confuso em relação às suas prioridades. Talvez o nosso último jurado tenha uma envergadura moral mais elevada. Olá, jurado número três: Lucas. Lucas, este caso é importante para você, não é?

LUCAS: Sim, Kristina, e obrigado por me deixar falar. Minha filha, Anita, foi assassinada há quinze anos. O homem acusado de matá-la foi julgado pelo antigo sistema. Ele foi libertado. O juiz Cícero alegou que as provas apresentadas eram insuficientes.

KRISTINA: Lucas, eu lamento muito pela sua perda. Você realmente tem toda a nossa simpatia. Este caso deve ter uma carga emocional muito forte, especialmente porque Eve Stanton é uma amiga íntima do homem que libertou o assassino da sua filha. Duvido que você precise ser lembrado disso, mas você está votando em um dos casos mais importantes, talvez o mais importante, que já vimos no *Campainha da Justiça*. Tenho certeza de que você está preparado para votar, mas vou lembrar a todos que, no momento, temos um voto para culpado e um para inocente. Lucas, a balança vai pender para o seu lado. A responsabilidade é enorme. Lembre-se, ao considerar o seu voto, o que exatamente está em jogo aqui. Lucas, seus trinta segundos começam agora.

O cronômetro começa a marcar os segundos. Lucas olha para a campainha por um momento, e depois ergue os olhos. A tela exibe 20, 19, 18...

KRISTINA (sussurrando para a câmera): Este último voto é necessário para garantir que a sra. Stanton receba a justiça que merece.

O cronômetro chega aos 10 segundos e o som do tique-taque fica mais alto, as luzes pulsam com cada batida. No banco dos réus, Eve se levanta, altiva, com os olhos e o rosto fixo. Lucas levanta a cabeça e olha para Eve. O cronômetro mostra 05 segundos.

KRISTINA: Lucas, sua decisão, por favor.

04

KRISTINA (trêmula): São os últimos segundos, Lucas...

Lucas ergue as mãos.

03

KRISTINA: Três segundos.

Ele as move para perto da campainha.

02

KRISTINA: Lucas.

E as levanta no ar.

01

LUCAS: O homem que acusaram de assassinar a minha filha era inocente. O verdadeiro assassino ainda está à solta. Eu digo a todos vocês: tragam o velho sistema de volta!

00

Lucas desaparece em meio à escuridão. Kristina está paralisada, chocada. Uma pessoa no meio da plateia bate palmas lentamente. Kristina toca a orelha, abre um sorriso de plástico e olha para a câmera.

KRISTINA: Bem... telespectadores, membros da plateia... vocês não podem dizer que nós não trazemos altas doses de emoção! Que surpresa. Eu gostaria muito de entender o pensamento de Lucas. Mas, por enquanto, o que o futuro reserva para a sra. Stanton? Ela poderá caminhar em segurança pelas nossas ruas? Será que todos os outros membros da sociedade aceitarão este julgamento? Só o tempo será capaz de dizer.

Ela se vira para Eve enquanto a câmera se move para captar a imagem do estúdio inteiro. Vaias soam da plateia, e ouve-se o ruído de pessoas andando de um lado para outro.

KRISTINA: Eve...

MEMBRO DA PLATEIA (gritando): Sua puta egoísta!

Alguma coisa bate contra o vidro reforçado. Eve se assusta e recua. Um ovo quebrado escorre. Outro impacto, outro ovo quebrado. E mais outro, e depois outro. Eve se agacha. Os seguranças avançam. A plateia grita e vaia cada vez mais, tentando invadir o palco, os pés batendo como cascos de cavalos furiosos.

KRISTINA (elevando a voz): Bem, eu acho que estamos vendo como os ânimos estão exaltados neste momento. Voltem a nos assistir...

A imagem se fecha nela; corpos correm diante da câmera. Kristina é jogada de um lado para outro.

KRISTINA (gritando): ...quando trouxermos o caso de um casal em que os dois se acusam mutuamente de agressão e abuso. Vai ser um ótimo programa!

## DO LADO DE FORA DO OLD BAILEY

— Graças a Deus — suspira Max, e em seguida vira-se para Cícero e Martha. — Mas precisamos levá-la a um lugar seguro.

— Vocês vão precisar de um carro — Martha afirma.

Max olha para o telão externo pela esquina do prédio; a imagem mostra a sua mãe encolhida junto de um segurança enquanto ovos e bombas de farinha são jogadas contra ela.

A imagem muda, mostrando uma transmissão ao vivo das câmeras de circuito fechado distribuídas por fora do Old Bailey, revelando aleatoriamente imagens em zoom de rostos de pessoas retorcidos pela raiva, conforme elas gesticulam ou gritam palavras de ordem para manifestar a sua discordância.

— O carro de Cícero está estacionado longe demais daqui — diz ele. — Mas um dos veículos de apoio do programa está estacionado ali na frente. Senhor juiz, leve-a para casa em um daqueles. Vou me encontrar com vocês mais tarde.

— Aonde você vai? — pergunta Cícero.

— Tirar Martha daqui — responde ele.

— Não preciso que você cuide de mim — diz Martha. — Sua mãe vai querer vê-lo.

Max faz que não com a cabeça e enfia as mãos nos bolsos. O canto do envelope toca seus dedos. — Ela vai entender — balbucia ele.

Encarando-o, Cícero lentamente faz um sinal afirmativo com a cabeça. — Nos encontramos com você de novo lá na casa. Boa sorte, Martha.

Quando ele desaparece no meio da multidão, Martha vira de frente para Max.

— O que deu em você? — pergunta ela.

— Do que você está falando?

— Disso. Você mentiu para ele. O que está havendo? O que você tem no bolso?

Ele dá de ombros. — Não sei do que você está falando. Vamos, temos que sair daqui.

— Por aqui — diz ela, dando as costas para o Old Bailey. — Mas eu sei que você está mentindo.

Uma tela azul com faíscas brancas zunindo e crepitando. "Olho por Olho por" girando no azul do logotipo do olho.

A legenda "Sofá do Sábado" passa pela tela, e a música-tema começa a tocar, uma versão mais doce e calma do que a dos dias da semana. A legenda desaparece e as luzes se acendem em um estúdio menor. Joshua, com uma calça xadrez discreta, uma camisa azul-céu e uma gravata azul-marinho, está sentado com as pernas cruzadas em um sofá de couro despojado, com os jornais do dia expostos na mesa de centro à sua frente.

JOSHUA: Boa noite, telespectadores, e sejam bem-vindos ao episódio de hoje do *Morte é Justiça!*

Ouve-se o som de aplausos discretos.

JOSHUA: E hoje, no "Sofá do Sábado", temos conosco dois convidados especiais. Primeiramente, temos uma pessoa que já é familiar a todos vocês: Inspetor-Detetive Hart.

A câmera se move para o lado para mostrar o Inspetor Hart recostado para trás no outro sofá de couro, com as suas pernas gorduchas abertas e a barriga saliente contra o uniforme. Ele abre um sorriso fino e relutante.

JOSHUA: E, junto dele, um outro rosto. Alguém que geralmente fica à margem da mídia, mas que é muito importante e bem-informado também. Senhoras e senhores, por favor, deem as boas-vindas à assistente pessoal do primeiro-ministro, Sofia Nachant.

Sofia, vestindo calças cinzentas e um suéter elegante, entra no estúdio. Joshua se levanta e estende a mão, abrindo um amplo sorriso quando a recebe. O Inspetor Hart não se move, apenas inclina levemente a cabeça para cumprimentá-la.

JOSHUA: Muito obrigado a vocês dois por abrirem espaço em suas agendas atribuladas para estarem conosco hoje. É um prazer absoluto tê-los aqui.

SOFIA: É um prazer estar aqui, Joshua, e finalmente conhecer o senhor pessoalmente, Inspetor Hart.

INSPETOR HART: Realmente.

JOSHUA: Sofia, esta deve estar sendo uma época incrivelmente movimentada para o primeiro-ministro. Estou surpreso por ele ter conseguido liberar você para vir até aqui.

SOFIA: Bem, em uma situação ideal, ele gostaria de poder estar aqui pessoalmente outra vez, mas não foi possível. Ele manda lembranças, e eu posso falar em nome dele.

JOSHUA: Excelente. Bem, srta. Nachant, nós testemunhamos alguns eventos verdadeiramente escandalosos recentemente, que abalaram fortemente a nossa nação. Talvez você possa compartilhar os pensamentos do primeiro-ministro conosco.

SOFIA: Perdoe-me, Joshua, mas eu acho que você está subestimando a resiliência do povo. Sim, nós vimos alguns eventos perturbadores: o assassinato de uma pessoa muito famosa, a quase-execução de uma adolescente inocente, a revelação de que um rapaz atirou no próprio pai, uma senhora idosa esfaqueada em plena luz do dia, insinuações de corrupção nos mais altos níveis...

JOSHUA: Se você me permite interrompê-la por um momento, Sofia, você diz "insinuações de corrupção nos mais altos níveis". Isso não foi investigado pela polícia e provado que foi uma invenção de Martha, em uma tentativa de sujar o nome do governo? Estou surpreso por você ter tocado no assunto.

INSPETOR HART: Isso foi um monte de tolices. E desrespeitoso ao trabalho duro que os meus oficiais desempenham. Para eles, que colocam suas vidas em risco todos os dias... E de repente surge uma garota com a cabeça nas nuvens dizendo uma coisa dessas? É um insulto.

A plateia vibra e aplaude. Sofia abre um sorriso vago e faz um gesto afirmativo com a cabeça.

SOFIA: Eu conheço e compreendo a sua frustração, mas a última coisa que o primeiro-ministro deseja é que a sociedade pense que nós simplesmente varremos essas coisas para baixo do tapete. Afinal de contas, ela chegou realmente a alegar que o senhor mesmo, Inspetor, era culpado de crimes de natureza sexual...

O Inspetor Hart engasga com a surpresa e se vira para Sofia. A plateia olha ao redor, confusa. Joshua fica paralisado, com o queixo caído.

INSPETOR HART: Escute aqui, moça... eu poderia prendê-la por calúnia...

SOFIA: Estou simplesmente declarando fatos.

INSPETOR HART: E Steve a autorizou a dizer isso em nome dele?

SOFIA: Steve?

INSPETOR HART: O primeiro-ministro. Steve. Ele permitiu que você...

SOFIA: Essa é uma forma muito íntima de se referir ao primeiro-ministro.

JOSHUA (rindo): Algumas pessoas têm intimidade para chamar as outras pelo primeiro nome, senhoras e senhoras. Mas eu suponho que esses sejam os privilégios...

INSPETOR HART (com o dedo em riste no ar): E além disso, Sofia...

SOFIA (interrompendo): É senhorita Nachant, se não se importa. Não dei essa intimidade a você.

O Inspetor-Detetive Hart balança negativamente a cabeça e estala a língua.

INSPETOR HART (elevando a voz): Srta. Nachant, onde exatamente podemos ver essas alegações que ela fez? Quando, exatamente, supõe-se que ela disse isso?

SOFIA: Eu acho que você sabe quando.

INSPETOR HART: Esta não é uma discussão adequada para o horário nobre, srta. Nachant. Isto deve...

SOFIA: Ser discutido em particular? Longe dos olhos do público? Certamente que não. E eu estou certa de que em outras situações o senhor estaria aconselhando cautela, Inspetor Hart. Caso contrário, citações como "você protesta demais" podem saltar aos olhos do público, não acha?

INSPETOR HART: Sua puta do...

JOSHUA: Ah... se o senhor pudesse moderar...

INSPETOR HART: Não sei qual é o jogo que Steve acha que está jogando aqui...

A câmera foca em Joshua, em zoom. Ele toca na orelha e sorri nervosamente. A fala alta do Inspetor Hart ainda pode ser ouvida ao fundo, mas Joshua consegue falar por cima da voz dele, abafando os insultos do inspetor.

JOSHUA: Peço as mais sinceras desculpas pela linguagem que vocês ouviram nos últimos instantes, senhoras e senhores e crianças em casa. Espero que nenhuma ofensa tenha sido causada. É hora de fazermos uma pausa, eu creio. Continuem conosco daqui a pouco.

INSPETOR HART (gritando): Mentiras do caralho!

A música tema toca alta e cobre as suas vozes, e a tela com o nome do programa substitui a tomada do estúdio.

## CASA DA FAMÍLIA STANTON

Sentada no canto do sofá, com um cobertor enrolado ao redor do corpo e uma taça de vinho encostada nos lábios, Eve olha fixamente, boquiaberta, para a TV. Sentado no chão, ao lado dela, com o atiçador da lareira nas mãos e apontado para o fogo crepitante, Cícero está fazendo o mesmo.

— Sofia Nachant? — questiona Eve, ainda sem se mover.

— Hmmm — responde Cícero. — Ela... bem... — Ele começa a procurar pela palavra adequada.

— Tem colhões? — pergunta Eve, finalmente tomando um gole do vinho.

Ele assente e cutuca o fogo. — Enormes — responde ele.

Cela 4. Todas se parecem umas com as outras, mas cada nova cela é menor do que a anterior. Algumas são mais quentes, outras são mais frias. A solidão é difícil de enfrentar.

Lembro-me, na escola, de quando estudamos sobre Nelson Mandela e a sua prisão em Robben Island por dezoito anos. Um visitante por ano, e somente por meia hora; duas cartas por ano, uma cela pequena, um balde para fazer as necessidades e uma cama no chão.

Vou ficar aqui por sete dias; já cumpri três e meio. Não há comparação.

Fico me perguntando quantos daqueles dias ele acreditou que iria morrer lá dentro. Há tanto tempo aqui para pensar, e as lições que recebemos sobre ele se repetindo sem parar na minha cabeça. Isso continua comigo.

*Eu aprendi que coragem não era a ausência de medo, mas o triunfo sobre ele. O homem corajoso não é aquele que não sente medo, mas aquele que conquista o medo.*

Eu me sinto assustado, e tenho medo de morrer. Não acho que sinta medo de estar morto, e sim do ato físico de morrer. Não sei como triunfar sobre isso. Passo meus dias querendo chorar e tentando não fazê-lo. Não sou corajoso. Mas vou fingir que sou e vou tentar me lembrar do que eu tinha e ser grato, porque era mais do que muitas outras pessoas já tiveram. Mas lembrar é difícil.

Alguém me disse uma vez que a memória é subjetiva, mas o que eu estou me lembrando não é, e lentamente está me mostrando como eu estava realmente vivendo.

...

Lembro-me daquela ocasião em que Patty me arrastou para uma loja com carpetes felpudos, prateleiras de madeira de lei com pilhas de camisas de todos os tamanhos e cores, trilhos de latão com jaquetas penduradas, coletes, chapéus, suspensórios, gravatas. Até mesmos cartolas e chapéus-coco.

O tipo de lugar onde abrir a porta aciona uma espécie de campainha e os atendentes o medem da cabeça aos pés, julgando-o pelas roupas que você veste e o quanto elas devem custar. Ou pelo quanto elas não custam.

Patty me mandou experimentar calças e camisas, paletós e blazers diferentes, e um senhor idoso com joelhos que rangiam segurou na parte de dentro da minha coxa e enfiou alfinetes com tanta vontade que eu tive certeza de que iria encharcar a roupa com sangue.

— Imagino que deva ser uma ocasião especial, senhora? — perguntou ele, com a voz cremosa e vogais arredondadas. Certamente, nunca havia passado seu tempo na região dos Arranha-Céus.

Empoleirada na ponta de uma cadeira de veludo, Patty cruzou as pernas e sorriu para ele.

— Suponho que seria, para algumas pessoas — disse ela, com o seu sotaque elegante fajuto, enfatizando tanto as últimas palavras que eu pensei que ela poderia ter dito "ressoas". — Mas está se tornando uma ocorrência relativamente regular para mim e para o meu marido. Vamos almoçar com o primeiro-ministro.

— Que agradável — respondeu o homem. — Imagino que o garoto aqui vai participar do evento com vocês?

— Stephen... digo, o primeiro-ministro, está especialmente interessado em conhecê-lo.

Eu já havia ouvido murmúrios e sussurros sobre ela e Jackson e o primeiro-ministro antes, mas nunca algo tão escancarado quanto isso. E era definitivamente a primeira vez que eu ouvia alguém dizer que eu iria me encontrar com ele.

Eu observei o diálogo entre Patty e o alfaiate. Era como uma dança; Patty tentando continuamente impressionar, não percebendo que ele a olhava de cima para baixo, por cima de seu longo nariz, como se ela tivesse lama nos sapatos, e fazendo-se de surda ao sarcasmo forte no tom de voz que ele usava.

Havia uma hierarquia na questão de classe e elegância, e Patty claramente estava por baixo.

...

Não me lembro de muitas coisas da primeira vez em que conversei com o primeiro-ministro, entretanto.

Lembro-me de alguns fragmentos das conversas.

"... devem trabalhar para sair da pobreza..."

"... o valor monetário da informação..."

"... mutuamente benéfico..."

Vislumbres das respostas de Patty.

"... tudo que pudermos fazer..."

"... personalidade pública..."

"... acordo entre nós..."

Todas as outras lembranças são bastante indistintas. Entretanto, eu me lembro que o aperto de mão dele era firme, mas frio. Que o seu sorriso era amplo, mas fingido. E que a sua voz se esmaecia ao escutar, mas suas respostas eram sempre fortes, comandando toda a sala e a conversa como um todo. Eu também me lembro, muito claramente, de estranhar por que Jackson estava tão silencioso, e como Patty conhecia o primeiro-ministro. E por que o alfaiate na loja, que era somente um homem que costurava roupas, a tratava de modo tão condescendente, mas o primeiro-ministro, o líder do nosso país, a convidava para almoçar e ria das suas piadas?

Aos onze anos de idade, aquilo não fazia sentido para mim, mas me fazia questionar. Aquilo me deixava inquieto e assustado, mas eu não conseguia saber o motivo. Durante anos eu percebia os olhares do primeiro-ministro e das pessoas que trabalham para ele, analisando o que se passava dentro das cabeças, para ler todos os pensamentos, e nos corações, em busca de fraquezas. E, durante anos, eu observei todo o seu corpo exalar não somente o poder, mas também a sede para mantê-lo.

E durante anos eu me lembrei daqueles pedaços de diálogos, embora eles parecessem não fazer nenhum sentido sem um contexto. Mas, mesmo assim...

... calafrios correm pela minha espinha.

Eu fecho os olhos e me imagino novamente na loja do alfaiate. As roupas dobradas e protegidas por papel de seda, e guardadas em caixas ou em sacolas para que as levássemos. O cheiro da loja, de roupas recém-lavadas, o balcão de madeira lisa sob os meus dedos, o som da caixa registradora quando ele terminou de somar os preços. O preço total que se estendia no mostrador.

Patty abrindo a bolsa, com as unhas pintadas repousando sobre o cartão de crédito dourado.

O alfaiate sorrindo para ela, momentos depois, com o cartão na mão. — Lamento, senhora, mas a compra foi recusada... provavelmente por causa de algum problema técnico. Tenho certeza de que não foi por causa de saldo insuficiente.

— Vá esperar lá fora — ela me disse, e eu fui. Fiquei esperando uma eternidade.

— Ele vai entregar as compras amanhã — disse ela, quando saiu da loja. — Para não termos que carregá-las.

Eu fiz que sim com a cabeça e acreditei nela.

"... o valor monetário da informação", foi o que o primeiro-ministro havia dito.

"Saldo insuficiente", havia dito o alfaiate.

Coincidência? É o que eu me pergunto agora. Mas eles não tinham pouco dinheiro, não é? Não é? Ou era uma maneira que encontraram para ficarem ainda mais ricos? Ganância sobre princípios.

Perguntas demais na minha cabeça, para as quais eu jamais vou saber as respostas. Queria poder discuti-las com alguém, ou escrevê-las em algum lugar para alguém encontrar depois que eu morrer. Ou escrever uma carta para você, Martha. Sim, isso é algo que eu gostaria de fazer. Eu fecho os olhos, imaginando que estou escrevendo. *Querida Martha...*

Não, vou imaginar que você a está lendo. Você está caminhando por Bracken Woods, e o sol baixo do inverno está atravessando os galhos das árvores, brilhando sobre a geada que cobre o chão. Você vem até a nossa clareira, perto de onde construímos aquele abrigo e tira a carta do bolso do jeans que está vestindo. Seus dedos desdobram o papel e os seus olhos dançam lentamente pela folha, absorvendo cada palavra. Espero ter conseguido escrever algo que faça você sorrir, que faça você entender o quanto significa para mim.

*Martha, eu amo você!*

*Martha, estou com saudade!*

São somente palavras, e elas não são o bastante. Se ao menos eu pudesse dispensar as palavras e tirar os sentimentos de dentro de mim e colocá-los no papel para você. Eu solto um gemido surdo ao pensar naquilo; devo estar sendo ridículo. Cartas, a luz do sol, sentimentos...

Eu abro os olhos. Preciso esquecer das cartas, de Bracken Woods e de ver a garota que eu amo, porque tudo que o futuro me reserva são quatro paredes. E uma morte dolorosa.

## MARTHA

— Por que estamos aqui? — pergunta Max, e eu o observo caminhar até a extremidade da doca, e olhar para a água.

— Porque é tranquilo — eu digo a ele. — Não tem nenhum pôster mostrando a minha cara feia. Ninguém fica olhando.

— Você não é feia...

Dou de ombros para ele. Legal ouvir um elogio, claro, mas é óbvio que ele diria isso.

Nós dois nos sentamos e balançamos as pernas por sobre a beirada, e observamos o sol começando a se pôr no horizonte e o laranja se estendendo por sobre o rio, manchando a superfície. Sinto vontade de segui-lo para o próximo lugar onde ele vai brilhar.

— Eu nunca disse obrigada — eu sussurro. — Por tudo que você fez com os computadores e tal. E o vidro da cela para me tirar de lá. E todo o resto. Eu devia ter agradecido antes.

— Você não precisa me agradecer — responde ele.

— Preciso, sim. E obrigada por ontem, também. Achei que eu ia ter que dormir na rua de novo.

— Você quer que voltar para aquele hotel esta noite?

— Não. Acho que perceberam quem eu era.

— Algum outro lugar, então? Um outro hotel barato.

Faço que não com a cabeça. — Obrigado, mas não estou querendo arriscar.

Nós dois ficamos em silêncio por um momento, mas Max está com os dedos inquietos e eu percebo que ele quer dizer alguma coisa.

— Seria tão ruim assim? — pergunta ele, finalmente. — Uma instituição assistencial? Porque eu não vejo outra alternativa. Vai ficar fugindo até completar dezoito anos? Ainda faltam dois.

Era uma coisa sobre a qual eu estava tentando não pensar.

— São lugares horríveis — eu sussurro. — Eu tive que passar um mês em um lugar desses uma vez, quando a minha mãe ficou no hospital. Os médicos mandaram aquela gente me buscar. Você é tratado como um animal. Como gado. Faça esse serviço, aquele serviço, economize o dinheiro deles. Como em uma prisão. Não me importo de trabalhar, não tenho medo de sujar as mãos, mas não era assim. Era como...

— Como a escravidão?

— Acho que sim. Você recebe educação, é alimentado e coisa e tal, mas toda a individualidade, o caráter e a personalidade são arrancados de você à força. Mas... — eu paro, suspiro e volto a olhar para o sol poente, conforme a última faísca mergulha no horizonte, encobrindo-nos com o crepúsculo. *Leve-me com você,* eu quero dizer para o sol.

— Acho que eu jamais conseguiria sair de lá — eu sussurro. — Acho que eles encontrariam desculpas para ficar me passando de uma instituição para outra. Eu acho... eu acho que isso seria o meu fim. Pelo menos, seria o meu fim como uma pessoa livre.

Ele faz que sim com a cabeça. — Entendo.

— Desculpe-me por ter feito tudo isso acontecer com a sua família — eu murmuro. — A sua mãe, ela...

— Você conseguiu assistir ao que está havendo com Isaac? — interrompe ele.

— Um pouco, ontem à noite — eu respondo. Quero perguntar a ele como estão as estatísticas das votações, mas não me atrevo.

— Ele está demonstrando muita força.

É gentil da parte dele dizer isso.

— E os websites? — eu pergunto. — As pessoas estão acessando? Está atraindo a atenção?

Ele faz que não com a cabeça, amargurado.

— Não acredito que o público esteja dando as costas para isso tudo. Essas pessoas... astros, apresentadores de TV, atores e outros... deviam ser modelos a serem seguidos, e nós estamos mostrando o que eles realmente fazem quando estão longe dos holofotes, mas ninguém quer saber.

— Os websites estão sendo tirados do ar. Toda vez. Algumas pessoas os viram, disseram-me o quanto ficaram chocadas — diz ele. — Mas outras falaram que eu sou um mentiroso e que devia parar de criar confusão.

— Esses aí são aqueles que acham que só as outras pessoas é que têm problemas, não é?

— Exato. Alguns acham que somos alguma espécie de teóricos da conspiração. Mas outros... eu acho que estão assustados. As pessoas que têm dinheiro, pessoas na área central da cidade, nas Avenidas, ou até mesmo famílias como a minha que vivem nas imediações, estão assustadas. Estão achando que, se começarem a procurar os podres ou se fizerem alguma coisa a alguém, vão acabar perdendo os seus empregos e terão que ir morar nos Arranha-Céus.

— O lugar não é tão ruim. Não somos todos viciados em drogas nem prostitutas e nem assassinos, como dizem por aí.

— Eu sei — diz ele. — Os viciados em drogas da região central usam terno e gravata.

— E as prostitutas têm calcinhas de grife — eu respondo, tentando deixar a situação mais leve.

Ele abre um sorriso torto. — É igual, mas diferente.

— A Senhora B. costumava dizer: "Mesma carne com molho diferente" — eu acrescento. Quero sorrir com aquela lembrança, mas não consigo.

Ficamos os dois em silêncio por algum tempo.

— Não sei o que dizer sobre Isaac — sussurra Max. — Eles atualizaram e modificaram o sistema. Não consigo mais hackear o acesso para mudar os votos como eu fiz antes.

As palavras dele pairam no ar enquanto eu penso em Patty, no que concordei em fazer, no que aquilo vai significar.

— Não se preocupe — eu respondo após algum tempo.

— Mas ele vai...

Eu me viro de frente para ele. As palavras estão na minha boca, mas não posso dizer aquilo. O olhar dele vai de um lado para outro. Ouço o som de algo se amassando, e os dedos dele que mexem com alguma coisa.

— O que tem no seu bolso? — eu digo.

A expressão no rosto de Max muda antes que ele desvie o olhar. — Nada.

Acho que toquei em uma ferida. — Ah, com certeza.

Ele tira as mãos dos bolsos. — Nada de importante. Uma carta, apenas isso.

— De quem?

Ele pega algumas pedras soltas que estão no chão e as joga na água, uma por uma.

— Da minha mãe.

Meu cérebro começa a rodar, virando cambalhotas. Escuto o *plop* conforme ele joga mais pedras. Aposto que Eve pensou que iria ser presa. Aposto que ela estava pensando o que os jornais conseguiriam descobrir a seu respeito. Sei de algo que Max não sabe. Aposto que ela decidiu que seria melhor se Max soubesse por ela, antes.

— O que a carta diz? — eu pergunto.

— Eu não...

— O que ela disse? Para ler a carta, se ela fosse presa?

— Depois que eles a levaram... eu fui ao quarto dela... estava na cama, em cima de outros papeis e coisas...

— Ela não sabe que você está com a carta?

Ele faz que não com a cabeça.

Ah, que inferno. O que Eve iria querer? O que eu devo fazer? *Pense. Pense.*

— Me dê a carta — eu digo.

— O quê?

— Me dê a carta. Eu vou abrir, ler e depois vou contar o que ela diz. Assim, sua mãe não vai poder ficar irritada com você por ter pegado a carta, não é? Você não vai poder levar a culpa. Dê para mim.

Ele a tira do bolso, e o vento bate contra o papel.

— Dê para mim — eu sussurro.

Lentamente, ele a estende.

— Às vezes... — eu digo, pegando a carta, rasgando o envelope e puxando três folhas soltas de papel. — ... você acha que quer saber certas coisas, e depois, quando finalmente sabe, você deseja não saber mais. Por causa da tentação e de todo o resto, sabe como é?

Eu abro as folhas, olho para elas, lendo cada uma lentamente.

Uma... Duas... Três...

À luz mortiça dos prédios à nossa volta, o segredo de Eve, sua culpa, descrita na própria caligrafia. Um segredo que matou o seu marido, o pai de Max, e que mudou vidas.

Ele faz um sinal afirmativo para mim.

— Você sabe que não tem nada de bom escrito aqui, não é?

— Acho que sei, sim.

— Que bom.

Eu rasgo os papeis ao meio, e em seguida os rasgo ao meio outra vez. Um segredo que só poderia causar dor.

— O que você está fazendo? — Ele faz menção de pegar as folhas das minhas mãos, mas eu me inclino para trás, rasgando-as várias e várias vezes. Em pedaços cada vez menores.

— Pare! — Ele avança sobre mim para pegá-las, mas eu jogo os pedaços, como confete em um casamento, por cima da beirada do cais, na água. — Por que diabos você fez isso? — ele grita comigo.

— Se a sua mãe quisesse que você soubesse o que estava na carta, teria dado o envelope nas suas mãos!

— Ele estava endereçado para mim!

— Mas você o pegou! — eu grito.

— Isso não dá a você o direito de...

— Não, mas também não te dá o direito de ler a carta também!

— Por que você acha que tem o direito de decidir isso? Por que você acha que tudo gira ao seu redor?

— Não é...

— A sua mãe foi morta, mas essas desgraças acontecem!

— E você acha que eu não sei?

— E agora a minha família, a minha mãe e eu, fomos arrastados para isso. Ela foi levada a julgamento e a minha vida foi arrebentada, e não podemos nem mesmo sair de casa. Tudo isso por sua causa!

Eu abro a boca para discutir, mas ele tem razão. Max foi arrastado para essa situação. A culpa não foi dele, ele não foi responsável pelo que houve nem por nada.

— Você leu a carta, então você sabe o que ela dizia, e eu não sei. Como isso pode ser justo?

*Não é,* eu penso. *Mas o que é justo hoje em dia?*

Eu me levanto e me afasto da beirada da doca. O vento sopra com força, e gotas grossas de chuva encharcam os cabelos ralos da minha cabeça. Eu a cubro com o meu capuz.

— Eu estava protegendo você! — eu grito por cima do ombro, mas assim que as palavras saem da minha boca eu me dou conta de que estão erradas.

— Me protegendo? Eu não preciso que me protejam. Eu não quero que me protejam. Você, de todas as pessoas, devia entender isso. Você invade as nossas vidas e, de repente, já conhece a minha mãe melhor do que eu?

Eu mordo a língua. Não diga a ele que você sabia antes de conhecê-la. Não fale para ele sobre todas as outras pessoas que provavelmente sabem também. Eu poderia, e poderia realmente magoá-lo. Mas vou ficar aqui e aceitar o que vier.

— Desculpe — eu murmuro. — Entendo que você está estressado, mas, por favor, não grite comigo.

— Estressado? — ele cospe a palavra de volta contra mim.

*Droga,* eu penso. Usei a palavra errada de novo.

— Com certeza eu estou estressado, porque uma garota qualquer arrastou a mim e a todo mundo que eu amo para a sua vida de merda e depois fugiu, nos deixando para trás para limpar a sua sujeira, porque ela não consegue dar conta disso!

Bem, eu geralmente consigo aguentar insultos, mas isso é demais. Eu dou meia-volta outra vez e ando novamente até onde Max está. Estou muito irritada agora, com o dedo apontado para o rosto dele, a chuva caindo mais rápida e intensamente, e o vento soprando com muito mais força.

— Não consigo dar conta? — eu grito para ele. — Não consigo dar conta? Eu estou dando conta!

— Como? Não vejo você fazer nada que seja remotamente parecido com "dar conta".

— Eu... não posso contar. — Que inferno, Martha.

— Mais uma coisa que você não pode me contar? Por quê?

— Porque você não vai querer saber. Vai ser melhor se você não souber.

— Mais uma coisa que é melhor eu não saber! — ele cospe, furioso agora. — Ou você me diz o que é, ou me diz o que estava na carta da minha mãe.

Nossa, eu sou péssima para argumentar.

— Não — eu digo. — Não cabe a mim ficar falando sobre a sua mãe. Esse é um assunto dela, não meu, e nem seu também. E o outro? É porque... porque...

Eu me viro de frente para o rio. Não chore, Martha. Vamos lá, seja forte. Como Isaac.

— O que foi?

Estou olhando para ele e meus olhos estão cheios de lágrimas, mas não vou chorar. — Não posso dizer, não posso dizer as palavras... eu estou... — eu engulo em seco. — Ah, meu Deus. Eu estou com medo, entendeu? Estou com medo.

Ele vem na minha direção, e a expressão em seu rosto vai ficando mais suave. — O que foi? — sussurra ele.

Eu faço que não com a cabeça, com lágrimas no rosto agora, a chuva se misturando a elas, e não quero estar ali. — Alguém... — eu balbucio. — Uma pessoa... me abordou com uma ideia. Uma maneira de tirar Isaac de lá.

As sobrancelhas dele se erguem. A voz fica mais grave. — Como? Há câmeras nas celas, o sistema de computação é impossível de ser invadido... pode acreditar em mim, eu tentei. É mais difícil entrar naquele lugar do que... do que... sei lá, Alcatraz, Fort Knox, ou coisas do tipo.

— Dá para passar pelos muros.

— Talvez, mas isso é tudo. E de qualquer jeito, não adiantaria. Ainda há câmeras aqui e ali. A única maneira de entrar, ou de sair, daquele prédio seria... sei lá... usando uma bomba, eu acho.

Eu olho para Max.

— Não — responde ele. — Isso não é uma boa ideia.

— Então me dê uma ideia melhor — eu digo.

...

Nós nos afastamos da doca; está frio, chove e o vento está nos castigando, então voltamos na direção da vida, procurando por um abrigo ou calor. Encontramos um ponto de ônibus coberto e ficamos embaixo dele, tremendo enquanto a chuva martela a cobertura de metal.

Eu observo os carros e os caminhões passando pela estrada, com os faróis borrados e distorcidos e seus pneus jogando enormes vagalhões de água nas calçadas.

Os pingos da chuva estão escorrendo pela parte da frente do meu capuz.

— Vá para casa — eu digo para Max.

— Não, a menos que você venha comigo — responde ele.

— Você sabe que eu não posso.

— Vamos para algum hotel barato, então. Ou uma pensão. Alguma coisa do tipo.

Um ônibus para diante de nós. Olho para cima, para as janelas embaçadas, as luzes no interior do veículo cortando a escuridão, e me esquivo. Ali está a foto que a polícia tirou de mim de novo, colada na lateral do ônibus como se fosse o anúncio publicitário de algum filme.

Max vê a foto também.

— Você sabe que eu não me atreveria a fazer isso.

Um homem desce do ônibus, olha para onde estamos e sai andando. O motor do ônibus ruge novamente quando o motorista acelera e o veículo se junta ao restante do tráfego.

— Você precisa sair das ruas — diz Max.

Não respondo. Não sei onde eu ficaria melhor. Aqui fora ou enfiada em algum lugar. Escondida bem debaixo do nariz de todos, as pessoas passando por mim, mas sem prestar atenção, ou correr o risco de que um recepcionista, faxineiro ou hóspede me reconheça.

As duas opções têm vantagens, mas também têm riscos.

Não.

— É arriscado demais — eu digo. — Vou encontrar algum lugar por aqui. — Saio debaixo do abrigo e começo a andar pela rua. Ele me segue.

— Em plena chuva? Não...

— Vá para casa, Max. Eu vou ficar bem. Pode ir. Sua mãe vai ficar preocupada.

— Não vou deixar você sozinha.

— Você não pode ficar aqui comigo.

— Volte para os Arranha-Céus, então. Alguém vai aceitar que você fique por lá, com certeza. Eles vão protegê-la.

Eu paro de andar e olho fixamente para Max. — E quem vai aceitar correr esse risco? Não vou pedir que ninguém faça isso por mim. Não posso. Não posso pedir a você também.

Eu continuo a andar. Não sei para onde estou indo.

Ele me segue, primeiro por uma trilha, passando perto de grades altas, e então paramos. A chuva continua a cair sem piedade, com enormes rajadas capturadas na luz fraca da rua sobre nós.

— Vá para casa — eu digo outra vez. Quero ficar sozinha.

Ele faz que não com a cabeça.

— Você já fez muito. Vá para casa.

— Mas...

— Por favor.

Nós nos entreolhamos por um momento.

— Você quer que eu vá... — sussurra ele — ... ou só acha que eu devo ir?

— Eu quero que você vá — eu respondo.

— O que você vai fazer? — pergunta ele.

Eu abro um sorriso fraco. — Sobreviver.

— Então faça exatamente isso.

Ele me abraça. É quente e reconfortante. Mas não é bom. Não posso baixar a minha guarda, não posso fraquejar agora.

Eu o observo indo embora. Seja forte, eu digo a mim mesma, não volte correndo para ele, não implore que ele a leve para a sua casa. Você não quer um banho quente, nem algo para comer, você não quer ver Eve e Cícero, nem sentir que realmente faz parte de algo maior.

Ou sentir que as pessoas realmente querem a sua presença. E que gostam de você. Como se você realmente pudesse ser amiga de alguém. Você está nisso sozinha. Continue pensando nisso, porque você precisa acreditar. É a sua responsabilidade, e de mais ninguém, e você não pode arriscar colocar mais alguém em perigo. Eles já fizeram o bastante. Deixe-os ir embora.

*Ele desapareceu agora, engolido por corpos e pela escuridão. Eu não devia ter falado a ele sobre o plano de usar uma bomba para explodir o corredor da morte*, eu penso quando me viro para o outro lado e volto a andar. Devia ter ficado de boca fechada. Não devia ter rasgado a carta. Não devia ter me envolvido. Não devia ter começado toda essa loucura.

Devia ter ficado só com as coisas que eu conheço — nada — e sonhado em não ser nada além do que eu sou — uma garota órfã dos Arranha-Céus — porque, quando eu era apenas isso, tudo era mais seguro, mais simples e mais fácil.

*É sério?* minha cabeça começa a discutir comigo. *Mais fácil? Sua mãe morreu, você estava limpando banheiros para viver em troca de centavos. Nenhum futuro, nenhuma perspectiva, nenhuma esperança.*

*Mas eu continuo não tendo nada,* eu respondo para mim mesma.

Na verdade, tenho ainda menos: não tenho casa, nem amigos, nem família, nem emprego, nem dinheiro, nem educação...

*Você tem a chance de ter mais.*

Como assim? O dinheiro do testamento de Isaac? Não vou ver um centavo disso. Eu teria que me entregar. E depois, o que aconteceria? E eu não o quero de qualquer maneira.

*Você tem esperança, a possibilidade e a determinação, e isso tudo vale mais do que dinheiro.*

Neste momento, aqui e agora, eu não tenho nada.

*Amigos. Eve...*

Não. Não quero isso, que eles se sintam obrigados a ter a minha amizade. E eu causei muita dor, muita... meu Deus, e agora tudo que eu estou fazendo é me lamentar. Não quero simpatia. Somente honestidade.

Eu me sinto mal por todo mundo. Não consigo parar de lembrar da Senhora B. Ela fez tanto por mim, e a única coisa que eu fiz foi...

Eu não sei o que fazer. Sinto-me vazia. Egoísta. Idiota. Sozinha. Quero ir a algum lugar, mas não sei para onde. Quero estar com Isaac. Não quero que ele morra. Só consigo ver uma opção agora, mas não gosto dela.

...

Eu passo diante de um mercadinho de bairro em uma esquina. A porta solta um bip quando alguém sai dali, e depois por uma loja de bebidas alcoólicas, de onde um engravatado sai gritando alguma coisa ao telefone, com uma garrafa na mão, embrulhada em um saco de papel pardo, e passo diante de um restaurante que tem um cheiro tão bom que tenho a sensação de que o meu estômago está virando do avesso.

Embrenho-me por outras duas ruas laterais. Não sei onde estou, não me importo com isso. Vejo a entrada de uma estação de metrô mais adiante e vou para lá. Pelo menos vou conseguir escapar da chuva.

Vou me aproximando com cuidado, afastando-me do vento e da chuva, mas das luzes também, e as sombras começam a me pregar peças.

Acho que ouço o barulho de passos leves e rápidos, como ratazanas enormes ou cachorros pequenos. Está uma escuridão dos infernos ali dentro. E também é assustador como os infernos. Mais assustador do que os Arranha-Céus.

Minhas pernas doem, meus pés também. Não quero pensar no que pode haver no chão, mas deixo o corpo deslizar e sento-me contra a parede mesmo assim, encostando os joelhos no peito. Eu podia morrer aqui e ninguém iria perceber. Poucos se importariam. Alguns iriam até mesmo celebrar.

Como as pessoas podem sentir tanto ódio, e com tanta facilidade? Como as pessoas podem decidir o que sabem a meu respeito e me julgar somente de acordo com o que leem nos jornais e com o que a TV diz?

Essa não sou eu. Eu sou Martha Elizabeth Honeydew. Meu aniversário é em 31 de maio. Gosto de cachorros, mas gatos me fazem espirrar. Quando eu era pequena, tive um peixinho dourado chamado Swampy. Meu chocolate favorito é o Twix. Não gosto de beterraba. Prefiro lavar as panelas do que secá-las. Eu tomo o chá bem forte — com dois torrões de açúcar e leite — e adoro biscoitos. Essa sou eu.

Gosto de árvores e gosto de observar os pássaros que pousam sobre elas. Essa sou eu.

Eu chorei no meu primeiro dia de escola. Não tinha uma melhor amiga, mas todas as outras meninas tinham. Essa sou eu.

A música que eu escolhi para o funeral da minha mãe foi aquela que ela costumava cantar para mim quando eu era pequena. Eu me sinto vazia desde que ela se foi. Durante o primeiro mês depois que ela morreu, eu dormi na cama dela, nos mesmos lençóis, para poder sentir o cheiro dela. Essa sou eu.

Meus olhos ardem. Eu pisco os dois. Balanço a cabeça. *Vamos lá, garota. Não chore,* eu digo a mim mesma. *Você é mais forte do que isso.*

Não tenho nenhuma qualificação. Nenhuma educação. Não tenho família. Não tenho amigos de verdade. Exceto Isaac, e ele provavelmente vai estar morto em alguns dias. Essa sou eu.

Eu passo o dorso da minha mão no nariz e esfrego os olhos. *Não faça isso.*

Não tenho futuro. Não tenho qualquer tipo de esperança. Não tenho nada. Essa sou eu.

Um soluço explode no meu peito. *Não desista.* Não tenho nada, nem ninguém. Essa sou eu. Eu pisco e as lágrimas caem. *Não de-sis-ta.* Mas eu não posso continuar. Não há mais nada que eu possa fazer. Deito-me no chão, encosto a cabeça na sujeira e choro como se fosse uma pessoa inútil, indefesa e ridícula. *Não seja fraca,* diz a minha cabeça.

Mas eu sou, eu respondo para ela. Sou fraca. E para mim, chega.

## O PRIMEIRO-MINISTRO

Com a gravata presa e alinhada e o paletó abotoado, o primeiro-ministro está em pé no centro da sala, assistindo ao noticiário das dez horas conforme a emissora exibe a gravação que mostra Eve sendo tirada do Old Bailey até um carro que a aguarda. Seus cabelos estão completamente sujos de ovos crus e pedaços das cascas, seu pijama e o blusão estão igualmente melecados, e cobertos com farinha.

Os olhos dele se estreitam. O restante da sala está iluminado somente pelo brilho discreto de uma luminária de mesa e pelas chamas brilhantes da lareira.

— Você assistiu ao "Sofá do Sábado" hoje pela manhã? — pergunta Sofia, que está nas sombras.

— Eu precisava ter assistido? — responde ele, friamente. — Aquilo era responsabilidade sua. Presumo que tenha ido tudo bem. — Ele gira os botões do paletó, abre-o e o coloca sobre o encosto da cadeira.

— Vai assistir à reprise? — Ela dá um passo à frente, mas ainda assim a luz não a alcança.

— Novamente, eu preciso fazer isso? — pergunta ele.

Ela faz uma pausa. O fogo crepita, as sombras brincam pelo chão e a luz ilumina as paredes e as cortinas pesadas.

— Não — responde Sofia. Ela dá mais um passo à frente e a luz da lareira tinge o seu rosto enquanto ela serve uma bebida que está em um decantador de cristal de chumbo.

— Eles estão estudando todas as gravações das câmeras da região — diz ela.

— Eles?

— Seus funcionários da sala azul. — Ela passa a bebida a ele.

— E encontraram alguma coisa? — pergunta ele.

— Sim. — A voz de Sofia é discreta. — Eles viram...

— Hmmm... deixe-me adivinhar — o primeiro-ministro interrompe a fala de Sofia. — Você está falando de Cícero e companhia? Estou certo?

Ela faz que sim com a cabeça.

Os olhos dele se estreitam conforme ele ergue o copo até a boca e bebe lentamente o álcool. — Parece que eles estão se transformando em revolucionários discretos.

— Eles também estão razoavelmente certos de que...

O telefone toca no bolso do paletó e ele ergue a mão para silenciá-la.

— Patty — diz ele ao telefone. — Eu disse para passar as informações para Sofia, não para me incomodar.

A expressão no rosto dele é severa enquanto escuta. — Entendo. Com aquele garoto, Stanton?

Ele faz uma pausa por um momento.

— Tenho certeza de que podemos mandar isso para você, e então você vai poder cuidar da situação.

Ele toma outro gole da bebida, e um sorriso astuto se forma em seu rosto.

— O *National News?* Sim, excelente. Na verdade, pode agir sem restrições neste caso. Você é uma verdadeira mestre nessa arte, e eu tiro o meu chapéu para essa sua ideia maravilhosa. Você realmente se superou dessa vez.

Ele encerra a ligação repentinamente e segura o celular diante do rosto enquanto pensa.

— Uma cajadada — murmura ele, exibindo um leve sorriso. — Muitos coelhos.

# DIA 5

## MARTHA

Meus olhos estão fechados. Acho que ainda está escuro. Uma sensação esquisita. Estou pensando, pensando... tentando me lembrar...

Eu estava com Max. Com frio, molhada... estava chovendo... apareceu o ônibus, depois nós caminhamos... eu falei para ele ir embora... e parei em uma estação de metrô. E depois? Depois eu fiquei deprimida. Deitei-me no chão como se fosse uma fracassada. Estava frio. Molhado. Eu estava bem encharcada. Mas... agora eu não estou... Estou sobre algo macio e há outra coisa em cima de mim. Quente e seco. Cobertores? Um edredom?

As coisas aqui cheiram bem. Não há barulho. Mexo os meus pés. Eles estão secos. Mexo um pouco o corpo. O que estou vestindo? Onde estou? Mas quê? O que aconteceu?

Eu ergo o tronco até estar sentada. Abro os olhos. Pisco. Está escuro, mas há uma luz fraca, como se fosse uma luminária, vindo de algum lugar. Pisco um pouco mais, abro ainda mais os olhos. Estou em uma cama, com um edredom grande e macio sobre mim, e estou vestindo um pijama cor-de-rosa e felpudo que chega a cobrir as minhas mãos. Tento observar o quarto da melhor maneira que posso; não consigo ver ninguém. Tento entender onde estou. Cortinas sobre uma janela, estantes de livros, pôsteres nas paredes, uma escrivaninha...

A porta se abre e a luz invade o quarto. Eu empalideço pelo susto, levo a mão ao rosto e observo por entre os dedos.

— Bom dia, dorminhoca! — Uma voz aguda, estridente.

— Patty? — eu digo, com a voz estrangulada. — Que diabos...?

— Que bela maneira de cumprimentar a sua anfitriã e de agradecer alguém por salvar a sua vida.

Eu a encaro fixamente. — O quê?

— Encontrei você deitada na rua, inconsciente, e arrisquei a minha própria segurança quando a coloquei no meu carro e a trouxe até aqui.

— O quê? — eu repito. — Por que eu não acordei?

— Bem, eu não queria que você me criasse dificuldades — murmura ela. — Por isso, foi necessário usar um pouco de clorofórmio.

— O quê?

— Nada que vá causar sequelas permanentes, não se preocupe.

— E onde eu estou agora?

— Eu já disse. Na minha casa.

— Na sua...

— Bem, se você vai começar a criar confusão por causa disso, então tecnicamente estamos na casa de Isaac, mas como ele não está aqui no momento, então... — Ela dá de ombros. — Você está no quarto dele, na verdade. Os lençóis estão limpos, então não se preocupe. Eu a teria colocado em um dos quartos de hóspedes, mas um deles está cheio de roupas, o outro está com as malas prontas para serem feitas para eu ir embora e o maior de todos, é claro, estou usando como academia enquanto o salão da academia da casa está sendo remodelado.

Eu olho ao redor. Os pôsteres de Isaac na parede, sua lição de casa na escrivaninha, suas roupas no seu guarda-roupa, suas fotografias colocadas nas estantes.

Aperto os olhos para enxergá-las. Fotos em que ele e eu aparecemos, uma de quando estávamos em Bracken Woods, uma em que eu apareço sentada no balanço, sorrindo.

— Não acredito que você usou clorofórmio em mim.

— Eu estava preocupada com você. Achei que seria uma maneira sensata de trazê-la até aqui.

Eu olho fixamente para ela. — Ah, é claro. E agora me diga a verdadeira razão pela qual você me trouxe aqui.

Ela suspira, cruza os braços diante do peito e se encosta contra a parede. — Achei que você poderia morrer se eu a deixasse lá...

— E você se importa?

Ela faz um sinal negativo com a cabeça, estalando a língua.

— Entendi — eu digo. — Você não se importa, mas precisa de mim.

— Você concordou em participar do plano — diz ela, balançando o telefone celular no ar.

— Na realidade você não dá a mínima se eu morrer ou não, mas precisa que eu tire Isaac do corredor da morte. Estou certa?

Ela não responde.

Eu giro o corpo e coloco as pernas para fora da cama. — Só não entendo como você me encontrou. Você estava me seguindo?

— Mais ou menos.

As roupas que eu estava vestindo estão amontoadas em uma pilha no chão. Ao lado delas está o celular que Max me deu.

— Bem, meus parabéns. Mas eu vou embora daqui.

— Não vai, não.

— Ah... eu vou, sim.

Ela vai até o outro lado do quarto e liga a TV. — Não, mocinha, você não vai sair daqui. A menos que queira ser pega pela polícia, e isso não vai ser bom para nenhuma de nós duas, nem para Isaac. Como vamos conseguir tirá-lo de lá se você for embora?

Ela ativa um canal de notícias e ali estou eu, aquela foto da delegacia de polícia de novo.

— Achei que você tinha percebido todos aqueles cartazes com essa sua foto que dizem que você é procurada espalhados pelas ruas.

— Não preciso de você, eu posso enfrentar minhas próprias batalhas sozinha.

— Mesmo assim, aqui está você.

— Não foi minha escolha vir até aqui. Afinal, você me sequestrou. E, além disso, me drogou!

Ela ri de mim. Sinto vontade de socá-la.

— Se eu não a tivesse recolhido da rua e trazido até aqui, você estaria morta agora. Ou algemada a alguma cama de hospital.

— Eles querem apenas me levar para uma instituição assistencial, não para a prisão.

— Acho que você percebeu que isso não vai mais resultar na sua ida para alguma instituição assistencial.

— Eu não fiz nada.

— Você já deve saber, com certeza, que ninguém se importa se você realmente fez alguma coisa ou não. O fato é que você está aqui, você não vai a lugar algum, então pare de ter ideias e cale a boca. Tome um banho, você está fedendo, vista-se e me encontre lá embaixo. Temos planos a fazer. Você precisa aprender a acionar um explosivo.

Ela se vira e sai do quarto.

— Vaca — eu sussurro por entre os dentes.

## ISAAC

Tudo aqui dentro são lembranças; tudo é passado, porque eu não tenho futuro. Sento-me na beira do colchão, lembrando-me que, há sete dias, Martha, você estava aqui.

Como você conseguiu permanecer tão forte? O que eles fizeram a você em cada uma dessas celas?

Do lado de fora, observando você pelas câmeras, as celas pareciam maiores, mais confortáveis e mais tranquilas, de algum modo. Mas, como eu disse antes, as pessoas que comandam este lugar são inteligentes e ardilosas; o que as pessoas em casa veem não é exatamente o que está acontecendo.

Na cela de hoje, as paredes, a cama e o piso são todos brancos, como de costume; a janela é ainda menor e novamente não há grades, apenas uma fresta. Não há espaço suficiente para arrastar a cama até ali, e mesmo se eu pudesse, a fresta é pequena demais para ver o que há lá fora. Mas eu consigo ver o céu, consigo imaginar as ruas e os prédios, e me lembrar da árvore e do pássaro.

Há quatro câmeras, uma no alto de cada parede. Sei qual delas está me filmando a qualquer momento, porque uma pequena luz vermelha se acende, bem parecida com a luz vermelha no *Exterminador do Futuro*, que segue as pessoas de um lado para outro. Quando eu me viro, uma câmera diferente vai me filmar, de modo que eles sempre consigam uma boa imagem de mim.

Eu jogo um jogo estranho com elas, virando-me de frente para uma, depois para outra, e depois para a seguinte, o mais rápido que consigo, tentando apanhá-las desligadas. Escolho uma e olho fixamente para a luz vermelha, e as memórias começam a surgir, como o consultório de um oftalmologista, luzes de freio no escuro, o botão de modo de espera na gigantesca TV de Jackson, ou o botão da máquina de perder peso a laser de Patty.

A memória é uma coisa estranha, e é estranho o que surge na sua cabeça. Quando eu fecho os olhos, pensando em todas as coisas que eles tinham, como o alarme contra ladrões de última geração, o sistema de entretenimento mais moderno interligado por toda a casa, o sistema de aquecimento do piso, as cortinas ativadas por controle remoto, os...

Eu paro, abro os olhos. Ouço um ruído sutil, como se fosse um pequeno motor elétrico funcionando...

O que é isso? A parede à minha frente está mudando. Há cores diferentes nela, se misturando, imagens aparecendo, fotos. De onde isso está vindo? Olho para trás; o som está vindo da câmera na parede oposta. Ela é um projetor, também. Volto a olhar e uma foto de Martha está começando a entrar em foco. Seus cabelos ainda estão longos; deve ser de alguma época anterior à sua prisão. Ela está sorrindo, rindo.

Parece estar muito feliz. Eu sorrio de volta para ela, mas a imagem muda. As cores se misturam e se dispersam, e logo ela está ali outra vez. Seus cabelos estão longos, mas ela está com uma expressão diferente agora. Seus olhos estão me encarando como se estivessem implorando. Eu estendo a mão, mesmo sabendo que ela não é real. De onde isso veio? Quem tirou essa foto?

Ela muda outra vez. Um close em seu rosto. O cinto de Jackson passando ao redor do pescoço.

A imagem muda outra vez. O fotograma que mostra a reação em seu rosto quando a bala atinge Jackson. Respingos de sangue congelados em pleno ar.

E de novo.

Aproxima-se em *zoom* de nós dois, naquela mesma noite, um olhando para o outro, muito assustados e confusos. E, agora, o áudio. A voz de Martha: "Eu posso ser a mártir, Isaac. Posso fazer isso, mas o guerreiro tem que ser você".

"Ser você" ecoa.

A imagem muda outra vez. Somente ela. Luzes azuis piscam sobre a sua pele, suas mãos estão no ar.

Muda outra vez. Uma máquina de barbeiro passando sobre a sua cabeça. Cabelos caindo. Ela está chorando.

E de novo. Deitada no chão desta cela. Ela está com um macacão branco e sangue nos dedos.

De novo. Na Cela 7, a coroa baixando.

De novo. De novo. De novo.

Eu me viro para o outro lado. Não consigo aguentar. Aquele ruído baixo para. Porém, em poucos segundos ele começa novamente, mas, desta vez vindo de outra câmera e diante de mim as imagens começam novamente.

Os cabelos dela estão longos. Ela está sorrindo, rindo; parece estar feliz. Um medo insano toma conta de mim; as imagens surgem em um ciclo. Eu sei o que vai aparecer a seguir. Cinto. Bala. Sangue. Mártir.

Guerreiro. Ser você... você... você. Luzes azuis piscando. Mãos no ar. Máquina de barbeiro na cabeça. Cabelos caindo. Lágrimas...

Eu fecho os olhos. Não consigo aguentar. Viro-me novamente, deitando de lado desta vez, e abro os olhos. Agora, uma luz vermelha também aparece naquela câmera. E o projetor na parede oposta começa a funcionar. Aí vem as imagens. A tortura.

Sempre diretamente embaixo da câmera que está me filmando, então as coisas nunca são vistas pelas pessoas que estão em casa. Tudo calculado de maneira bastante inteligente.

Eu me viro para o outro lado novamente, e o ciclo começa mais uma vez na parede diante de mim. Viro-me outra vez. Agora, na outra. Como eu devo parecer para as pessoas que estão assistindo? Virando de um lado para outro, balançando a cabeça? Eles devem achar que sou completamente louco. Não o tipo de pessoa que pode ser solta e integrada à sociedade novamente.

Sou um fantoche nas mãos deles. Estou fazendo o que eles querem. Fecho os olhos, mas uma parte de mim não consegue resistir a olhar para ela, e então eu os abro de novo.

O rosto de Jackson foi acrescentado às imagens agora; aquele seu olhar zombeteiro, e o de Patty também, rindo, aquela sua risada horrível e totalmente esganiçada, perfurando a minha cabeça e fazendo-a latejar de dor.

As luzes das imagens são fortes e eu tenho que fechar os olhos, mas tenho certeza de que, quando eu faço isso, eles fazem com que os ruídos e as vozes fiquem ainda mais altos e estridentes.

Eu cubro as orelhas com as mãos também. Estou irritado agora, por estar sendo manipulado e torturado. Fecho os olhos, murmuro para tentar bloquear o som, balanço o corpo para frente e para trás, tentando me acalmar. Tento respirar... inspirar... expirar... inspirar... expirar... calma... Por fim, enfio a cabeça no colchão, mas ainda consigo enxergar as luzes e, mesmo com as mãos sobre as orelhas, eu consigo ouvir o riso de Patty, a voz de Jackson e Martha chorando.

Tento me colocar em algum lugar, imaginar que estou longe disso tudo, mas não consigo firmar uma linha de pensamento, e, em vez disso, ideias que não quero ter começam a surgir no meu cérebro.

O riso de Patty. Devia ter agido antes. A voz de Jackson. Devia ter escutado, questionado, agido. O choro de Martha. Sua mãe ainda estaria viva. Sinto-me culpado. Sou culpado. A dor que a Senhora B. sentiu pelo que houve com Ollie. Eu mereço morrer. Devia morrer.

— Arghhh! — Eu me levanto, grito e berro contra as imagens. — Arghhh! — E eu bato na parede, conduzindo toda a raiva pelo braço e pelo punho e golpeando a pedra, e isso dói demais.

Eu caio no chão.

Minha cabeça lateja, e agora eu também sinto o punho latejar. As imagens continuam sendo exibidas sobre a minha cabeça, e o som me cerca. Levanto o punho machucado contra os raios do projetor e o rosto de Patty aparece na minha pele, em vez da parede.

Eu movo a mão para que a sua boca esteja sobre os nós dos dedos ensanguentados. — Beije-o para que eu melhore — eu sussurro. — Não, você nunca faria isso. O que será que eu era para você? Um produto para ser exibido em ocasiões sociais, ou para artigos de revistas? O pobre garoto órfão que você salvou da pobreza?

Apoio a mão no peito e fecho os olhos.

— Que piada.

Patty, a Mãe do Ano da revista *Pais cuidadosos* por dois anos seguidos, a mulher que sempre conversava e sorria para todo mundo, mas nunca para mim.

A Mãe do Ano que estava sempre falando por entre os dentes ao telefone, planejando e tramando. Conversas que eu não conseguia deixar de ouvir enquanto assistia TV, ou quando fervia água para fazer outra xícara de chá para ela ou quando abria uma lata de feijões para fazer o meu próprio jantar.

"... e se eu fizer isso, quanto você garante que eu vou ganhar?", eu a ouvia sussurrar.

"Bem, eu é que estou com a carteira no bolso agora".

"E essa quantia é em troca de fotos em que os dois aparecem juntos? Sim, eu entendo, desde que seja algo que você possa usar... e podemos fazer esse mesmo acordo no futuro, quem sabe? Sim, é claro, com outra pessoa, alguém de bastante renome".

*Blá-blá-blá*, eu costumava imitá-la enquanto passava manteiga nas minhas torradas e despejava os feijões no prato.

Mãe do Ano? Aham. Mas é claro que sim. Eu paro. A minha cabeça se desanuvia.

Subitamente eu estou desperto. E ergo o tronco, ficando sentado no chão. Quantas daquelas conversas pelo telefone eu ouvi? Todas muito parecidas umas com as outras. À minha frente, as imagens continuam sendo exibidas, mas eu estou ignorando tudo agora. Pensando. "Um bom acordo para nós dois", eu a ouvi dizer. Lembrando.

"Sim, eu concordo. Segredos são munição contra os outros, e dividi-los com você é uma reserva no banco para mim." Tudo — absolutamente tudo — era, ou ainda é, dinheiro e manipulação. Mas quanto de tudo isso era Patty?

## MAX

No silêncio do seu quarto, Max liga o computador e senta-se diante da tela. Quando a máquina ganha vida e começa a zunir, ele clica no ícone do navegador da internet e digita o endereço do seu website. No alto da página, o círculo começa a girar e girar enquanto ele espera. Ele se recosta em sua cadeira e toma um gole do café morno.

Após algum tempo, a tela muda. "ESTE WEBSITE NÃO EXISTE", informa a máquina. Ele franze a testa, inclina-se para frente e novamente digita o endereço, desta vez mais lenta e cuidadosamente. Novamente, o círculo começa a girar enquanto ele aguarda, mas, novamente, a mesma mensagem surge na tela. Com um suspiro, ele pega o telefone celular e tenta acessar o site pelo aparelho, mas, ainda assim, não consegue nada.

Max volta a se concentrar no computador, com os dedos pairando sobre o teclado, mas antes que consiga pensar no que vai tentar fazer a seguir, um "ping!" anuncia a chegada de um e-mail. Ele clica na tela para abrir a mensagem.

"O website que você criou foi denunciado por violar as diretrizes do governo com relação à ordem e à segurança nacional. Após uma investigação, e de acordo com as atualizações das leis antiterrorismo, ele foi removido e o histórico de todo seu conteúdo foi destruído. Você está proibido de republicar os dados supracitados, e qualquer violação disto pode resultar na sua apreensão e subsequente encarceramento".

Ele infla as bochechas e exala ruidosamente. — "Antiterrorismo?" — sussurra ele, balançando a cabeça negativamente.

Ele ouve batidas discretas na porta de seu quarto e vira-se.

— Posso entrar? — pergunta Eve.

Ela fecha a porta atrás de si e senta-se na beirada da cama. — Está tudo bem com você?

— Está — responde Max. — Estou feliz por você estar em casa.

— Eu também — sussurra ela. — Acho que Cícero teve algo a ver com isso, mas ele não responde quando eu pergunto.

Max dá de ombros.

— E eu imagino que você também estava envolvido, certo?

Ele não responde.

— Tenha cuidado, está bem? — diz Eve. Ela se levanta para sair, mas para sob o vão da porta. — Max... eu deixei um envelope no meu quarto antes que eles me levassem, mas não consigo encontrá-lo agora. Você não saberia onde ele está, saberia?

Ele faz um gesto negativo com a cabeça. — O que era?

— Algo que seria melhor ser dito, não lido. — Ela espera pela reação do filho, mas o celular dele toca com a chegada de uma mensagem e ele vira de costas para ela.

— Não sei, mãe — responde ele.

— Deixe para lá — diz ela, e com um meneio de cabeça, sai do quarto dele e fecha a porta.

Ele pisca ao ler o texto, balança a cabeça, olha para trás, e depois olha para a tela outra vez.

"Os websites não vão funcionar. Desista deles. Há outra maneira. Você não está sozinho".

Ele olha para o número, que não reconhece.

"Quem é você?", ele digita em resposta.

Um momento depois, a resposta chega. "Um amigo, ou melhor, um simpatizante".

Ele pensa por um segundo, e depois seus polegares começam a disparar por sobre a tela. "Qual é a outra maneira?", digita ele.

Max olha fixamente para a tela, esperando por mais algumas informações.

Outro "ping!" soa no telefone. "Ainda não. Tenha cuidado. Você está sendo vigiado", diz a mensagem.

"Vigiado?"

A resposta chega rapidamente. "Nada mais de mensagens por enquanto. Espere. Eu entrarei em contato".

Distraidamente, ele olha pela janela. Alguma coisa no alto dos postes de telefonia do outro lado do jardim atrai a sua atenção.

Ele se aproxima, olhando para as árvores que ocultam um pouco dos postes, certo de que enxergou alguma coisa se movimentando. Um calafrio corre por todo o seu corpo, e embora o dia ainda esteja claro, ele fecha as cortinas.

O sinal sonoro do seu telefone toca novamente e ele olha para baixo.

"Você pode fechar as suas cortinas, mas eles ainda sabem onde você está", diz a mensagem.

Max sente as pernas ficando bambas. Ele cambaleia para trás e desaba sobre a cadeira, e o celular cai da sua mão. No escuro, o brilho da tela e a sua advertência olham para ele do chão.

## MARTHA

Fico aqui sentada na cama de Isaac, cercada por todas as suas coisas — uma foto dele quando era menino, na praia, uma camiseta que ele tirou e largou no chão, a sua mochila da escola com os livros à mostra — enquanto o observo em sua própria televisão. Passei o dia inteiro assistindo ao programa. Fui ao banheiro, desci ao andar de baixo, voltei outra vez.

O silêncio aqui é enorme. Muito diferente dos Arranha-Céus. Não há gritos, nem brigas do lado de fora, nem rojões sendo disparados para avisar as pessoas que as drogas chegaram. Os aquecedores elétricos funcionam e a água quente não acaba. As janelas se fecham direito e a tranca da porta não pode ser aberta com uma faca de pão. São as coisas simples da vida, eu suponho.

Até agora eu não vi ninguém além de Patty. Ela estava conversando ao telefone, disse algo sobre falar comigo mais tarde e desapareceu.

Você sabe do que eu sinto falta em toda essa loucura? De alguém sorrindo para mim quando eu entro em um quarto, alguém que pergunte se eu quero uma xícara de chá, alguém que ponha a mão no meu ombro. De companhia.

A minha mãe fazia tudo isso. Depois, a Senhora B. Isaac. Eve.

Essa maldita máquina que é o *Morte é Justiça* e o *Campainha da Justiça* e o resto do lixo que vem com eles nos engoliu por inteiro, e tenho a sensação de que estamos lutando para sobreviver dentro dela. Consigo sentir que ela me faz apodrecer como o estômago de alguma baleia gigantesca e maligna. Talvez o país inteiro seja a baleia. Não o sistema, mas, o governo. Sim, o governo e as autoridades que permitem isso, eles são a baleia, e nós, as pessoas pequenas, nós somos os... como é mesmo o nome do que elas comem? Krill?

Fui forçada a ir até um ponto em que parece inevitável que eu acabe me tornando a criminosa que dizem que sou. Ou eu assisto ao homem que amo ser executado por salvar a minha vida e lutar por justiça para a minha mãe, Ollie e todos os outros, ou concordo em usar uma bomba para abrir um buraco no corredor da morte e ajudá-lo a escapar.

Ou eu fico aqui e me torno essa criminosa, ou saio pela janela e fujo daqui. Minha consciência me diz que eu não tenho escolha.

## MAX

Max anda a passos vacilantes pelo corredor até chegar à cozinha, abalado e ainda vestindo o pijama. Seu notebook está debaixo de um braço e ele traz um microfone na outra mão, arrastando os cabos atrás de si. Eve e Cícero observam quando ele entra na cozinha, com as mãos ao redor de xícaras de café, pratos com sanduíches que ainda não foram comidos diante deles, à mesa.

— Tive uma ideia — diz ele. — Hoje é o dia das ligações para o *Morte é Justiça,* não é?

— Sim, é hoje — responde Eve.

Max coloca o notebook sobre a mesa. — Ótimo. Lembra-se do que fizemos antes, senhor juiz? Com o telefone?

Cícero faz um sinal afirmativo com a cabeça.

— E Martha tem um celular também — diz Max.

## 18H30 - MORTE É JUSTIÇA

A música tema toca forte. Fagulhas brancas zunem e estalam ao redor do logotipo do olho. O volume da música diminui, o logotipo se move para o canto da tela azul-escura e Joshua sai dos bastidores para entrar no palco. Em um terno azul feito sob medida, com uma camisa branca e gravata cor de vinho, ele traz um enorme sorriso estampado no rosto e a plateia grita. Ele para, gira sobre um dos pés e faz uma pose. Assobios de flerte soam pelo estúdio e ele pisca o olho.

JOSHUA: Senhoras e senhores, boa noite a todos vocês, e sejam bem-vindos ao programa! Temos uma noite inteira de entretenimento pronta para vocês, hoje! Sim, com certeza. Sentem-se, peguem uma bebida e aquele chocolate que vocês merecem, levantem os pés e deixem-nos transportar vocês para longe das preocupações do dia.

Ele faz uma pausa conforme a plateia vibra e aplaude.

JOSHUA: Como eu tenho certeza de que vocês sabem, aos domingos geralmente há convidados especiais para o nosso programa *"Domingo na Corte"*, mas, nesta semana, pensamos que seria melhor misturar um pouco as coisas. Sim, no programa de hoje, não somente nós temos...

Ele fica de frente para o telão. O mostrador se divide em sete retângulos; quatro deles estão ocupados, mostrando os rostos dos acusados de frente. O primeiro retângulo pisca com um brilho mais forte e se move para o centro da tela. O homem que aparece ali está visivelmente trêmulo, e seus olhos vão rapidamente de um lado para outro.

JOSHUA: Um detento recém-chegado na Cela 1...

O primeiro retângulo volta ao seu lugar novamente e o quarto ocupa o lugar ao centro: um homem deitado no chão, com as mãos sobre o rosto.

JOSHUA: Todos os detalhes sórdidos do assassinato que supostamente foi executado pelo ocupante da Cela 4, Bill Dandy...

A cela de Bill volta ao lugar anterior. A Cela 7 agora está no centro, com o seu ocupante engatinhando pelo chão, com o rosto magro.

JOSHUA: Chegou a hora da decisão final para o nosso homem na Cela 7 — ele é o assaltante de bancos que adora puxar o gatilho ou não? São vocês que devem decidir...

A Cela 7 volta a se alinhar com as outras. Então, Joshua se vira novamente para a câmera.

JOSHUA: Mas, senhoras e senhores, é claro que temos aquele caso para discutir. Sim, aquele pelo qual vocês todos estão esperando, a cobertura do bolo, a cereja no topo, aquele sobre o qual todos vocês estão conversando. Nosso momento de bate-papo. O nome que está nos lábios de todo mundo, nos jornais e a hashtag que todos vocês estão seguindo. Nenhum outro além do filho do famoso milionário assassinado, o garoto órfão dos Arranha-Céus e, ironicamente, aquele que foi nomeado como embaixador adolescente para a justiça na revista *Celebrity Now!* do ano passado... sim, na Cela 5, ali está Isaac Paige!

Novamente a plateia aplaude e, conforme as luzes sobre suas cabeças ficam mais fracas, a cela de Isaac vem até o centro da tela e as outras se apagam. A câmera foca em seu rosto inchado e os olhos vermelhos enquanto ele fica deitado sobre o colchão, olhando para o teto.

JOSHUA: Ele parece estar bem abatido ali. Eu me pergunto quantos de vocês têm simpatia por ele, ou quantos de vocês vão ajudar a aumentar ainda mais as estatísticas que o declaram culpado. Bem, esta é a sua chance de nos dizer, porque hoje nós vamos receber as suas ligações para falar sobre este caso, telespectadores. Sim, queremos ouvir as suas ideias e opiniões. As linhas telefônicas estão abertas. Coloquem os dedos para trabalhar! E enquanto as nossas adoráveis telefonistas recebem as suas ligações, vamos dar uma olhada nas estatísticas deste caso. Como vocês, nossos fiéis seguidores, julgam Isaac Paige? Culpado ou inocente por matar seu pai, Jackson Paige, que ajudava tantas instituições de caridade? Um milionário que conseguiu todo o seu capital com o próprio trabalho, que o resgatou de uma vida nos Arranha-Céus e compartilhou sua riqueza, experiência e oportunidades com ele?

O sorriso de Joshua nunca fraqueja e a sua voz sempre fala com encanto, porém, seus olhos estão sem brilho. Ele se aproxima da tela conforme a transmissão da cela vai para o lado direito e duas colunas aparecem à esquerda. Acima de uma delas está a palavra "Culpado"; enquanto a outra diz "Inocente".

JOSHUA: Vamos ver as estatísticas!

Os níveis nas colunas se movem para cima e para baixo, ajustando-se dramaticamente junto com um som forte de tique-taque. Subitamente, os movimentos cessam. A coluna "Culpado" está alta, e a "Inocente" está baixa.

JOSHUA: Bem, olhem só o que temos aqui, não? Parece estar bem claro para mim. Vocês não acham, plateia? Sim, as estatísticas mostram 99% de votos para culpado, 1% para inocente. Diga-me, telespectador número um, qual é a sua opinião a respeito disso?

Sons de estalos ecoam pelo estúdio enquanto Joshua volta para trás da mesa e senta-se em sua banqueta. A câmera se aproxima dele.

JOSHUA: Alô? Temos alguém na linha? Telespectador número um, você está aí?

PRIMEIRA LIGAÇÃO: Alô. Alô?

JOSHUA: Estamos ouvindo, telespectador um. Qual é o seu nome, e o que você gostaria de dizer sobre este caso?

LUTHER: Meu nome é Luther. Eu queria dizer... bem, na verdade, eu queria perguntar uma coisa. Eu perdi o programa da semana passada com Martha na Cela 7, e por isso eu queria ver a gravação, mas quando eu acesso o sistema para assistir, não há nada ali. A tela fica escura, como se o vídeo tivesse sido removido. E também...

JOSHUA (rindo): Luther, acho que você ligou para o número errado! Você precisa falar com o suporte técnico, querido!

A plateia ri com ele.

LUTHER: Não, porque a minha vizinha disse a mesma coisa, e também o dono da loja, e os amigos do meu time de futebol, porque as esposas deles também tentaram usar a função de reprises. Todos disseram que a mesma coisa aconteceu com eles. É impossível encontrar o programa na internet também.

JOSHUA: Luther, se você me permite interrompê-lo...

LUTHER: E alguns amigos meus disseram que Martha estava falando sobre um certo escândalo de corrupção e o que as pessoas haviam feito, mas que isso acabou sendo abafado, e disseram também que alguns crimes bem sérios foram cometidos ali, e...

JOSHUA: Luther, meu querido, parece que você não está muito bem informado sobre a situação. Se estivesse, talvez saberia que essas alegações foram investigadas completamente...

LUTHER: Não, eu ouvi tudo isso, mas não entendo como algo tão sério pode ser investigado completamente em um tempo tão curto. Especialmente quando geralmente o governo leva tanto tempo para...

A ligação fica muda.

JOSHUA: Oh, não acredito. Pelo que parece, perdemos a ligação com Luther. Que pena.

Ele pisca o olho para a tela e toca a orelha.

JOSHUA: Vamos em frente. Temos mais alguém na linha? O telespectador número dois é... Malcolm. Você está aí?

MALCOLM: Alô, sim, estou aqui.

JOSHUA: Obrigado por estar conosco. Diga-nos qual é a sua opinião sobre este caso, Malcolm. Você tem alguma ideia para expor ou algo a dizer sobre Isaac Paige? Novamente nós temos um adolescente no corredor da morte. Isso ilustra um declínio na sociedade como um todo, ou especificamente no caso da comunidade adolescente? Você acha que devemos temer os nossos próprios jovens? Falou-se na mídia sobre a necessidade de estabelecer um toque de recolher para menores de idade. Você tem alguma opinião forte a respeito?

MALCOLM: Eu tenho opiniões corajosas sobre muitas coisas, mas vou dizer algo que você vai achar interessante, Joshua. Algo que, creio eu, todo mundo vai achar interessante. Esse caso sobre Isaac Paige não é tão simples quanto vocês pensam que é. Eu trabalho em um dos maiores jornais do país, e estava na plateia na semana passada, durante a Cela 7 de Martha. Que vergonha foi aquilo! Eu posso dizer que aquilo sobre o qual Luther estava falando, aqueles documentos...

Joshua franze a testa, toca a orelha inconscientemente e agita-se em seu assento.

JOSHUA: Malcolm, eu receio que tenho que interrompê-lo. A discussão sobre investigações da polícia não é permitida aqui.

MALCOLM: Mas você disse que a situação havia sido investigada completamente. Finalizada. Concluída. Portanto... como eu estava dizendo... eu estava lá para registrar o evento e gravei a declaração da vítima de Isaac, onde ele mostrou os documentos. Eu usei a função de zoom para gravar os detalhes e estou dizendo, não eram falsos...

JOSHUA: Malcolm, é meu dever avisá-lo de que fazer alegações contra pessoas publicamente...

MALCOLM: É um crime de calúnia. Sim, eu sei. Mas não quando se trata da verdade. E eu sei que o que vi é verdadeiro. Sei que Albert DeLonzo, o editor-chefe do *National News,* já foi preso por vender drogas, mas acabou sendo solto posteriormente sem que nenhuma acusação formal fosse feita. Sei que a acusação que Penny Drayton sofreu por abuso de crianças foi varrida para baixo do tapete. Sei que inúmeras denúncias de natureza sexual contra o apresentador de TV Jamie Howdinger foram ignoradas pelos investigadores porque alguma pessoa acima deles mandou que o fizessem. Sei que o Inspetor-Detetive Hart só está no seu cargo por causa das pessoas que ele subornou, não por causa da sua aptidão, e sei que tudo isso foi documentado por Jackson Paige para poder usar as informações e se safar de quaisquer crimes que cometesse, e assim continuar com a sua vida privilegiada. E não somente isso, mas também foi mostrado naquela noite, embora seja interessante mencionar que a gravação nunca chegou a ser disponibilizada, um vídeo muito claro em que Jackson aparece, intencionalmente matando...

Novamente a linha fica muda. A estática preenche o ar. Joshua se recosta em sua banqueta e junta os dedos diante do rosto. A plateia está em silêncio.

JOSHUA: Tudo que posso fazer é pedir desculpas por estarmos tendo alguma espécie de problema técnico esta noite, telespectadores. Parece que realmente estamos tendo dificuldades de estabelecer algum tipo de debate no dia de hoje. Mas vamos continuar sem demora. Já temos o telespectador número três na linha? Telespectador três? Qual é o seu nome, por favor, e o que você tem a dizer?

TERCEIRA LIGAÇÃO (voz feminina): Alô, Joshua. Muito obrigada por me atender.

JOSHUA: Por nada. Desculpe, telespectadora número três, eu não peguei o seu nome.

TERCEIRA LIGAÇÃO: Se eu disser o meu nome verdadeiro você vai acabar cortando a ligação, ou a voz na sua orelha fará isso. Eu acho que você é um cara legal, mas essa voz da sua orelha não gosta que digam coisas que façam as pessoas pensarem e questionarem.

JOSHUA: Você está me deixando desconcertado, telespectadora três. Mesmo assim, estou intrigado.

TERCEIRA LIGAÇÃO: Isso é bom. Quantas pessoas estão assistindo, Josh? Qual é o seu índice de audiência?

JOSHUA: Receio não ter acesso a essa informação no momento...

TERCEIRA LIGAÇÃO: O que o homem na sua orelha está dizendo?

Joshua suspira, levanta as sobrancelhas e leva a mão à orelha.

JOSHUA: Ele está dizendo que geralmente temos entre doze e treze milhões de telespectadores, mas o interesse atual do público fez os índices aumentarem. Então, estamos acima da marca dos quinze milhões.

TERCEIRA LIGAÇÃO: É muita gente.

JOSHUA: Todos querendo ouvir o que você tem a dizer.

TERCEIRA LIGAÇÃO: Ok. Quero experimentar uma coisa, mas preciso que as pessoas colaborem. Como se fosse um jogo. Prometo que não será nada ilegal ou grosseiro, está bem? E é relevante para o caso de Isaac. Pode ser?

JOSHUA: Certo, vou concordar. Por enquanto, pelo menos.

TERCEIRA LIGAÇÃO: Ok. Então, todo mundo, e os telespectadores em casa, também, fechem os olhos e pensem na pessoa que vocês mais amam no mundo. Quem é? Sua mãe, seu pai, seu irmão ou irmã. Seu melhor amigo, talvez. Ou o seu marido, sua esposa, companheiro, seja o que for. Imagine que vocês estão com essa pessoa neste momento, e que ela está sentada à sua frente. Vocês estão sorrindo e olhando um para o outro. Vocês estão felizes. Você ama essa pessoa, essa pessoa ama você, e você não consegue imaginar a vida sem ela. Está entendendo?

JOSHUA: Sim. Estou com a pessoa que amo.

A câmera faz uma tomada aberta sobre a plateia, onde as pessoas estão com os olhos fechados. Alguns estão de mãos dadas com a pessoa na cadeira ao lado, outros segurando seus telefones celulares, como se o aparelho fosse a ligação que eles têm com um ente querido.

TERCEIRA LIGAÇÃO: Estão todos bem confortáveis, sentindo-se bem? Bem, agora imagine que alguém chega por trás de você e sussurra que vai matá-lo. Eles colocam uma corda, ou um cinto, ao redor do seu pescoço. Meu Deus, você está com medo. Estou falando sério, você está morrendo de medo. Está pensando: chegou a minha hora, eu vou morrer. Você está completamente em pânico, e ainda está olhando para a pessoa que ama, e essa pessoa ainda está olhando para você. E você sabe que dentro de alguns minutos, ou mesmo de alguns segundos, tudo vai terminar, porque algum maluco vai arrancar o ar de dentro dos seus pulmões, e você está com medo!

Ela faz uma pausa. O estúdio está em silêncio.

TERCEIRA LIGAÇÃO: Você está me acompanhando?

JOSHUA (com a voz baixa): Sim.

A plateia murmura.

TERCEIRA LIGAÇÃO: A pessoa que você ama, e que ama você, é capaz de impedir que isso aconteça. Ele, ela, seja quem for, pode salvar a sua vida, porque tem uma arma. Ela empunha a arma e atira na pessoa que está prestes a matar você.

Ouve-se um suspiro de alívio coletivo.

TERCEIRA LIGAÇÃO: Mas, agora, aquela pessoa que você ama vai ser levada para a cadeia, e ela, ou ele, vai ser executada por salvar a sua vida. Ela tirou uma vida, e assim, como a nossa lei exige, a sua vida deve ser tirada. Mas essa pessoa não agiu devido à violência ou ódio; o ato foi motivado pelo amor. Nosso sistema de justiça não tem espaço para o amor, e eu digo que isso é errado. Foi isso que aconteceu comigo, foi o que aconteceu com Isaac. Ele matou Jackson porque Jackson estava prestes a me matar. Ninguém soube... bem, quase ninguém soube, porque eles removeram as provas, destruíram ou esconderam tudo. Isso é errado.

JOSHUA: Martha, é você?

Há um murmúrio por entre a plateia.

MARTHA: O nosso sistema só enxerga em preto e branco. Precisamos de tons de cinza e precisamos de amor, ou pelo menos de compaixão. Precisamos defender essa ideia e defender uns aos outros. A única maneira pela qual nós vamos conseguir fazer isso é resistindo ao sistema. Isaac é culpado; sim, ele matou um homem. Mas eu imploro a vocês para que percebam tudo que está envolvido aqui, que votem pela sua inocência e que transformem esse ato em um voto contra o sistema, também. Provem que, juntos, nós temos poder, e jun...

Pela terceira vez a ligação fica muda. Novamente, o estúdio está em silêncio.

JOSHUA: Ora, ora! Bem, parece que realmente estamos com problemas técnicos aqui, e eu peço desculpas por isso. Tínhamos vários telespectadores aguardando para discutir este caso fascinante, mas parece que será necessário...

MEMBRO DA PLATEIA (gritando): Façam com que o debate seja público!

JOSHUA: ... continuar com as ligações depois...

MEMBRO DA PLATEIA (gritando): Nós queremos falar!

JOSHUA: ... dessa mensagem do nosso patrocinador. Mas nós recebemos algumas ligações fascinantes, incluindo uma chamada exclusiva da incrível Martha Honeydew. Continuem conosco depois...

Ele para de falar e olha para as pessoas que estão no estúdio. Tira o ponto eletrônico.

JOSHUA: Bem, na verdade, por que não? Veremos essa mensagem mais tarde. Neste momento, vamos tornar o debate público. Senhoras e senhores, por favor, continuem sentados. Eu irei até vocês.

Ele se levanta e vai até a plateia.

JOSHUA: Por favor, levantem as mãos se querem...

O estúdio mergulha na escuridão. A plateia grita e começa a vaiar.

JOSHUA: Mantenham a calma, por favor...

Sua voz é silenciada.

Nas televisões instaladas nas casas, lojas, escritórios e em aparelhos móveis, o link para a transmissão do estúdio é cortado e um vídeo automático começa a ser reproduzido. Um céu azul com nuvens brancas e felpudas. Textos, fotos e informações mergulham em uma das nuvens, e um cadeado surge e se fecha em seu canto.

VOZ DA LOCUTORA: Aqui na Cyber Secure, patrocinadora do *Morte é Justiça*, do *Campainha da Justiça* e principal acionista da Olho por Olho Produções, sua segurança no mundo virtual é levada a sério. Garantimos a guarda de todas as suas informações de acordo com as políticas e os procedimentos de segurança mais rigorosos do mundo...

## MARTHA

— Belo truque — diz Patty, invadindo o quarto. Ela arranca o celular da minha mão, joga-o no chão e destrói o aparelho, pisoteando-o com o salto. — Imagino que o seu amiguinho Stanton foi o responsável por isso? Aquele que se acha tão esperto com a tecnologia?

— Mais esperto do que você — eu respondo.

— Ele é o seu plano B, caso Isaac morra? — um sorriso revoltante se abre naquele rosto estúpido.

— Você é uma vaca — eu digo a ela.

— Sim, e com orgulho.

Eu podia socar aquela cara ridícula até afundá-la. Mas não vou fazer isso.

— Por que você armou isso tudo? As pessoas não vão votar pela inocência dele. Todos viram o que ele fez.

— Seria uma declaração. Um "foda-se" para as autoridades.

— Cuidado com essa boca suja.

Eu mostro o dedo médio para ela.

— Imagino que a culpa não seja sua por ter esses hábitos e essa boca imunda. Tudo aconteceu por causa da sua criação. A culpa é da sua mãe.

— As circunstâncias me ensinaram a xingar — eu digo a ela, calmamente. — Posso culpar o seu marido por isso. Quem se importa, de qualquer maneira? Você, com certeza, não parece se importar muito com Isaac, ou então estaria me agradecendo. Eu realmente não a entendo. Você diz que quer salvá-lo, e depois...

Patty suspira, seus ombros se encolhem e ela revira os olhos como se fosse o estereótipo de uma adolescente. — Eu disse que as coisas não funcionam desse jeito. As pessoas precisam de um bode expiatório para ver que a justiça está sendo feita, ou todo o equilíbrio vai por água abaixo. As pessoas precisam saber quem está no comando e o que vai acontecer se desobedecerem. Fato.

— Você fala muita besteira.

— Você é o meu exemplo vivo.

— Você é uma infeliz, uma vaca desiludida, uma imbecil. E essa é a minha versão educada.

— Quer que eu ligue para as autoridades e diga que você está aqui?

— Faça o que você quiser. Por que você me trouxe até aqui?

— Temos um acordo. Você tem que aprender algumas coisas.

— Ah, é claro. Você quer me transformar em uma terrorista. Isso é uma ótima influência adulta para mim.

— Você dificilmente seria uma terrorista. Não vá encher a cabeça com delírios de grandeza!

— Vou agir de acordo com o seu plano, mas não se as estatísticas diminuírem. Se ficar claro que ele tem votos suficientes para ser libertado, então, eu não farei o que você quer.

— Você realmente está iludida. Sabe quais são as estatísticas? Nunca houve uma votação tão alta e tão consistente. Noventa e nove por cento das pessoas o acham culpado, e estou imaginando que esse um por cento tem algo a ver com você e com todos aqueles celulares que o primeiro-ministro distribuiu. Uma boa jogada da parte dele, deixar que as pessoas pensem que podem fazer a diferença.

— Não vou discutir com você — eu digo a ela, conseguindo, só Deus sabe como, manter a calma. — Ensine-me o que eu tenho que fazer, mas, como eu disse, se parecer que ele será solto...

— Algo que nunca vai acontecer.

— ... então eu vou cair fora do plano.

Ela fecha o rosto, cruza os braços diante do peito e olha para mim. — Você é ingênua e idiota — diz ela.

— Você sempre precisa ter a última palavra, Patty? Quantos anos você tem, de verdade? — eu digo.

Ela dá meia-volta, vai até a porta e depois para no corredor. — Não — diz ela, fechando a porta antes que eu possa responder.

Vaca imatura, eu penso comigo mesma.

## JOSHUA

Joshua está sentado em uma cadeira no meio de uma sala. Está tão escuro que tudo que ele consegue ver são as sombras vagas criadas pelas luzes que vêm das ruas, bem abaixo de onde ele está.

— Onde eu estou? — diz ele para a escuridão.

— No último andar — responde uma voz masculina.

— Por quê?

— Você precisa se lembrar do trabalho que faz e da responsabilidade que tem. Você vem deixando seus sentimentos pessoais interferirem nas suas falas. Isso não pode ser tolerado.

— Mas...

— Existem muitas pessoas que pensam que você está simpatizando com o acusado.

— Não tive culpa pelas ligações de hoje.

— As pessoas que ligaram puderam falar por tempo demais. Você podia ter interrompido.

— Eu não tinha o poder para cortar as ligações. Você tinha.

A sombra do corpo do homem encobre Joshua.

— Espere um pouco... você não é da equipe do *Morte é Justiça* e nem da Olho por Olho Produções, não é?

O homem não responde.

— De onde você é? Do governo?

O homem se move pela sala, e seus sapatos estalam quando ele anda pelo piso. Ele para e, subitamente, a luz de uma tela de TV se acende na escuridão. Joshua se esquiva do clarão e vira o rosto.

— Quer dizer, então, que agora o governo controla o que é permitido mostrar na televisão? E o que as pessoas dizem sobre isso? — murmura ele.

— Ambos estão preocupados com a segurança e o bem-estar da nação e do seu povo — responde o homem, caminhando novamente pela sala. — Observe — diz ele, com a voz vindo por trás de Joshua.

A tela pisca ligeiramente e então uma gravação começa a ser reproduzida.

Joshua está sentado diante da mesa do *Morte é Justiça* com Kristina e Eve. Ele olha para Eve, coloca a mão sobre a dela e diz: "Eu lamento muito". A gravação muda, e mostra quando ele entrega uma caixa de lenços de papel para ela. A imagem muda mais uma vez e ele diz: "Somos todos seus amigos aqui, Eve. Todos nós a apoiamos".

Uma gravação diferente surge na tela; a imagem está mais granulada, de uma rua durante a noite, alguns carros passando, pessoas que andam para um lado ou para outro. Um homem solitário aparece na imagem, vindo do lado direito, e a câmera o segue conforme ele caminha pela calçada. Ela mostra quando ele sobe os degraus de uma enorme casa em estilo eduardiano e mantém o foco quando ele inicialmente revira os bolsos, até que finalmente desiste e pressiona a campainha.

A câmera se aproxima em zoom enquanto ele espera que a porta seja atendida, e lentamente um rosto aparece, formado pelos pixels.

Na sala, Joshua mal se move enquanto observa a porta sendo aberta por outro homem, vendo ele mesmo entrando em sua própria casa. Mas, quando a porta começa a se fechar e a imagem congela, o que aparece na tela é uma imagem dos dois homens se cumprimentando com um beijo. Os olhos de Joshua apontam para cima e ele faz um gesto negativo com a cabeça.

— E daí? — diz ele, olhando para si mesmo e para Pete na tela.

— Eu não me importo com isso — diz o homem que está atrás dele. — Mas muitas pessoas se importam.

— Não sei em que século você acha que estamos vivendo.

— O público gosta de você, mas...

— Não subestime o nosso público. São pessoas que dão apoio, gente racional, de cabeça aberta...

— Mas... há muitas pessoas preconceituosas lá fora. Preconceituosas, influentes e com muito poder nas mãos.

— Você está me ameaçando?

Ele não responde.

A imagem na tela muda outra vez. Um ângulo diferente de uma câmera, apontada de cima para baixo, mostrando o frontão do Old Bailey. Uma multidão enorme está gritando palavras de ordem, vaiando e tentando invadir o lugar. A câmera passa de rosto em rosto, parando brevemente diante de cada um como se estivesse tirando uma fotografia.

Subitamente, o ruído fica mais alto e o foco da câmera muda. Saindo do Old Bailey está Joshua, guiando gentilmente a Senhora B. A câmera para em cada um deles individualmente por um momento, e depois os segue em meio à multidão. Seus rostos se perdem conforme ela focaliza as outras pessoas nas proximidades, aquelas que estão segurando cartazes ou gritando, ou nas pessoas que estão erguendo os punhos contra o ar.

Vistos do alto, a multidão se move como uma revoada de passáros, primeiro para um lado e depois para outro; em seguida, sem qualquer aviso, ela se abre, e um círculo vazio se forma, com exceção de uma única figura no meio. A Senhora B., deitada no chão, com o sangue escorrendo da barriga e formando poças e pequenas cascatas no piso.

Alguém se aproxima correndo e a câmera se aproxima em zoom, detendo-se nessa pessoa: Martha. Quando se afasta, é possível ver que Joshua vem correndo na direção delas.

Na sala, Joshua não se move. Apenas escuta conforme o som estala e a gravação da sua voz corta o ar. "Martha! Levante-se agora e corra".

A imagem congela, mostrando os dois e o corpo da Senhora B.

— Uma estranha aliança se formou ali — diz o homem. — Por que você disse a ela para correr?

Joshua não responde.

— Você sabe que ela é procurada pelas autoridades.

— Sim.

— E é seu dever como cidadão, a sua responsabilidade pela segurança dos seus pares, informar a polícia sobre o paradeiro da garota.

— Explique-me o motivo para ela ser procurada pelas autoridades — diz Joshua.

— Ela representa um grande perigo para a ordem e a segurança do nosso país.

— E se eu discordar?

— Isso é irrelevante. Você a ajudou de alguma outra maneira?

Joshua faz um gesto negativo com a cabeça. — Não.

Diante deles, a imagem na tela muda para uma imagem de satélite de Londres. Atrás de si, Joshua ouve o homem apertar os botões em algum tipo de aparelho e dois pontos vermelhos aparecem na tela. A imagem se aproxima em zoom, entra em foco, é ampliada novamente em zoom, até ficar firme sobre um endereço: a casa de Joshua. Quando a gravação passa a mostrar o nível da rua, dois nomes aparecem ao lado dos pontos vermelhos.

Martha Honeydew.

Joshua Decker.

— Como...? O quê? Eu não...

— Você a convidou para ir até a sua casa?

— Não!

O ponto de Martha atravessa a rua enquanto o de Joshua entra na casa. Alguns segundos depois o ponto de Martha muda outra vez, subindo os degraus da casa antes de parar e descer rumo às janelas da cozinha, instalada no porão.

— Eu não sabia que ela estava lá! — diz Joshua.

— Você gosta do seu emprego, sr. Decker? Gosta de ter um emprego?

— Sim — diz ele. — E eu não sabia...

— Você gosta da sua casa, certo? E da sua vida confortável com o seu companheiro?

— É claro que gosto.

— Então eu sugiro que decida sobre suas atitudes com cuidado.

Joshua olha fixamente para a tela.

— Porque essa é a única vez que você será avisado.

Os sapatos do homem se afastam, estalando novamente pela sala. A porta se abre, mas nenhuma luz entra na sala, e quando se fecha de novo, Joshua suspira longamente, recosta-se em sua cadeira e faz um gesto negativo com a cabeça.

## MARTHA

— É realmente bem simples — diz Patty.

— Tão simples que, se eu errar o procedimento, provavelmente vou acabar me matando.

— Você precisa ser tão esquisita?

Eu olho para ela. Tenho vontade de dizer algo do tipo, *Você precisa ser tão corrupta ou tão detestável, ou tão má?*

— Você mesma poderia fazer isso — eu digo a ela.

Ela estala a língua e não responde.

— Só quero ter certeza de que entendi direito — eu digo. — Não quero acabar matando nós duas. Ou alguma outra pessoa.

Patty simplesmente se afasta. Aquela mulher me irrita. Se houvesse outra maneira de tirar Isaac de lá, eu certamente não iria nem considerar toda essa bobagem, mas... bem, é o que me resta.

Eu volto a olhar para o homem que está sentado ao meu lado na garagem de Patty. Um cara magricela com uma longa cabeleira cacheada e óculos. Talvez ele se parecesse com uma espécie de cientista maluco se fosse mais velho.

— Você teria que literalmente estar sentada em cima disso para que o artefato a mate — diz ele.

— Como eu sei que posso confiar em você? — eu pergunto a ele.

— Confiar em mim? — ele passa os dedos pelos cabelos; fico imaginando ratos ali dentro. — Você tem alguma outra escolha? — Ele sorri, de um jeito esquisito; talvez eu seja o experimento científico dele.

— É muito fácil — diz ele. — E desde que você siga as instruções, nada pode dar errado.

— E se eu acabar me explodindo?

— O que foi que eu disse há um minuto? — Os olhos dele nadam por trás dos óculos.

— Err...

— Você teria que literalmente...

— Ah, sim, desculpe. Entendi.

Ele fala por uma eternidade sobre o que há na bolsa, onde colocá-la e uma infinidade de outras coisas, e o meu cérebro deixa de acompanhar após algum tempo. Tudo que faço é assentir e concordar.

— Alguma pergunta? — conclui ele.

Eu simplesmente fico olhando para ele.

— Mas e se ele estiver exatamente do outro lado da parede onde eu colocar isso aqui?

Ele cruza os braços diante do peito e suas sobrancelhas se erguem enquanto me encara. Tenho a sensação de que ele já falou sobre isso em algum momento, quando eu não estava realmente prestando atenção.

— De acordo com as plantas que eu recebi, o ponto da explosão, o ralo ao lado da parede, fica em uma posição onde ele tem uma probabilidade muito baixa de estar, seja sentado ou em pé.

Eu fecho os olhos, esfrego as pontas dos dedos pelos cabelos ralos que coçam na minha cabeça, tentando me lembrar... pensar...

Seria na Cela 7. Ela é maior do que as outras. Pelo que eu me lembro, o ponto fica do outro lado, longe da porta.

Será que eu cheguei a me sentar ali? Ou que andei até ali?

Não consigo me lembrar. Não consigo pensar.

— E as pessoas que estiverem no auditório? E se...?

— Lembre-se do que eu disse. Vai ser apenas uma explosão relativamente pequena. O risco de que alguém se machuque é praticamente zero. Você teria que literalmente estar...

Eu confirmo com um aceno de cabeça outra vez.

— Ok — diz ele. — Repasse o que você vai fazer.

Eu me agito nervosamente na cadeira. — Isso é parecido com as aulas da escola — eu resmungo.

— Você explodia coisas na escola?

— Hmmm...

— Ande logo com isso.

Eu fecho os olhos, visualizando a rota. — Vou pular por cima do muro, no mesmo lugar de antes, ficar rente ao prédio e andar até chegar onde fica a Cela 7. Vou conseguir fazer isso. Junto à parede há uma moita, e ao lado da moita verei a grade de um ralo. Eu removo a grade e enfio a mochila no buraco. Depois, volto até a cerca com as grades...

— Não. Se você voltar para a cerca com as grades, talvez não vai conseguir ajudá-lo.

— Sim, sim, desculpe. Volto até onde conseguir, ficando nas sombras, depois apertarei o botão do detonador, que é o celular...

Quando digo isso, eu ergo o aparelho.

— E depois?

— E depois, assim que a explosão acontecer, eu volto correndo até lá, tiro Isaac dali pelo buraco que a explosão deixou e pularemos a cerca no mesmo lugar por onde eu saí dali antes, perto das lixeiras.

— E depois?

Eu suspiro. — E depois, você vai estar esperando na esquina, nos pegará com o carro e nos levará para algum lugar, que você decidir que seja seguro.

Ele faz um sinal de aprovação com os dois polegares, e seus olhos se estreitam quando abre aquele sorriso esquisito de novo.

Eu imito a expressão de volta para ele. — O que poderia dar errado? — eu digo, com ironia.

Patty volta para a garagem. — Nada vai dar errado — diz ela.

Com aquelas palavras de Patty, eu repentinamente me sinto muito, muito assustada mesmo.

## ISAAC

As imagens pararam. E os guardas foram embora. Eu contei: três pares de botas, marchando um de cada vez pelo corredor. Três vezes a porta principal se abriu e três vezes ela se fechou.

Agora não há mais pés, nem chaves, nem assobios. O sol se pôs, em silêncio, e ninguém acendeu as luzes.

Mas, em suas casas, nas TVs ou computadores, as pessoas ainda estão assistindo, e eles veem esta cela melhor do que eu. Com uma imagem esverdeada de visão noturna.

Mas e você, Martha, está aí me assistindo? Será que você consegue me ver? O que você está fazendo neste momento? Como foi o seu dia?

Eu queria que você pudesse me contar. Quero ouvir que a população está prestando atenção, que eles finalmente sabem sobre a injustiça e a corrupção. Quero que você me conte do choque e do horror que eles sentiram quando descobriram o que as pessoas que estão no poder, e que tem o poder sobre nós, fizeram para mantê-lo. Quero saber se os jornais publicaram essas histórias porque era o seu dever fazê-lo, e se o noticiário da televisão transmitiu tudo com destaque para que todos os lares fossem alcançados.

Quero ver o seu sorriso, Martha, quando você me disser que aquilo pelo qual lutamos juntos está começando a acontecer. Lentamente, talvez, mas todos os crimes cometidos pelo Inspetor-Detetive Hart, Albert DeLonzo e outros de sua laia vão chegar ao conhecimento do público, e depois todos aqueles que abusaram dos seus cargos vão cair como dominós, somente as pessoas que se distanciaram da corrupção continuarão em pé.

Nesta escuridão eu posso imaginar você altiva e imponente, explicando ao público que está escutando agora; o senso de orgulho que eu tenho por você me afasta do horror deste lugar e me faz lembrar que ainda há esperança.

Aceito que será tarde demais para mim, mas Martha, à sua frente, agora há uma boa vida que se desdobra, com muitas possibilidades para o seu futuro.

Fico me perguntando o que você vai fazer. Vai voltar para a escola, e de lá para a universidade, talvez? Estudar para seguir qual carreira? É uma das coisas que fico me perguntando. Depois de tudo isso, talvez você se torne advogada e lute pelos direitos dos outros. Sim, eu consigo ver você fazendo isso. Você seria ótima nessa carreira.

Na escuridão, eu ainda a vejo: mais velha, mais sábia, em pé, diante de uma corte de justiça cheia de pessoas. Sim, o sistema jurídico voltou, porque você, e também outras pessoas, lutaram por isso e venceram. Você argumenta bem. Você tem paixão, mas é tranquila. Você é respeitada; as pessoas conhecem o seu passado e as dificuldades contra as quais você lutou para chegar ao sucesso.

Imagino você ali, avaliando as alegações de uma testemunha, ou questionando um acusado. Suas mãos se juntam e os seus dedos se tocam. Na minha imaginação, eu vejo um anel brilhar no seu dedo; cinco pequenos elos entrelaçados. O anel com o quebra-cabeça da minha mãe, porque você solucionou o enigma.

"É difícil no começo", eu escrevi para você naquela carta, "mas persevere". E escrevi que você havia iluminado a minha vida e que era hora de iluminar as vidas das outras pessoas também.

Você perseverou. E eu sei, mesmo nas profundezas desta cela, que você vai trazer a luz para as vidas das outras pessoas. Eu sei que você vai pensar sobre esta época e se lembrar de que eu a amei. Embora tudo isso aconteça depois que eu morrer.

# DIA 6

# MARTHA

Não consegui dormir ontem à noite. A casa de Patty é quente demais. Não estou acostumada com isso. Eu abri a janela, deixei o vento e a chuva invadirem o quarto; isso fez com que eu me sentisse viva.

Depois, peguei algumas das roupas de Isaac que estavam no guarda-roupa — uma calça de moletom, uma camiseta e um blusão com capuz — e me enrolei nelas, debrucei sobre o beiral da janela, com as luzes apagadas, e fiquei observando a região central da cidade.

Um lugar insano e fodido, cheio de gente insana e fodida.

Sabe qual é a sensação? Sabe quando você está na escola e vê um bando de alunos abusando de um garoto que está sozinho, e você se aproxima para pedir a eles que parem com aquele bullying, esperando que eles simplesmente se afastem, mas mesmo assim eles não fazem isso? Eles simplesmente deixam aquela pessoa ir e começam a abusar de você. Você tenta dizer a eles que essa briga não é sua, mas eles não escutam, ou não estão interessados, e quando você se dá conta, eles sempre estão vindo atrás de você, o tempo todo, e você simplesmente não consegue escapar? É exatamente assim. A diferença é que eu acabei arrastando todo mundo para a mesma situação.

Eu só queria poder ir para casa. Passar pela porta, largar a mochila no chão e me sentar à mesa da cozinha. Minha mãe me faria um chocolate quente e perguntaria sobre o meu dia. Eu diria a ela que detesto matemática e ela me passaria um biscoito. Depois, eu diria a ela que a velha sra. Seaton peidou enquanto estava escrevendo na lousa, e nós duas iríamos rir juntas.

Ela não teve tempo para cozinhar porque havia passado o dia inteiro no trabalho, então enquanto ela fritaria algumas salsichas e ovos, eu correria até um quiosque que vende peixe com batatas fritas, e veria Ollie ali. Reclamaria sobre a aula de matemática e ele diria que eu nunca vou precisar usar isso depois que sair da escola, e que não devia me preocupar. Ele me abraçaria como se eu fosse sua irmã mais nova, e, quando estivéssemos subindo as escadas de volta para o apartamento, a Senhora B. colocaria a cabeça para fora da porta e me daria um pedaço do seu bolo de mel, e eu o traria para a hora do chá.

Nós não tínhamos muita coisa naquela época, mas, felizmente, tínhamos uns aos outros.

A vida é como um castelo de cartas, às vezes, não é mesmo? Derrube uma por acidente e toda a estrutura desmorona sobre você. Neste momento, o que resta dela está se equilibrando sobre a minha cabeça, e balançando de um lado para o outro.

Ouço alguém bater na porta. Viro-me para trás e Patty, vestida com uma roupa cor-de-rosa ridícula, entra no quarto.

— Por que a janela está aberta? Estamos em novembro! Estou pagando pelo calor que está saindo por aí, sabia?

Não pretendo perder tempo discutindo com ela, sento-me na cama enquanto ela fecha as janelas e aumenta a potência do aquecedor. Quando Patty volta a ficar de frente para mim, ela me olha da cabeça aos pés, e eu tenho a sensação de que devia dizer alguma coisa por estar vestindo as roupas de Isaac, mas, no final das contas, a minha atitude de "foda-se" acaba vencendo a minha sensação de "desculpe-me".

— Hoje é o funeral de Lydia Barkova — diz ela, como se estivesse comentando sobre alguma trivialidade.

— Onde vai ser? — eu pergunto.

— Você não pode ir até lá — diz ela.

— Eu perguntei onde vai ser, não se eu poderia ir — eu respondo, tentando não levantar a voz.

— Como eu vou saber? — diz ela, indignada. — Em algum lugar horrível na parte norte dos Arranha-Céus. Em algum crematório.

— Não — eu digo. — Ela não queria ser cremada. Queria ser enterrada. Foi o que ela me disse. Há um jazigo ao lado de onde o seu marido e Ollie estão enterrados. É lá que ela queria ficar.

Ela dá de ombros. — Ei, não mate a mensageira. Ela está morta, de qualquer maneira. Não vai saber o que aconteceu.

Que vaca idiota e insensível. Eu pisco os olhos. Não vou chorar.

— Vou me certificar de que joguem o seu corpo no depósito de lixo da cidade quando você morrer — eu murmuro. — Você vai poder servir como comida de urubu por alguns dias. — Eu a olho da cabeça aos pés. Lentamente, de propósito. — Ou por algumas semanas. Ou meses — eu digo, e não consigo evitar um sorriso.

Eu abro novamente o guarda-roupas de Isaac e tiro dali uma jaqueta escura com capuz.

— Onde você acha que vai?

— Vou sair — eu digo a ela.

— Você não pode fazer isso. E se você for vista? O nosso plano...

Eu saio do quarto.

— Você vai ser pega! — ela grita atrás de mim.

Vou correr esse risco.

## OS ARRANHA-CÉUS

Eve liga a seta, encosta o carro na calçada diante da Galeria e desliga o motor. No banco do passageiro, ao seu lado, Cícero suspira e observa pelo para-brisa as homenagens deixadas para Jackson Paige. Até pouco tempo atrás estavam exuberantes e cobriam todo o cinza das calçadas;

agora, suas cores haviam desaparecido, e pétalas mortas ou murchas se soltaram dos arranjos, sendo arrastadas para as sarjetas pelo vento forte, pela chuva ou deixadas no caminho até se transformarem em matéria apodrecida e malcheirosa.

Max, sentado no banco traseiro, inclina o corpo para se aproximar.

— O que vai acontecer com isso tudo? — pergunta ele.

— Não tenho certeza — responde Eve. — Acho que as pessoas geralmente as levam para a sepultura dele, ou pelo menos removem as flores mortas.

— A verdadeira marca de um homem — diz Max, repetindo as palavras do programa *Morte é Justiça* — é o que pensam a seu respeito quando ele morre.

Cícero continuava olhando fixamente para as flores no caminho.

— Apodrecidas — responde ele.

Eve sai do carro e os outros a seguem. O vento os castiga, e ela tira uma touca de lã da bolsa e a coloca na cabeça, enfiando as mãos nos bolsos em seguida. Max passa o braço por entre o dela.

Quando eles viram a esquina, o dono da loja sai do interior de seu estabelecimento e Eve se vira para observá-lo enquanto ele tranca as portas e fecha as janelas.

Um pouco mais adiante, eles atravessam o parque. É possível ver que não há ninguém sentado no banco, nem nos balanços, e também não há ninguém encostado nas lixeiras; somente duas silhuetas ao longe, caminhando na direção da rua que fica mais à direita.

As lembranças de haver estado ali antes passam pela cabeça de Eve: ver Gus, lembrar-se dele; ir visitar a Senhora B. As fotos em sua parede, os bibelôs da sua vida, tudo que seria tirado dali e levado para algum bazar de caridade ou simplismente jogado fora.

— Você está bem? — Max pergunta.

Ela faz que sim com a cabeça, mas ele sabe que não é verdade.

Finalmente eles entram na rua próxima ao crematório. Uma multidão de pessoas anda de um lado para o outro, vestidas com ternos e gravatas, ou com sobretudos elegantes, ou capas de chuva ao redor do corpo. Homens bem barbeados e com os cabelos perfeitos, mulheres maquiadas e com as unhas feitas. Alguns conversam ao celular, outros fazem anotações em blocos de papel. Uns poucos simplesmente esperam.

— Há muita gente aqui — diz Eve a Max e Cícero.

Cícero olha ao redor, de maneira lenta e cuidadosa, avaliando toda a situação ao redor.

— Essas pessoas não são dos Arranha-Céus — sussurra Max.

As portas traseiras de um furgão que está nas proximidades se abrem e um homem com uma câmera de vídeo sai do veículo.

— Não — diz Cícero. — São da imprensa.

— É muita imprensa — observa Max.

Cícero concorda. — Espero que Martha não apareça por aqui.

A multidão ao redor deles se vira e as câmeras seguem as pessoas, olhando para um ponto ao longe conforme o silêncio cai sobre o grupo e o ar parece começar a arder.

Max, Eve e Cícero se entreolham, com os rostos congelados e, em seguida, olham na direção para a qual as câmeras estão apontadas.

Rebanhos enormes de pessoas estão vindo na direção delas, silenciosamente, movendo-se lentamente pela grama baixa, os rostos erguidos, mas solenes.

— Aquelas são as pessoas dos Arranha-Céus — sussurra Cícero.

Elas avançam com paz e tranquilidade. Alguns estão em grupos, alguns sozinhos, alguns com o queixo erguidos e o peito estufado, outros com lenços de papel nos narizes e olhos vermelhos. Dignos.

Uma nuvem de roupas escuras que avança como uma entidade única. Formada na dor, unida no luto, agrupados pelo respeito.

A imprensa, os jornalistas, as câmeras e os turistas do luto se abrem como o Mar Vermelho para eles, e, conforme o caixão da Senhora B., flanqueado por amigos e vizinhos, fica visível, cabeças são baixadas e mãos são colocadas sobre os corações.

Cícero segura na mão de Eve e a aperta. Com Max ao seu lado e ignorando as câmeras apontadas, eles observam e esperam conforme o caixão se aproxima lentamente do lugar onde estão.

## MARTHA

É bom poder estar de volta. Em um lugar ao qual eu pertenço, onde as pessoas me conhecem, me reconhecem. Onde elas me entendem.

Eu fico com a cabeça baixa, mesmo assim. Não posso confiar em todo mundo. Ainda há alguns que pensam na possibilidade de conseguir uma recompensa se ligarem para aquele número e chamarem alguém para vir me prender. Mas eu entendo; é uma quantia alta, capaz de transformar uma vida. Pode pagar o seu aluguel ou a hipoteca, liquidar as dívidas, bancar férias de verdade, ou até mesmo mandar um filho para a universidade, dar uma chance de lutar para ter alguma espécie de futuro.

É preciso fazer um esforço muito grande para recusar algo que está sendo oferecido de mãos abertas para que você pegue, simplesmente em troca de apontar o dedo para uma certa direção.

Pense na comida que você vai poder comprar. Pense que você finalmente vai poder dizer àquele chefe que trata você como merda há anos que ele pode ir para o inferno.

Um extrato bancário que não chega impresso em vermelho. Ou poder deixar o aquecedor ligado durante todo o inverno. Coisa poderosa, o dinheiro. Não é verdade?

Sim, é bom estar de volta, mas eu gostaria que fosse por motivos melhores. Gostaria de poder ficar, também. Estou caminhando com um grupo deles, ao lado do caixão. Eu queria estar no lugar de uma das pessoas que estão levando o caixão, mas isso atrairia atenção demais, então, eu fico entre eles, com a mão direita tocando na madeira e permaneço com a cabeça baixa.

Oh, Senhora B...

Os sapatos diante de mim pertencem a Sam. Os bicos estão gastos e arranhados, mas parece que ele os cobriu com uma caneta hidrocor preta. Caneta hidrocor preta, a mesma com a qual ele fez um monte de desenhos nas mãos de Ollie quando os dois estavam na escola primária, e a Senhora B. ficou possessa porque um dos desenhos parecia com um pênis e não desaparecia de maneira alguma. E depois ela pediu desculpas por tê-lo feito chorar.

Atrás de mim está Asa. Eu consigo ouvi-lo fungar, com a respiração arrastada conforme ele inspira e expira. Não tem irmãos nem irmãs, nenhum amigo de verdade. Um jogador de futebol bastante entusiasmado, embora não tenha o menor talento para isso. Consigo ouvir a voz dele agora. "Hoje tem jogo, cara", ele gritava para Ollie, mesmo quando estava chovendo muito. Ollie era gentil demais para dizer não, mas só Deus sabe a bronca que ele iria levar da Senhora B. quando voltasse para casa todo encharcado. Ele nunca contou o porquê. Simplesmente dava de ombros como se ninguém tivesse culpa por aquilo, exceto Deus, por fazer chover.

Do outro lado do caixão, aquele senhor idoso, o cavalheiro amigo da Senhora B., como ela o chamava. Sr. Stanley. Eu nunca consegui descobrir se Stanley era o seu nome ou o sobrenome. Cheguei a brincar com ela a respeito, certa vez. — Ele é amigo, só isso — disse ela, e eu a vi olhando para a foto do marido, já falecido há muito tempo, e resolvi não dizer mais nada.

Olho de lado para ver o rosto dele. Está com a cabeça erguida, o peito estufado, e lágrimas estão rolando pelas bochechas. Ele não as esconde; mostra o seu luto e a dor para todo mundo.

*Eu sinto muito,* eu penso, mas gostaria de poder dizer. *Sinto muito, sinto muito, sinto muito.*

A madeira bate contra a minha mão outra vez e eu penso no fato de que a Senhora B. está dentro dessa caixa, mas não parece ser real. Não consigo imaginar o corpo dela ali. Não consigo imaginar a Senhora

B. não estando mais aqui. Não atendendo à porta com algum avental horrível que ela comprou no mercado, não ouvindo a "batida secreta" em minha porta para dizer que o chá estava pronto, nem aquele cheiro do seu bolo de mel, nem a única coisa de ruim que havia na comida que ela preparava: aquele molho terrível que fazia a boca arder e que virava uma espécie de gelatina se você o deixasse no prato.

Não... estando... em nenhum outro lugar. Não... Simplesmente não. Simplesmente estando morta. Mortes, funerais e dores demais.

Tudo fica borrado diante dos meus olhos e eu inspiro o ar profundamente, tentando não chorar, e pisco para olhar para a pessoa que está na parte da frente do caixão, mas não consigo saber quem é ao olhá-lo por trás. Alguém em meio à multidão, à esquerda dele, atrai a minha atenção, e eu olho rapidamente em sua direção.

Eve. Ela está olhando diretamente para mim.

Meu estômago se revira, sinto vontade de correr até lá e colocar os braços ao redor dela. Quero que ela me abrace e cuide de mim, como fez na semana passada. Estou cansada demais de ter que ser forte, cansada de estar sozinha.

Ela me cumprimenta com um aceno de cabeça e eu retribuo o gesto, mais com os olhos do que com a cabeça, e continuo a observá-la conforme nos aproximamos, chegando a ficar ao lado dela quando me aproximo das portas do crematório. Paramos enquanto alguém mais a frente está desobstruindo o caminho ou abrindo as portas ou fazendo alguma coisa do tipo.

Alguém toca a minha mão e eu me assusto. É Eve.

— Não se vire — sussurra ela ao meu ouvido. — As autoridades e a imprensa estão por todo lugar.

Eu baixo a cabeça. As pessoas à minha volta são muito mais altas e eu posso me esconder entre elas.

— Eu sinto muito pela Senhora B. — diz ela.

Não consigo responder. *Fique firme,* eu penso. Estou tremendo, meu corpo todo vibra e as lágrimas estão rolando sem controle.

— Oh, minha pobre menina — diz ela, e aperta a minha mão com força. — Eu queria poder consertar tudo isso para você...

A multidão avança novamente e eu sou levada com eles. Ela tropeça enquanto tenta me acompanhar, tentando abrir caminho à força por entre as pessoas.

— Venha conversar comigo depois — sussurra ela.

Eu rapidamente enxugo o rosto e a encaro com um olhar sério. — Onde?

Mas a multidão me arrasta para frente, me engolindo, e ela se perde.

Volto a baixar a cabeça e continuo andando em frente. Os degraus de concreto do crematório aparecem e eu vejo os meus próprios pés subirem por eles, e me lembro de antes.

Minha mãe. E agora a Senhora B. Quem vai ser o próximo? Isaac.

Eu toco o anel com o enigma que ainda não consegui solucionar, pendurado ao redor do meu pescoço pela corrente.

A capela está cheia. Todos os assentos foram tomados. Há pessoas em pé nos corredores. E mais uma boa quantidade no fundo, onde eu estou, escondida entre corpos que se importam comigo, embora para eles eu seja quase uma estranha, um nome que eles conhecem. Eles assistiram quando eu quase morri, me viram quando eu estava mais fraca. Sinto-me nua diante deles, como se eles soubessem tudo a meu respeito sem que me conheçam pessoalmente.

*Você é a esperança dessa gente,* diz aquela voz na minha cabeça. *Eles conhecem a verdade, eles votaram pela sua inocência. Gastaram seu dinheiro com você, alguém a quem não conheciam, mas que confiavam que ia fazer a coisa certa. Você deve isso a eles.*

Devo à minha mãe, penso comigo mesma, e também a Ollie e à Senhora B. E devo a Eve por se importar comigo, a Cícero por defender suas opiniões publicamente e a Max por me ajudar. E a Isaac. A Isaac por... por... tudo. Como eu consegui ficar em dívida com tanta gente?

Olho para o caixão e não consigo evitar imaginar a Senhora B. ali dentro, e, como um soco no peito, o ar me escapa.

Quero fugir, deixar tudo para trás, esquecer de tudo. Muita dor. Muitas lembranças. Não consigo enxergar em meio às lágrimas.

— Ei — diz uma voz por entre os dentes na minha orelha.

Lentamente, eu me viro em sua direção. Uma garota está ao meu lado.

— Você tem que ir lá para fora comigo — sussurra ela.

Eu a olho nos olhos. — O quê?

— As autoridades estão prestes a chegar aqui e vão verificar a identidade de todo mundo. Você precisa sair daqui agora. Vamos!

Ela me puxa pelo braço.

— Quem é você?

— Eu estava na sua turma de francês no ano passado. Vamos logo — implora ela. — Rápido!

— Mas...

— É para o seu próprio bem. Você tem que ir!

Eu volto a olhar para o caixão. — Não posso...

— Você tem que ir. A Sra. Barkova não iria querer que você fosse presa, não é? Venha, eu vou ajudar. Vamos. Antes que eles transformem tudo isso em um circo.

Ela me puxa. *Ela tem razão,* eu penso. Não posso deixar que o funeral da Senhora B. se transforme em uma caça às bruxas por minha causa. Este é o momento dela. Engula o orgulho, Martha, e saia daqui.

Eu a sigo, abrindo caminho por entre as pessoas com a cabeça baixa, pisando em pés e esbarrando nas pessoas. Meu Deus, isso parece ser muito desrespeitoso.

Ela abre a porta discretamente e eu tenho que proteger os olhos, o sol está forte demais depois de eu estar ali dentro. A porta se fecha atrás de mim e ela me arrasta para alguns passos de distância do prédio.

E, então, ela me solta. Eu pisco os olhos por causa da luz outra vez.

— Ela está aqui! — a voz da garota rasga o ar.

Eu me esquivo um pouco, sentindo o estômago se revirar.

*O que foi que ela disse?*

— Eu quero a recompensa por encontrar Martha Honeydew! — grita ela. — Ela está aqui!

*Merda.*

— O quê? — eu sibilo para ela. — Quem é você? Por que você...? — Eu aperto os olhos sob a luz do sol para observá-la; a sua jaqueta de grife, os apliques no cabelo, as unhas falsas. — Você não é...

Ela sorri, com os dentes tão brancos que eu tenho a impressão de que eles podem me ofuscar.

Ela disse aula de francês; eu não ia às aulas de francês desde o sétimo ano. Ela disse Sra. Barkova; ninguém a chamava assim. Essa garota não é dos Arranha-Céus; ela veio até aqui da região central da cidade ou das Avenidas, apostando que eu estaria aqui e ela iria me encontrar.

— Sua cachorra! — eu digo. — Como você se atreve a me tirar do funeral da minha amiga? Como você ousa ser tão egoísta?

Estou possessa; incrivelmente, completamente, indescritivelmente furiosa. Quero arrebentar aquele rosto ignorante. Como ela se atreve?

— Eu quero a recompensa! — ela grita outra vez, e tenta segurar o meu braço.

— Em um funeral! — eu grito para ela, desvencilhando-me dos braços dela. — Sua vadia dos infernos!

Eu ouço a porta do crematório se abrindo e fechando em seguida com uma batida.

— Martha. — É Eve desta vez. — Você tem que ir — diz ela.

Eu olho para a direção na qual ela está apontando, pisco os olhos para afastar as lágrimas e consigo ver as autoridades vindo em minha direção, os jornalistas os seguindo com as câmeras apoiadas sobre os seus ombros.

Desculpe-me, Senhora B., por ter trazido tudo isso até você. Eu causei muita dor, quando tudo que você queria era ajudar a mim e à minha mãe, e agora eu não posso nem mesmo ficar no seu funeral em paz. Desculpe-me.

— Martha! — Eve desce os degraus, correndo em minha direção.

— Eu sei — eu murmuro. — Eu sei.

Mas não posso ir embora sem fazer uma coisa antes. Eu avanço sobre aquela vaca arrogante com o sorriso torto, dentes brancos e unhas feitas, esfregando as mãos na expectativa do dinheiro da recompensa. Fico diante dela e cuspo naquela cara estúpida.

— Eles não vão me pegar — digo a ela por entre os dentes. — Você não vai receber o dinheiro. — Dou meia-volta e saio correndo.

## 18H30 - MORTE É JUSTIÇA

A música de abertura do programa ecoa por todo o estúdio e as luzes giram e dançam. A câmera passa sobre a plateia que aplaude antes de focalizar Joshua, discreto. Com uma calça xadrez marrom, um colete abotoado, uma camisa azul-escura e gravata, ele já está sentado do lado esquerdo da mesa. Na tela grande à direita, o logotipo do olho pisca e se move continuamente, como se estivesse observando todo o interior do estúdio.

O volume da música diminui.

JOSHUA: Olá, senhoras e senhores, e sejam bem-vindos mais uma vez ao principal programa da Olho Por Olho Produções. Temos uma programação esplêndida de entretenimento para vocês nesta noite, com algumas notícias extraordinárias que vão deixar todos de queixo caído!

A plateia faz ruídos, fingindo estar assustada; Joshua ri gentilmente.

JOSHUA: Teremos atualizações sobre cada um dos nossos quatro prisioneiros no corredor da morte, e traremos todos os detalhes mais suculentos sobre a nossa detenta recém-chegada à Cela 1, um caso bem intrigante. Sim, senhoras e senhores, na Cela 1 nós temos a sra. Georgina Parsons, uma mulher de 87 anos, acusada de sufocar o marido.

Ele faz uma pausa e uma arfada súbita é ouvida por todo o estúdio. A câmera se aproxima dele em zoom.

JOSHUA (com a voz baixa): O marido que era doente em estado terminal. Um dilema moral? Ou um caso claro de culpa? E isso tem realmente importância? Vamos discutir isso mais tarde, mas primeiro...

A câmera se afasta.

JOSHUA: Senhoras e senhores, digam-me. O que vocês mais gostariam de ver no programa de hoje?

A câmera passa por sobre a plateia conforme as luzes que estão sobre aquela parte do estúdio ficam mais fortes.

MEMBRO DA PLATEIA 1: Execução!

MEMBRO DA PLATEIA 2: Martha de volta!

MEMBRO DA PLATEIA 3: Isaac Paige sofrendo!

JOSHUA: Quase isso, senhoras e senhores, mas vocês ainda não acertaram.

Ele se levanta atrás da mesa e vai até a tela.

JOSHUA: Na noite de hoje, para o seu entretenimento, nós não somente iremos ao vivo até a Cela 6 ver o nosso prisioneiro assassino do pai, o simpatizante dos Arranha-Céus, o amante de Martha Honeydew, Isaac Paige. Mas vamos conversar com ele, ao vivo.

Ele aponta para a câmera.

JOSHUA: E vocês também, sim, vocês, telespectadores em casa, têm uma oportunidade exclusiva de tentar conversar diretamente com o nosso prisioneiro. Por apenas 59,99 libras, vocês podem entrar na nossa competição para serem uma das três únicas pessoas que poderão conversar e questionar o nosso criminoso que está enfrentando a morte. E como fazer para conquistar esse privilégio, vocês perguntam? Bem, é fácil. É só ligar para o número 0909 87 97 76 e gravar a pergunta que você gostaria de fazer no nosso sistema automático. Outra maneira de participar é acessar www.olhoporolhoproducoes.com, pagar a taxa e fazer a sua pergunta on-line.

Ele para por um instante e afasta-se para o lado. À direita do palco, a tela muda: o logotipo do olho se desloca para o canto conforme a transmissão ao vivo de Isaac na Cela 6, sentado no colchão colocado sobre o piso, enche a porção central. As informações para os votos correm pela parte inferior da tela.

JOSHUA: Vamos selecionar as perguntas mais originais, as mais inquisitivas e as mais desafiadoras, então, coloquem a cabeça para funcionar!

A câmera se aproxima de Isaac, que está tocando os dedos uns nos outros enquanto balbucia alguma coisa para o ar.

JOSHUA: Vocês podem perguntar quais são as motivações desse rapaz, perguntar sobre os sentimentos dele em relação a Martha Honeydew, seu relacionamento com o pai, ou por que ele sentiu a necessidade de puxar o gatilho e acabar com uma vida. Esta é uma oportunidade única, por uma taxa incrivelmente baixa de 59,99 libras. Aumente as suas chances de conquistar este prêmio incrível participando quantas vezes quiser, com quantas perguntas quiser. Esta é uma oportunidade imperdível de compreender como funciona a mente de um assassino.

Joshua volta ao enquadramento, em pé ao lado da tela.

JOSHUA: Temos um rapaz perturbado aqui. O que está passando pela sua mente? Bem, esta é a sua oportunidade de descobrir.

Ele pisca o olho para a plateia e ouve-se um murmúrio generalizado de aprovação por entre as pessoas.

JOSHUA: Coloquem os dedos para discar, registrem suas perguntas e continuem conosco para descobrir quais perguntas serão feitas.

A câmera para sobre ele e percebe quando seu falso sorriso vacila.

## MARTHA

Eu corro. Pés na calçada. Na grama, subindo escadas, atravessando becos, passando por prédios.

Eu corro. Mais longe, mais rápido, com mais força. Passando pelo Edifício Abrótea, por entre lixeiras, atravessando a Praça das Tulipas.

Eu corro. Pulmões ardem, peito grita, cabeça lateja. Estou ficando cansada. *Vamos lá, Martha. Não pare!* Eu olho para trás. Não consigo ver. *Corra, garota, corra!* Estou correndo.

Eu corro.

Para longe, onde as luzes não chegam e os postes não existem. Grata por este ser um dia parado, um dia curto, um dia de inverno. Está ficando escuro. Não consigo ver meus pés. Não consigo ver a calçada. Qualquer um poderia estar aqui. Ou qualquer coisa. Ou nada.

Eu diminuo a velocidade, corto para um dos lados. Sei onde estão os arbustos, as cercas vivas, e vou me esgueirando como na época em que eu brincava de esconde-esconde com Ollie.

Silêncio agora. Silêncio. *Shhh, Martha, shhh.*

É somente o crepúsculo, mas as sombras são longas e elas costumam enganar.

Minha respiração é como um grito no silêncio. Como se eu estivesse espremendo um porquinho da índia. Ou uma sanfona.

Coloco os ombros para trás e abro os pulmões, engolindo golfadas enormes de ar, profundas. Minhas pernas são como gelatina. *Vá mais devagar,* eu penso. Engula. Calma.

Olho por entre os arbustos e consigo vê-los ao longe. Somente algumas silhuetas, escuras e borradas, mas percebo quem está guiando os outros. Aquela maldita garota da região central. A única coisa na qual ela está interessada é o dinheiro. Mas por que eu ficaria surpresa com isso? Todo aquele dinheiro, todas aquelas oportunidades, mas nenhuma moral.

Lembre-se, ela acredita na imprensa, acha que eu sou o que dizem. Então, por que ela não me denunciaria? Ela está apontando para cá. Ela sabe para onde eu vim. Provavelmente ela tem alguma daquelas malditas câmeras de visão noturna, alguma porcaria que o papai comprou para ela, e consegue me ver agachada aqui.

Estou imaginando que os outros são as autoridades. Eles estão em pé por ali, as mãos apoiadas nos quadris ou enfiadas nos bolsos. Há uma multidão ao redor deles — pessoas dos Arranha-Céus, pelo que estou vendo — e estão bloqueando o caminho, mas de maneira pacífica, sem empurrar, nem gritar, nem fazer nada. E as pessoas que representam as autoridades não estão fazendo nada para passar por eles.

A garota? Ela está gritando agora, e eu consigo ouvi-la. E ela está apontando para cá e espetando o ar com o dedo, mas eles não estão fazendo nada. Eles simplesmente olham para ela, quase como se... quase como se não dessem importância a ela.

Eu me estico um pouco para poder enxergar melhor. Ela está gritando com eles agora, mesmo assim eles não se movem. Não estão nem mesmo tentando passar por entre o povo dos Arranha-Céus. Por que estão fazendo isso? Por que eles me deixariam à solta?

Não sei, mas também não vou ficar aqui para descobrir.

## MORTE É JUSTIÇA

Na tela há uma imagem enorme de uma nuvem branca e felpuda em um céu azul. Um cadeado dourado e cintilante está preso à esquerda da nuvem, enquanto torrentes aleatórias de textos e informações pessoais falsas flutuam através do céu e entram na nuvem.

As palavras "Cyber Secure" se formam. Um relâmpago atinge a nuvem, mas o texto continua no lugar.

VOZ DA LOCUTORA: Cyber Secure. Protegendo os seus detalhes de qualquer eventualidade.

A nuvem se move para fora do quadro e a tela escurece até ficar preta, quando o logotipo do olho aparece no meio. Uma plateia aplaude conforme o som de uma batida de coração surge no áudio.

VOZ DO LOCUTOR: Olho Por Olho Produções os agradece por continuarem conosco no...

O olho é substituído por Joshua, sentado diante da mesa, ele está sorridente.

VOZ DO LOCUTOR: ... *Morte é Justiça!*

O som da batida do coração vai ficando mais baixo e Joshua levanta as mãos para silenciar a plateia.

JOSHUA: Sejam bem-vindos de volta, senhoras e senhores, telespectadores em casa e as pessoas que nos assistem pelo celular, pelo computador... realmente há muitas maneiras de acompanhar tudo o que está acontecendo aqui no *Morte é Justiça.* E continuar conosco é algo que vocês devem fazer, pois nós estamos constantemente trazendo ideias inéditas e inovações. Antes dos comerciais, nós demos a oportunidade incrível de fazer uma pergunta para o prisioneiro que está no corredor da morte, Isaac Paige.

Ele se levanta e anda até estar diante da tela.

JOSHUA: Por acaso os dedos de vocês ficaram ocupados durante os comerciais, ligando para cá? Seus cérebros começaram a funcionar em modo acelerado, pensando em todas aquelas perguntas que vocês estão morrendo de vontade de fazer? Suas conversas estão cheias de indagações e curiosidade? Bem, eu espero que sim, porque, agora, as linhas estão fechadas.

Ele se vira para a tela. O olho pisca e se move para o canto superior direito, enquanto, no meio, um letreiro digital mostra uma série de zeros.

JOSHUA: Vamos ver quantas perguntas a nossa competição inédita recebeu.

Os zeros começam a piscar e os números rolam, até parar com o som de uma explosão.

Joshua solta um assobio baixo.

JOSHUA: Provando mais uma vez, e para todos, o alcance incrível do nosso programa. Olhem só para isso, senhoras e senhores, um total de 12,15 milhões de perguntas registradas! Uau!

A audiência vibra e aplaude.

JOSHUA: Mas quais perguntas, dos nossos participantes sortudos, foram escolhidas? Antes de descobrirmos, vamos até a Cela 6 para ver o que está acontecendo com o nosso prisioneiro.

Ainda com o logotipo do olho no canto, o restante da tela muda e é preenchido com uma transmissão ao vivo da Cela 6. Isaac está sentado na beirada do colchão sobre o piso, olhando para cima, para a janela no alto da parede.

Seu uniforme branco da prisão está amarrotado e sujo, e ele tamborila os dedos em uma espécie de ritmo compassado.

## ISAAC

Vou morrer amanhã. Amanhã. Penso nas palavras. Sussurro-as, também, mas o meu cérebro não é capaz de processá-las.

Amanhã pela manhã eu vou ser levado para aquela cela. Vão me colocar naquela cadeira, prender os meus braços e pernas com correias. A coroa vai baixar, e com todas aquelas pessoas assistindo, a eletricidade vai correr pelo meu corpo e eu vou morrer.

Na semana passada, quando Martha estava aqui, eu procurei na internet para saber o que acontece com o corpo. Li o mesmo artigo algumas vezes porque não conseguia acreditar. Por que isso é considerado legal? Como um governo pode permitir que algo tão horrível seja feito a alguém?

Decidi que devia ser por causa do espetáculo. A mesma razão pela qual as pessoas espiam por entre os dedos em um filme de terror, esticam os pescoços para olhar um acidente de carro ou assistem vidrados a uma operação pela TV, enquanto comentam sobre o quanto o procedimento é assustador, terrível ou nojento.

A onda de adrenalina correndo pelo seu corpo é sensacional, além de ser muito emocionante, trazendo alívio por aquilo não estar acontecendo com você.

Milhares de pessoas assistiam aos gladiadores lutarem até a morte em Roma, arrebanhavam-se ao redor da guilhotina na França, jogavam comida podre nas pessoas que saíam do Old Bailey para serem enforcadas. Parece que a natureza humana não mudou muito.

Aqui e agora a situação é a mesma, mas com um toque a mais de show business. Um pouco mais de drama, estilo e uma pitada de glamour, com ingressos à venda e comentaristas analisando a cena. E a certeza contínua de que estamos todos fazendo o que é certo. Ao livrar o país dessas pessoas, nós estamos transformando o mundo em um lugar melhor.

Eu não costumo xingar muito, nem mesmo em pensamento, mas isso é uma merda enorme. Nós, as pessoas que votam, somos os criminosos e os assassinos. Nós, em nossas casas protegidas, com nossas geladeiras cheias, nossas camas quentes, nossos aparelhos de TV enormes e os nossos sofás confortáveis, empunhamos nossos telefones enquanto pegamos uma cerveja, um café, ou enquanto colocamos uma pizza no forno e fazemos uma ligação para decidir sobre a vida de alguém.

Passamos os olhos nos jornais que falam sobre o crime cometido e expressamos o nosso desgosto, olhamos para a cara do acusado, pixelada e borrada, e mandamos uma mensagem de texto enquanto esperamos que nos sirvam em um supermercado ou que preparem a nossa comida para viagem, e fazemos divagações e suposições baseadas na aparência de uma pessoa. Olhos muito próximos um do outro, cabelos ralos demais, testa grande demais, bunda grande demais, pescoço grosso demais.

— Ele tem cara de assassino — já ouvi algumas pessoas dizerem.

— Ela parece ser dissimulada.

E eu os vi saindo do auditório com sorrisos nos rostos, cumprimentando-se com apertos de mão ou batendo as mãos no ar. Saindo dali para um mundo que parecia estar um pouco mais seguro, agora que o mal havia sido erradicado. Mesmo assim, o mal vive dentro deles.

Depois que eu morrer, amanhã, o mundo não vai estar mais seguro, e nem mais perigoso, do que está agora ou do que estava na semana passada. Eu só espero que a minha morte faça pelo menos uma pessoa questionar, ou uma pessoa agir.

O resto deles, com suas mãos espalmadas, seus sorrisos e as mensagens de parabéns trocadas entre si? Esses podem ir à merda.

— Isaac Paige, boa noite. Aqui é Joshua Decker, falando ao vivo do *Morte é Justiça.*

De onde isso está vindo? Da minha cabeça?

— Não se preocupe, Isaac.

Há um alto-falante na parede.

Ou será que eu estou ficando louco?

— A nação está assistindo você, Isaac. Você gostaria de dizer olá?

A nação? Todo mundo? Martha?

— Q-q... — A minha voz está estranha. Eu tusso. Tento outra vez. — Quaaalll... câm-mera?

— Aquela que está na parede, à sua frente. Quer acenar? Isaac, você se tornou um objeto de fascinação por aqui. Temos muitas pessoas que estão loucas para conversar com você.

— M... Martha?

— Não, não estamos nos referindo a Martha. Você precisa de água? Tem um pouco à sua direita.

Essa água não estava aí antes. Eu ergo o copo plástico. E a sensação é muito boa.

— Isaac, enquanto você bebe, permita que eu o coloque a par da situação. Aqui, no *Morte é Justiça,* nós estamos fazendo uma competição para dar aos nossos telespectadores a oportunidade de fazer uma pergunta para você. E acredite em mim, rapaz, você é um tópico quente neste momento. Tenho certeza de que compreende o quanto as pessoas estão animadas por poderem conversar não somente com um prisioneiro no corredor da morte, mas também com alguém que assassinou o próprio pai.

Eu tento me levantar, mas minhas pernas vacilam, sinto um pouco de tontura. Quero chegar perto da câmera, mas ela está muito alta.

— Estamos prestes a anunciar os vencedores e a colocar as pessoas em contato com você, para que possam fazer suas perguntas diretamente.

Será que Martha está assistindo?

— A primeira vencedora da nossa competição é Shamra, de Norwich. Shamra, faça a sua pergunta, por favor.

Norwich. Fomos até lá uma vez. Catedral. Rio.

— Oi, aqui quem fala é Shamra. Estou tão empolgada! Não acredito que estou conversando com um assassino de verdade!

— Faça a sua pergunta, por favor — eu ouço Joshua dizer.

— Ha ha! Ah, é claro, é que eu estou muito... cara, estou emocionada! Oi, Isaac, é maravilhoso poder conversar com você, meus amigos vão morrer de inveja! E...

— Sua pergunta, Shamra? — diz ele outra vez.

— Ah, sim, a minha pergunta é... Isaac, se você pudesse passar o seu último dia com alguma pessoa famosa, quem seria e o que você diria para essa pessoa?

— Shamra fez uma pergunta excelente. Isaac, qual seria a sua resposta?

— Martha. — Minha garganta ainda dói. — Eu passaria o meu último dia com Martha. Pediria desculpas a ela. E diria que a amo.

— Não, eu quis dizer alguém famoso, como algum pop star ou algo do tipo, sabe?

— Martha, somente Martha. — Eu volto a me sentar na beirada do colchão e ergo o rosto para olhar na direção da câmera.

— Muito obrigado pela sua ligação, Shamra, e meus parabéns por ter sido a primeira pessoa em toda a história do programa a conversar com um detento do corredor da morte! Vamos conversar com o nosso segundo telespectador.

Será que eu estou imaginando isso tudo?

— Martha, você está assistindo? — Eu formo as palavras com os lábios. — Você está aí?

— Nossa segunda vencedora é Elspeth, de Whitby. Parabéns!

Whitby. Vamos até Whitby, Martha. Caminhar à beira-mar, ler Drácula um para o outro em meio ao vento na abadia, comer peixe com batata frita.

— Obrigada! Ai, eu mal consigo acreditar que ganhei! Nunca ganhei nada. Eu... eu... estou completamente surpresa!

— A primeira competição que você venceu na vida e a segunda pessoa em toda a história a conversar com um prisioneiro do corredor da morte e assassino de celebridades ao vivo em rede nacional de televisão. Que maravilha, hein?

— Eu sei, Joshua! E falar com você é uma honra também. Você é muito bonito!

— Ora, ora, Elspeth, se você continuar falando assim, vai me subir à cabeça. Por favor, Isaac está aqui, esperando pela sua pergunta.

— Errr... uau. Ok. Oi, Isaac.

Por que essa mulher quer falar comigo?

— Ele está lá, Elspeth. Por favor, prossiga.

— Oh, Ok. Bem, a minha pergunta para você é... se você pudesse mudar uma coisa em seu passado, o que seria, e por quê?

— Uma pergunta excelente e muito bem ponderada feita por Elspeth. Isaac, gostaria de responder?

— Nada — eu digo.

— Nada? Como assim, nada? — diz ela.

— Isso mesmo — eu repito. — Nada.

— Eu gastei 59,99 libras e a sua resposta tem só uma palavra? Isso não está certo. Eu exijo mais do que isso. Ou então vou querer o meu dinheiro de volta.

— Os termos e as condições da competição dizem claramente que não é possível haver ressarcimentos, eu receio. Isaac, talvez você possa expandir a sua resposta para Elspeth...

— Sim, Isaac, expanda — diz ela. — Você realmente não mudaria nada? Nem mesmo o fato de que matou o seu pai?

Por que ela não consegue entender? — Se eu não tivesse atirado, ele teria matado Martha — eu digo a ela. — Eu não queria, mas...

— Ah, o que é isso? Todo mundo sabe que isso é mentira.

— O quê? Mas o vídeo com Martha...

— Que vídeo?

Eu me levanto e me aproximo da câmera, encarando o lugar onde ela está presa, bem no alto da parede. — Você deve ter visto o vídeo. Eu o mostrei quando fiz o meu pronunciamento da vítima. O vídeo de Jackson ameaçando Martha. A gravação feita pelas câmeras de vigilância. E os documentos, as provas. Você deve ter visto.

— Não. Vi aquele em que você matou Jackson. Mas Martha não estava no vídeo.

— O quê? — eu digo. Esfrego a cabeça, confuso. — Isso não faz sentido. Ele estava com o cinto ao redor do pescoço dela. Ia estrangulá-la.

Ela ri, chega a gargalhar, e o som ecoa pela cela como se fosse um palhaço de um filme de terror. — Não, ele não fez nada disso. Acho que você ficou meio maluco. Afinal, por que Jackson Paige faria uma coisa dessas? Você está realmente ficando louco. Você matou o seu pai. Só estavam você e ele. Está no vídeo.

Será que estão tentando me enganar? — Não, isso está errado — eu digo. Confie no que você sabe, eu lembro a mim mesmo. Mantenha a calma e concentre-se. — Não foi isso que aconteceu. Você está dizendo besteiras.

— Eu? Eu estou falando besteiras? Você é quem está inventando essas coisas. — Ela ri outra vez e eu me encolho um pouco ao ouvir aquele som ao meu redor. — Vou dizer uma coisa: espero que as autoridades prendam aquela tal de Martha e que ela pague pela sua participação em toda essa situação também.

— Prenderem Martha? Prenderem? Como assim?

— Sabe, eu participei disso porque queria acreditar que havia algo de bom em você. Todo mundo merece uma segunda chance, eu pensei, e talvez se você se arrependesse do que fez, então eu votaria pela sua inocência, porque você é famoso, mas você não está arrependido. Você realmente é um assassino de sangue frio que merece morrer.

— Não estou entendendo! — eu grito para a câmera. — Que diabos está acontecendo aí fora? O que você quer dizer com "espero que prendam Martha"? Mas quê? E o vídeo? Joshua, você conhece a verdade. Diga a ela. Diga a todo mundo. Eu... — A minha cabeça está girando por toda a parte. Não sei o que está acontecendo. Prender Martha? Prendê-la? Como assim?

Será que estão fazendo isso de propósito, para me colocar em pânico? Para conseguirem uma reação? Para conseguirem mais audiência?

— Jackson matou a mãe de Martha, ele matou a minha mãe — eu grito para a câmera. — E ele ia matar Martha. Foi por isso que eu atirei.

— Você realmente é um rapaz desiludido, e eu sinto muito. Mas, eu honestamente acredito que o mundo vai ser um lugar melhor e mais seguro sem você. E para todas as pessoas que estão me escutando, eu espero que vocês pensem o mesmo.

A voz dela está mais baixa agora, e séria. — Sabe, eu ouvi o primeiro-ministro falando há uns dias. Ele disse: "segredos são munição contra os outros", e ele tem razão; se você conhece um segredo sobre alguém que não tem boas intenções, então, você pode usá-lo para detê-lo, mas o seu segredo, o fato de que você estava namorando com Honeydew, explodiu na sua própria mão!

O quê?

Estou tão furioso que chego a tremer e arder, e meus dedos se retorcem.

Arrasto a cama até ela estar embaixo da câmera e subo nela. Consigo alcançá-la agora, e tento arrancá-la do suporte, mas ela não se solta. Tateio ao redor da câmera, procurando pelos fios, mas não consigo encontrar nenhum.

A mulher, seja lá qual é o seu nome, continua tagarelando, mas não estou mais prestando atenção.

*Calma*, eu digo a mim mesmo. *Não faça nada movido pela raiva.*

Eu observo o interior da cela. Sei o que quero fazer, mas não consigo encontrar nada que possa usar.

Assim, eu olho fixamente para a câmera, ergo a mão direita e bato na lente com o punho.

Pedaços de vidro ficam espetados nos meus dedos. Já estavam doloridos antes, por causa do que fiz ontem, mas, puta que pariu, minha mão dói ainda mais agora. Mesmo assim, eu procuro ficar firme, levo a cama até a próxima câmera e bato com o punho nela também. E na próxima. Até que reste somente uma.

Não vou mais ser a sua criatura em um zoológico, eu penso. Agora as coisas vão ser do meu jeito.

Em pé na beira da cama, eu olho diretamente para a câmera.

— *Se fores capaz de suportar a verdade que disseste*
*Distorcida por canalhas para aprisionar os tolos* — eu recito.
— *Ou ver destruídas as coisas pelas quais tua vida deste*
*E construí-las com ferramentas gastas de novo*

Mantenha a cabeça no lugar, eu digo a mim mesmo. Seja forte. Continue lutando. Lembre-se do poema "Se" de Rudyard Kipling, vamos lá. Você já aprendeu isso uma vez.

*Se fores capaz de conversar com multidões e a tua virtude manter*
*Ou andar com reis sem perder a humildade*
*Se nem inimigos ou amigos puderem te abater*
*Se todos os homens contarem contigo, mas não na totalidade*
*Se puderes preencher o minuto inclemente*
*Com uma corrida intensa em sessenta segundos*
*Tua será a Terra, com tudo que há no mundo*
*E, mais do que tudo, serás um Homem, filho meu!*

Minha mão lateja. Tenho somente uma coisa para dizer agora. Já fui o palhaço e o pateta dessa gente, mas agora eu renuncio ao posto.

— Martha, eu amo você.

Essas serão as minhas últimas palavras.

O cérebro é uma coisa estranha e inteligente. Ele me mostrou muitas lembranças enquanto estive aqui, coisas que eu vi, ouvi ou sabia, mas que não havia conseguido conectar todas elas.

Acho que hoje eu finalmente consegui. A frase do primeiro-ministro que aquela mulher citou: segredos são munição contra os outros. Eu já ouvi aquilo antes, e agora eu me lembro quando foi isso. Eu arrebento a última câmera com um soco.

## MORTE É JUSTIÇA - SEQUÊNCIA DO PROGRAMA.

O estúdio está em silêncio. Joshua está em pé, diante da tela cheia de ruídos. Seus ombros relaxam quando ele solta o ar, e ele fecha os olhos e balança negativamente a cabeça antes de olhar novamente para a câmera.

JOSHUA: Não sei a respeito de vocês, senhoras e senhores, telespectadores em casa, plateia no estúdio, mas depois de ver tudo isso, e de ouvir aquele poema, eu não me sinto como um homem.

Atravessando o palco para chegar até a sua mesa, ele afrouxa a gravata e abre o botão da gola. Depois de um leve tremor causado pela atitude inesperada, a câmera o segue.

JOSHUA: Em vez disso, eu me sinto como se fosse um mentiroso e um traidor, acho que chegou a hora de tomar uma atitude, de me inspirar nesses jovens corajosos, ser sincero e honesto em relação a mim mesmo. Durante muito tempo houve uma divisão muito tênue entre as minhas vidas pública e privada, e talvez seja a hora de uma delas ter prioridade.

Ele se senta à mesa; a câmera focaliza o seu rosto.

JOSHUA: Há muitas pessoas que conhecem a verdade, mas poucas que a dizem.

Ele baixa a cabeça, dá um suspiro longo e pesado, e volta a encarar a câmera.

JOSHUA: O vídeo das câmeras de vigilância sobre o qual tanto Martha quanto Isaac falaram neste programa foi editado para que vocês não pudessem ver Martha, mas ela estava ali, e Jackson realmente ameaçou matá-la. Ele colocou um cinto ao redor do seu pescoço, e foi por isso que Isaac o matou; porque ele a ama, e decidiu abrir mão da própria vida por causa desse amor. Jackson também matou a mãe de Martha e manipulou a situação para que Oliver Barkova recebesse a culpa. Ele matou a mãe de Isaac e adotou o garoto para passar uma boa imagem para a população. Se estivessem presentes na Cela 7 de Martha na semana passada, vocês saberiam de tudo isso, mas todas as gravações daquele momento foram destruídas, e todas as pessoas que sabem o que aconteceu foram silenciadas de alguma forma.

Ele faz uma pausa e engole em seco.

JOSHUA: Não consigo mais ficar sentado e observar as injustiças se acumulando. Não sei quanto tempo eu ainda tenho antes que a sua tela se apague e eu seja cortado, mas tenho certeza de que não vai haver tempo para explicar tudo. Por isso, eu peço a vocês que saiam e comecem a questionar tudo, procurem saber a verdade sobre o seu país e seus líderes. Comecem a fazer isso procurando pelas poucas cópias que ainda restam das gravações daqueles dias, que foram vistas pela última vez em websites preparados para mostrar a verdade a vocês, mas que o governo derrubou. Vocês acham que têm liberdade de expressão? Questionem isso.

Ele tira a gravata, levanta-se e anda na direção da plateia.

JOSHUA: Uma última coisa. Desde que a Olho Por Olho Produções descobriu que eu sou gay, eles estão usando essa informação para me manipular e controlar, ameaçando destruir a minha carreira aqui ou em qualquer outro lugar, assim como a do meu companheiro.

Disseram-me que este país é controlado por pessoas preconceituosas e manipuladoras. Eles têm razão, é claro. Pessoas preconceituosas e manipuladoras que farão qualquer coisa para manter o seu poder. Mas eu acredito que as pessoas deste país são melhores que os nossos líderes. Acredito que são gentis e bondosas, compreensivas e tolerantes. E acredito que essas pessoas têm o amor em seus corações. Oro para que tenham. E oro também por um futuro melhor para todos nós. Duvido que eu volte a este palco, então eu imploro a todos vocês: vivam com os seus olhos e corações abertos, questionem tudo o que for dito e formem suas próprias opiniões, sejam quais forem...

## MARTHA

Os ruídos na tela da TV fazem os meus dedos formigarem. Surgem riscos por onde eu passei os meus dedos pela poeira enquanto tocava o rosto de Isaac. Ele sabe a verdade agora, que eu estou foragida. Eu gostaria que não fosse assim. Falhei com ele, ainda estou falhando. Preciso mudar isso.

*Vou tirar você daí, Isaac, eu prometo. Eu posso fazer isso. Eu devo isso a você.*

Ele estava com uma aparência horrível. Cansado, os cabelos raspados até aparecer o couro cabeludo, alguns cortes causados pela navalha, marcas de arranhões dos seus dedos. Sua pele parecia estar ensebada, os lábios rachados, os olhos injetados de sangue.

Quero tocá-lo, abraçá-lo, lavar o seu rosto e a sua cabeça, limpar as suas mãos e fazer curativos em seus dedos. Ele parecia estar destruído.

*Eu vou consertar você, Isaac.*

Eles colocaram o logotipo do olho na tela de novo. Fico observando as palavras girando ao redor da íris — Olho Por Olho Por Olho Por Olho Por Olho Por...

Girando, girando, girando. Uma animação contínua. Nós matamos os assassinos; nós nos tornamos os assassinos.

Mostrem-me Isaac de novo. Por favor.

Vai haver tumultos. Disseram que seriam três perguntas. Só conseguiram fazer duas. Será que as pessoas vão recuperar seu dinheiro? Duvido. Vai haver uma cláusula em algum lugar.

Mostrem-me imagens com ele então, gravações.

*Procure entre as suas memórias,* diz a minha cabeça. *É melhor ali.*

Não quero memórias. Quero o agora. Quero que ele esteja aqui comigo. Não quero este mundo louco de merda. Quero paz, justiça, verdade. Quero Isaac. Por favor. Vou rezar por isso, vou à igreja, vou acreditar, vou ter fé. Por favor, Deus, me ajude.

Eu esfrego os olhos, pisco para afastar o borrão. As estatísticas surgem na parte de baixo da tela. Qual era o índice ontem? Noventa e nove por cento culpado. Eu olho para a tela, arregalando os olhos. Não pode estar certo. A TV diz: sessenta e sete por cento culpado. Sério?

Eu saio do quarto e desço as escadas. O carpete é tão fofo que os meus pés afundam nele, e a casa é tão grande que tenho a sensação de que poderia andar por ela durante meia hora e ainda assim encontrar novos cômodos.

Mesmo assim eu ouço Patty falando ao telefone. Aquela risada estridente dela. Por que ela está rindo? O seu filho está no corredor da morte. Seu marido está morto. Ela perdeu todo dinheiro que tinha. Exceto uma pequena mesada para pagar as despesas, sejam quais forem.

Ela vê que eu estou sob o vão da porta.

— Tenho que ir agora — diz ela ao telefone. — Conversamos mais tarde. Tchau. — Ela chega até mesmo a acenar para o aparelho.

— As estatísticas estão em sessenta e sete por cento — digo.

As sobrancelhas desenhadas se erguem em sua sobrancelha e ela dá de ombros. — Isso muda alguma coisa? Ainda é a maioria.

Que vaca sem coração. Eu ignoro o comentário que ela acabou de fazer. — Você estava assistindo ao *Morte é Justiça?*

— Estava, sim. Que cara idiota. Jogou a carreira no lixo. Todo mundo finge que tem a mente aberta e coisas do tipo, mas não tem. As pessoas são tão preconceituosas agora quanto sempre foram.

— Isso não é verdade. Eu não dou a mínima se ele é gay ou não.

— Talvez você não dê, minha querida, mas pode acreditar em mim: aqueles que estão no poder, e que tomam as decisões, se importam.

— Eu gosto dele.

— Você gosta de Joshua porque ele é um simpatizante e agora as pessoas sabem disso, as pessoas da região central e das Avenidas, pessoas que têm importância. Ele não vai conseguir arrumar emprego em lugar algum. As pessoas contratam quem é igual a elas.

— Você só falar merda.

— Eu só falo a verdade. — Ela ri de mim, jogando o cabelo para o lado com as mãos. — O que você não está percebendo é a divisão entre os dois.

— Seria menos importante se as pessoas conhecessem a verdade.

— Ah, cale essa boca. — Ela joga as mãos para cima. — Não posso ficar lidando com você e a sua noção de moral agora. Não tenho interesse em você.

— Só desci para lembrá-la que, se as estatísticas estiverem favoráveis, eu não vou continuar com o plano para tirar Isaac de lá.

— Você já disse isso.

Dou de ombros. Meu Deus, como eu odeio essa mulher.

— Se você quiser deixar a vida dele nas mãos dessas pessoas que você parece desprezar tanto, a decisão é sua. Pessoalmente, eu achava que você tivesse algumas qualidades a mais. Um pouco mais de... coragem.

— Não se trata de coragem — eu repito. — E sim de confiança. E você não está entendendo a situação. Por que temos que explodir aquele lugar e arriscar tudo, se eles vão libertá-lo?

— Você é uma tola iludida, Martha Honeydew, mas se essa é a sua decisão... — Ela deixa a frase morrer no ar, sem responder à minha pergunta. — Vamos ver como essas estatísticas vão ficar amanhã. Agora, se me der licença...

Ela pega o celular outra vez e começa a apertar os botões com força.

## ISAAC

Eu vejo a minha mãe em sonhos, mas somente em flashes. Seus cabelos loiros presos em um rabo-de-cavalo, linhas de expressão ao redor dos olhos, o jeans azul que ela sempre usava, sua mão segurando a minha, meus dedos explorando aquele anel com o quebra-cabeça que ela tinha.

Nunca consigo ouvir sua voz, ou vê-la por inteiro. Agora eu me pergunto se algum dia vou vê-la outra vez. Será que vou reconhecê-la se isso acontecer? E ela vai me reconhecer?

Desculpe, mãe. Você fez muito por mim. Você acha que eu estou simplesmente jogando isso fora, ou você vê as coisas como eu? Não faço ideia, agora.

Prender Martha, ela disse. Prendê-la. Ela está fugindo? Por quê? Que diabos está acontecendo? Ela foi declarada inocente. Devia estar bem.

## O PRIMEIRO-MINISTRO

Com o corpo recostado em uma poltrona de couro, o primeiro-ministro observa os bancos de monitores à sua frente. Ninguém mais está com ele na sala azul, e ele passa distraidamente pelas inúmeras imagens com o controle remoto, ampliando cada uma delas e examinando-as rapidamente. Com a outra mão ele brinca com um copo de whisky.

Ao seu lado, o telefone celular toca, e quando ele olha para o aparelho para saber quem está ligando, ele solta um longo suspiro e engole o resto da bebida.

— Patty — diz ele, com a voz baixa. — Por que diabos você me ligaria a essa hora da noite?

Enquanto escuta o que ela tem a dizer, ele coloca o copo de volta sobre a escrivaninha e desliza o dedo pela borda.

— Sim, eu vi. Muito mais baixo do que eu pensei que estaria, mas não importa. Vai subir de novo.

Ele fica em silêncio outra vez, e suas sobrancelhas se erguem muito sutilmente.

— Ela realmente fez isso? Bem, esse problema é seu. Se você quiser continuar com esse acordo que temos, então eu sugiro que cumpra com a sua parte da barganha. Deixe tudo preparado e faça a garota apertar o botão.

Ele desliga o telefone.

No teclado que está à sua frente, o primeiro-ministro digita um nome, e quando a fotografia de satélite com o mapa da região central da cidade se forma na tela, um pequeno ponto vermelho aparece em um prédio grande, perto dos limites externos.

Ele mantém um dos botões pressionados e a tela se aproxima em *zoom* do mapa, com as palavras "Gus Evans" ao lado. Ele amplia ainda mais e, ao lado do nome, as palavras "Prisão Municipal" aparecem.

— Um já caiu — diz ele. — Dois, incluindo a mulher russa.

Ele pressiona algumas outras teclas e as palavras e o ponto desaparecem, enquanto o *zoom* da tela diminui outra vez.

Outros três pontos aparecem em uma seção diferente, e ele clica para fazer com que os nomes apareçam ao lado de cada um deles.

Eve Stanton. Max Stanton. Thomas Cícero.

Ele pousa o dedo em uma tecla e amplia o *zoom* da imagem neles, os três juntos, no interior das paredes da casa de Eve.

— Ótimo — sussurra ele para si mesmo.

Ele se inclina para frente, digita no teclado novamente e o mapa se move para baixo, agora centrado em um ponto diferente. O *zoom* se aproxima lentamente, até que a legenda exibe "Corredor da Morte". Ele toca a tela com os dedos, medindo a distância entre o prédio e o estacionamento interno do lugar.

— Eu pego os seus dois coelhos com uma cajadada só, Jackson Paige, e aumento para... — ele faz uma pausa, pensando. — Sete.

Seu rosto se abre em um sorriso estreito e maléfico, e o couro da poltrona range quando ele se recosta outra vez. — De um jeito ou de outro.

Ele ergue os braços no ar e se espreguiça na genialidade do próprio plano, sem perceber a figura escondida nas sombras atrás dele e os longos dedos que pairam sobre o botão que inicia a gravação.

# DIA 7

## MARTHA

Diabos, eu devo ter caído no sono. Passei muito tempo observando-o. No quarto dele, na casa dele, na TV dele. Que horas são agora? Meus olhos estão tão inchados que não consigo enxergar direito.

A TV ainda está ligada. A TV de Isaac. Isaac na TV de Isaac.

Nove da manhã. Ainda faltam doze horas. As estatísticas de votação mostram um índice de noventa e oito por cento para culpado conforme rolam pela parte de baixo da tela. Subiram de novo. O que aconteceu?

As últimas doze horas da sua vida, Isaac. *Não se você o tirar de lá,* diz a minha cabeça. Você quer dizer: não se eu me transformar em alguém que faz ataques com bombas, eu respondo.

Eu me levanto da cama, vou até a janela na ponta dos pés e observo a região central da Cidade, acordando em um dia que, para muitos, é simplesmente mais um dia, mas para mim, para você, é...

... tudo.

## ISAAC

Cela 7.

Dia 7.

Aqui estou eu, olhando para a parte externa da sala, onde eu estava há uma semana.

— O horário é: 9h — diz uma voz eletrônica. — Você tem: doze horas até a sua possível execução. As estatísticas atuais são: 98% a favor, 2% contra. Iremos atualizar sua situação em: uma hora.

Atualizações regulares. Eu não imaginava que eles fizessem isso. Não sei o que pensar a respeito dessa situação. Pelo menos eu vou saber, suponho.

Mas eu acho que já sei; não há maneira de sair daqui. Acho que já aceitei isso. Pelo menos eu acho que sim.

Que coisa terrível, esperar pela própria morte.

Será que eu vou para o inferno por ter atirado nele? Tenho a sensação de que já estou lá.

Será que eu poderia ir para o céu por ter feito aquilo para salvar você, Martha? Por que eu abri mão da minha vida em favor da sua? Como Deus decide?

Mas eu não sou cristão. Nem muçulmano, nem hindu, nem praticante de qualquer religião.

Será que vai haver só a escuridão? O vazio? Nada? Ou talvez eu reencarne em alguma coisa que mereça ser. Um besouro? Uma barata?

Não sei no que eu acredito. Ah, eu sei, sim. Acredito nas pessoas e na sua humanidade. E acredito na força que você tem, Martha.

...

Nove horas da manhã. Doze horas. Setecentos e vinte minutos. Quarenta e três mil e duzentos segundos. Um pouco menos do que isso agora. Já se passaram alguns minutos. De que adianta ser bom em matemática neste momento?

Eu preferia morrer pelas minhas próprias mãos do que pelas deles. Escolher esses segundos, minutos e horas por conta própria. Mas não vou fazer isso. Vou continuar lutando até o fim.

Max volta até o canto do abrigo conforme o vento sopra pela plataforma vazia na estação da Galeria.

Os primeiros raios de luz do amanhecer estão iluminando o céu no horizonte, mas o dia ainda está escuro e arredio.

O frio de passar a noite inteira em busca de Martha — procurando-a em Bracken Woods, na Galeria, perto do crematório, verificando apartamentos e lugares escondidos — chegou até os seus ossos e ele estremece, com o rosto pálido e um leve tom azulado nas mãos.

Desistindo da ideia de que ela poderia estar nos Arranha-Céus, ele observa os seus arredores, procurando por sinais de vida, ou o horário do primeiro trem do dia, mas tudo que consegue enxergar são as pilhas de flores murchas deixadas no local das homenagens a Jackson, os jornais do dia anterior, embalagens de salgadinhos e latas de refrigerantes rolando pelas sarjetas ou amontoadas nos vãos das portas.

Ele ouve o som de passos atrás de si e se vira. Um homem de meia idade vestido com calças cargo, uma jaqueta de alta visibilidade e botas de segurança, um jornal debaixo do braço, atrai a sua atenção e ele o cumprimenta com um aceno de cabeça.

— Eu sei quem você é — diz ele, enfiando as mãos nos bolsos. — Max Stanton.

Max o observa sem dizer uma palavra.

— Foi o que eu pensei. Você está procurando por Martha? Ela não está em nenhum lugar das redondezas.

— Já me dei conta disso agora — responde ele. — Você sabe a que horas o trem chega?

O homem, ainda olhando fixamente para Max, faz que sim com a cabeça, indicando algo atrás dele. — Está ouvindo isso?

Max se esforça para ouvir alguma coisa em meio ao vento. — Acho que sim — responde ele.

— É o trem.

Max olha por cima do ombro do homem, seguindo pelos trilhos, e, ao longe, dois pontos de luz aparecem por entre a escuridão da manhã.

— Ele vai direto para a região central? — pergunta ele.

— Mais ou menos. — O homem ainda não tira os olhos de cima de Max, e prossegue. — Se servir de consolo, eu teria feito o mesmo pela minha esposa.

Os faróis estão mais brilhantes, mais próximos, e o barulho do trem está mais alto. Max franze as sobrancelhas enquanto olha para o homem. — Como assim?

— Para protegê-la. E para que ela pudesse cuidar das crianças. No caso da sua mãe, cuidar de você.

— Não sei do que você está falando — murmura Max, e sai do abrigo, indo na direção da beirada da plataforma, com o vento ganhando força e assobiando atrás de si.

— Eu imagino que vão soltar algum comunicado pedindo desculpas.

O branco dos faróis do trem encobre Max, e o ruído troveja à sua volta.

— Eu ainda não sei do que você está falando! — grita ele.

— O quê? — grita o homem em resposta. — Você deve saber. A sua mãe...

O barulho do trem perde força conforme ele diminui a velocidade para parar na estação, mas a voz do homem continua alta. — Ela admitiu que era a assassina!

O queixo de Max cai. — O quê?

— Aqui, veja. — O homem tira o jornal debaixo do braço e o estende, encostando-o no peito de Max. — Desculpe, rapaz, eu pensei que... — as palavras dele desaparecem em meio ao vento.

Max olha para o jornal.

— Pode ficar com ele — diz o homem, e coloca a mão no ombro de Max. — Mas eu estava sendo sincero agora há pouco. Teria feito o mesmo pela minha esposa e meus filhos.

Max não consegue tirar os olhos do jornal que tem nas mãos.

— Entre no trem — diz o homem. — Vai levar uma hora até o próximo chegar.

Max balança negativamente a cabeça e vai embora.

## MARTHA

Que Patty vá para o inferno e leve seu plano junto.

Eu estava sentada na cozinha dela. Não consegui encarar a comida nem nada para beber, então fiquei simplesmente sentada ali, observando o sol nascer, pensando sobre um monte de coisas, quando ela entra, radiante como uma maldita margarida, cabelos arrumados, a maquiagem feita, e anuncia que vai sair para um salão de beleza, e de lá vai almoçar.

— O quê? — eu perguntei a ela. — Mas e o...

Ela nem me deixou responder, simplesmente me interrompeu com algum comentário sobre ainda ter muito tempo e saiu pela porta. Com aquele maldito sorriso na cara, também.

Por isso, como eu disse, que Patty vá para o inferno e leve seu plano junto com ela.

Eu mesma vou cuidar de tudo.

Por que eu preciso dela, afinal de contas? Vou encher uma bolsa com comida e roupas, pegar a mochila que preciso na garagem e cair fora. E me esconder em algum lugar até escurecer. Depois...

Cara, já estou me sentindo nervosa.

## CASA DA FAMÍLIA STANTON

As chamas da lareira já morreram há várias horas. Na grade de proteção, alguma coisa se mexe e uma pilha de cinzas, no formato da tora de lenha que era, se desfaz. No sofá, Eve se move durante o sono e o edredom que a cobre desliza para o chão.

Ela se agita quando o frio atinge sua pele e abre lentamente os olhos. À sua frente está a televisão com a transmissão ao vivo da cela de Isaac, e ela lê as estatísticas que estão passando pela parte de baixo da tela e se senta.

A luz vinda da TV cria sombras estranhas pela sala, e ela desanuvia a confusão da cabeça quando pega o telefone e verifica o aparelho para ver se chegou alguma mensagem.

Nada.

Seus olhos se concentram no horário, no canto da tela.

— Como fui dormir até o meio-dia? — ela balbucia para si mesma.

Com os pés descalços, ela sai da sala de estar, passa pela cozinha e avança pelo corredor. Na porta de entrada da casa ela para; a chave de Max não está no gancho. Ela se vira para trás; a jaqueta dele não está no cabide, e os sapatos de Max também não estão no chão, logo abaixo.

Pegando o telefone que está no bolso, ela digita o número dele, e aguarda, na escuridão, conforme o aparelho toca sem parar, mas não há resposta.

De volta à cozinha, sua mão paira sobre o armário das bebidas por um segundo, mas ela se afasta e coloca a chaleira no fogão. Enquanto espera a água ferver, ela muda o canal da televisão para exibir o noticiário da hora do almoço.

— ... passando pela região leste, com chance de chuvas no sul. Portanto, se você for sair hoje, não esqueça de levar o guarda-chuva. — O homem da previsão do tempo sorri para a câmera. — E agora, voltamos ao estúdio.

Eve pega uma das canecas do armário e puxa o pote de café.

— Obrigado — diz o âncora do telejornal. — Antes de voltarmos às notícias, vamos dar uma olhada nos jornais de hoje.

Eve coloca uma colher de café na caneca, vira-se e pega o leite da geladeira. Ela abre a tampa da embalagem.

— Tanto o *The Daily,* quanto o *National News* publicaram a mesma história na primeira página de hoje. "A Hipocrisia", declara o *The Daily,* enquanto o *National News* escolheu "Eu lamento muito" como manchete.

— Ambos se referem à história que foi revelada durante a noite...

Eve despeja o leite na caneca e olha para a televisão.

— ...sobre Eve Stanton, e uma carta que ela escreveu para o seu filho, Max...

O queixo de Eve cai.

— ...Stanton, que anteriormente trabalhava como psicóloga dos acusados, lutou pela criação do cargo após a prisão e subsequente execução do seu marido por assassinato, um caso no qual ele sempre alegou que agiu em legítima defesa.

Eve está imóvel, olhando fixamente para a tela.

— Entretanto, esta nova descoberta coloca todo o caso em questão, pois, na carta, ela declara, e eu vou ler aqui para vocês: "Eu devia ter contado tudo há muito tempo, mas nunca pareceu que a ocasião certa havia surgido. Sinto que eu devo a verdade, e seria melhor se você soubesse a verdade por mim, não por outras pessoas. Eu lamento muito, mas a verdade é que fui eu que matei aquele homem..."

Sua mão se abre e a embalagem do leite bate no chão, molhando suas pernas, os armários e derramando-se pelo piso.

— ..."não o seu pai"... As explicações continuam, mas...

Eve olha fixamente para a tela, e a sua respiração fica ofegante, o coração batendo com tanta força que parece que vai arrebentar o peito. Lentamente ela coloca a mão sobre a boca e seu rosto empalidece.

— Não — sussurra ela. — Não, não, não...

Ela desaba no chão, apoiada sobre as mãos e os joelhos entre os respingos de leite, o corpo inteiro tremendo.

O âncora do telejornal continua. — Não se sabe de onde a carta veio, mas os dois jornais alegam que a caligrafia foi analisada e constatou-se que realmente é a letra da Sra. Stanton.

Eve se levanta do chão, com o leite pingando das mãos e escorrendo pelas pernas, e corre para o quarto.

— Não — diz ela outra vez. — Por favor, meu Deus, não. — Ela puxa as gavetas, revira várias pilhas de papéis, procura na lixeira, mas não consegue encontrar o que está procurando.

— Merda! — ela grita, e seu reflexo no espelho ao lado da cama a encara. — Merda! — ela grita outra vez, e pega o espelho e o arremessa contra a parede.

Aos seus pés descalços, os cacos de vidro refletem fragmentos do seu rosto.

## MAX

Os bicos dos seus tênis se estendem por sobre a beirada do cais, e ele olha para a água que está logo abaixo, batendo e respingando contra a parede. No rio, um barco a motor passa e ele espera que a onda e as marolas molhem o seu jeans.

No seu bolso, o telefone toca e ele o pega e olha para a tela.

"*Mãe,*" diz o aparelho.

Ele não atende.

"*Quatro chamadas perdidas,*" surge a mensagem na tela. "*Uma mensagem no correio de voz.*"

Ele toca no botão e o segura junto à orelha. A mensagem reproduz a voz de Eve. — '*Max... Max, eu lamento muito. Podemos conversar? Você pode me ligar? Você não devia ter descoberto dessa maneira. Não aconteceu da maneira que estão dizendo. Eu não forcei o seu pai... Ele... Não consigo falar por aqui. Por favor, Max, venha para casa. Vamos conversar. Por favor.*'

A mensagem termina e a voz automática surge no telefone.

— Pressione um para apagar, dois para ouvir novamente, três para armazenar.

Max aperta o número um e coloca o telefone no bolso outra vez. Por um segundo, ele volta a olhar para o rio. Depois, pega o telefone outra vez e disca para um número.

— Sim, sou eu. Preciso conversar com você. Pode vir me encontrar? Ok... daqui a uma hora, então. Vejo você lá.

Ele inspira profundamente e exala o ar devagar. Então, ele ergue o braço por cima e por trás da cabeça, joga o telefone no rio e vai embora.

## MARTHA

Estou cheia de dúvidas em relação a isso. Ela está olhando para mim. A mochila que tem a bomba dentro. Encostada a parede, dentro da garagem dela, como se tivesse somente equipamentos esportivos ou coisa do tipo. Não explosivos.

Só de olhar eu já sinto náuseas. *"Se você não está disposta a fazer nenhum esforço para salvá-lo, eu preciso saber. Nesse caso, vou procurar outra pessoa"*. A lembrança da voz de Patty ecoa na minha cabeça. *"Vou encontrar alguém que se importe mais"*.

Vaca manipuladora.

*"O risco de que alguém se machuque é praticamente zero"*, foi o que aquele homem disse para mim.

O que poderia dar errado? Olho mais algum tempo para a mochila.

— Tudo — eu digo em voz alta.

*Mas qual seria a alternativa?*

Ele morreria.

Há um relógio na parede, e ele me lembra de como é estar na cela.

Três horas. Seis horas até a uma possível execução.

Patty ainda não está em casa.

A mochila me encara um pouco mais. O telefone — o detonador — está logo ao lado. É quase como se eu pudesse ouvi-los estalando a língua e suspirando diante de mim.

*Aquela mochila está coberta com as suas impressões digitais*, diz a voz na minha cabeça.

— Que se foda — eu digo, e levanto a mochila, pego o telefone e marcho para fora da garagem.

## ISAAC

Como você se sentiu quando estava aqui, Martha? Sentiu tanto medo quanto eu estou sentindo agora? Quis ter alguém para segurar na sua mão ou envolvê-la com os braços? Sussurrar na sua orelha que tudo vai ficar bem, mesmo que ainda assim você soubesse, no fundo do coração, que não ficaria? Você descobriu o segredo do anel? Ele está no seu dedo?

Eu queria que você estivesse aqui comigo e que pudéssemos nos sentar juntos aqui no chão, fechar os olhos, lembrar daquelas noites que passamos em Bracken Woods, e viver naquele momento para sempre.

Existe tanto ódio neste mundo, existe tanto medo, mas tão pouca compreensão.

Eu espero — meu Deus, eu realmente espero — que você possa mudar as coisas, Martha. Onde quer que esteja.

## MAX

— Você precisa falar com ela. — Cícero ergue o copo de papelão até a boca e sorve o café pelo buraco na tampa.

As pessoas passam ao redor deles, entrando por brechas para chegar até as filas das batatas fritas e hambúrgueres, crianças agarradas aos pais, rodas de carrinhos de bebes girando sobre os azulejos do piso.

Max esfrega a cabeça por causa do barulho. — Você sabia? — pergunta ele.

— Não — sussurra Cícero.

Max brinca com o canudo em seu copo. — Não está irritado?

Cícero alisa as pontas do bigode enquanto pensa. — Não — responde ele.

— Mas ela... — Max se inclina por sobre a mesa. — Ela matou alguém, e deixou que o meu pai levasse a culpa.

— Hmmm. — Cícero assente devagar. — Ele escolheu levar a culpa. Ela não o obrigou.

— Ele morreu.

— Por ela. Por você.

Max bufa. — Como assim? Como Jesus fez ou algo do tipo?

Cícero se recosta em sua cadeira. — Não. Como um homem que amava a sua família.

— É uma merda.

Cícero geme ao ouvir aquele tipo de linguagem, e na mesa, logo adiante, uma mãe com filhos pequenos estala a língua e balança negativamente a cabeça.

Cícero entrelaça os dedos e se inclina sobre a mesa, aproximando-se de Max outra vez. — Max — sussurra ele. — Como eles encontraram a carta? Não foi você, obviamente. Eve acha que eles devem ter invadido a casa.

Max baixa a cabeça e fica olhando para a mesa. Seu rosto parece ser feito de pedra.

— Max? Foi você?

Ele faz que não com a cabeça e uma lágrima cai na mesa. Desastradamente, ele enxuga o rosto, funga ruidosamente e volta a olhar para Cícero. — Não, mas eu peguei aquela carta no quarto dela no dia em que ela foi presa. Lembra-se de quando você me pediu para buscar o telefone? Eu vi um envelope com o meu nome em cima da cama e o peguei. Mas não abri. Eu... — ele desvia o olhar de novo.

Um casal se senta à mesa ao lado deles. Quando o homem tira a comida da bandeja, ele gira o copo e uma foto de Martha está impressa na lateral. As palavras "Procurada por crimes contra o estado. Oferece-se recompensa" se destacam.

— Ela a jogou fora — sussurra Max.

Cícero franze a testa, confuso.

— Martha. Eu me encontrei com ela. Ela pegou a carta de mim. Abriu, leu, e depois rasgou tudo e jogou os pedaços no rio.

— Então... como?

Max dá de ombros.

— Você se encontrou com ela? — sussurra Cícero. — Quando?

Max apoia a cabeça nas mãos. — Isso é complicado, senhor Juiz. Martha... ela vai... — Ele fecha os olhos e coloca a mão sobre a boca.

— O quê?

Max ergue os olhos; agora eles estão se enchendo de lágrimas.

— O que foi, Max?

Ele afasta a mão para o lado, encobrindo o rosto do casal que está ao lado deles. — Não posso dizer, senhor juiz. Prometa-me, apenas. Prometa que você vai ficar longe do corredor da morte na noite de hoje. E que vai manter a minha mãe longe de lá também.

— Max, eu não estou entendendo. A sua mãe vai querer...

— Tenho que ir — diz Max, e levanta-se para ir embora. — Ainda tem uma coisa que eu posso fazer.

Cícero estende o braço para agarrá-lo, mas não consegue. — Fique fora disso. É perigoso demais.

— Olhe, apenas mantenha-a longe do corredor da morte — diz Max, com o dedo em riste no ar. — E fique longe você também.

Ele se vira, abre caminho por entre as pessoas e desaparece.

## MARTHA

Quando a merda bate no ventilador, a sujeira realmente é enorme.

Dividir e conquistar, diz o ditado.

Acho que isso vai servir. Max vai ficar muito irritado com a sua mãe, e comigo, e provavelmente com Cícero. Eve vai estar... bem, além de ficar muito irritada e transtornada, provavelmente estará presa.

O que fazer? Vou começar colocando esse maldito jornal na lata de lixo, com certeza, e amaldiçoar a pessoa que escreveu o artigo. Ainda bem que eu o vi. Ainda bem que eu sei. Mas como diabos eles conseguiram a carta? Não podiam ter descoberto a carta antes que eu a pegasse de Max, pois o envelope estava lacrado. E quando eu o abri, eu estive com ela nas mãos por... quanto tempo? Um minuto, no máximo. Antes de rasgá-la e jogá-la no rio. Não podem simplesmente tê-la recolhido dali. Então, como...?

Eu levanto os olhos e os meus olhos pousam no alto do poste de iluminação ao meu lado. Há uma câmera lá em cima. Eu dou uma olhada melhor nas redondezas; há outra câmera a uns cem metros de distância. Volto a olhar para o jornal, para a imagem da carta, o ângulo.

Puta que pariu. É uma fotografia da carta. Um fotograma de um vídeo... ou de uma gravação de câmeras de vigilância.

Um calafrio passa pelo meu corpo.

Eles leram a carta por cima do meu ombro. Desgraçados.

Mas... eles não podiam saber sobre aquela carta antes que a vissem. Será que foi tudo um golpe de sorte? Não havia ninguém me seguindo. Então como...?

Eu corto caminho por uma passagem entre dois prédios antigos. Ela desemboca em um pátio, uma espécie de café com bancos do lado de fora, e eu me sento ali, tentando pensar. Como...?

Eu fecho os olhos. Imagens da semana passam, giram e atravessam a minha cabeça. Lampejos de momentos que passei assistindo ao *Morte é Justiça*, de estar perto do Old Bailey, de estar do lado de fora dos estúdios de TV na Real Corte de Justiça, na casa de Patty.

Alguma coisa, em algum lugar, vai se destacar. Você só precisa encontrar isso, eu digo a mim mesma. Pense, lembre-se... Apenas volte ao começo...

Em estar no *Morte é Justiça*. Depois, na casa de Eve. Por Deus, é tão difícil me lembrar de alguma coisa específica. Tudo está confuso. Ter que fugir.

Depois, a casa de Gus. Os homens do lado de fora. Entregando celulares para todo mundo.

Oh, meu Deus...

O discurso do primeiro-ministro. Sua concessão. Distribuir celulares para todo mundo nos Arranha-Céus. É claro. Mas eu não recebi um celular. Nunca tive um desses. Penso novamente no que houve...

Meu Deus... o telefone de Max. O aparelho que ele me deu. Foi assim que me rastrearam. Estão rastreando todo mundo.

## ISAAC

Você vai vir até aqui, Martha? Vai me ver morrer? Vai falar por mim? Justificar meus motivos em meu nome, mesmo que seja inútil?

— O horário é: dezessete horas. Você tem...

Posso andar ao seu lado quando eu estiver morto? Você vai sentir que eu estou aí? Posso ficar com você, enquanto vive a sua vida? Posso sussurrar na sua orelha quando você dorme e dizer que ainda a amo?

— ... quatro horas até a sua possível execução. As estatísticas atuais são...

Você vai encontrar uma nova pessoa para amar? E caso isso aconteça, eu precisarei me afastar de você? Vamos estar juntos na morte quando a sua hora chegar?

Ou você vai se esquecer de mim, se esquecer de nós e da nossa história depois que os meus olhos se fecharem?

— ... 96,4% a favor, 3,6% contra. Iremos atualizar sua situação em...

Vou estar morto e não vai haver mais nada. Uma placa ou uma lápide ficando velha, cobrindo-se de musgo e largada para se esfacelar. O marco de uma vida que não significou nada, que não realizou nada.

Alguém que todo mundo esqueceu.

— ... uma hora.

## MAX

Max anda da luz para a sombra, para a luz e para a sombra enquanto caminha pela calçada, com o dia já curto e as luzes dos postes criando áreas brancas no piso cinzento.

Casas altas em estilo eduardiano se erguem, e, quando ele passa, olha atentamente para cada um dos números das casas, diminuindo o passo conforme chega ao número sessenta e, finalmente, parando diante do sessenta e quatro.

Ele encara os degraus de pedra que levam até a porta de madeira pintada de preto, com um anel de metal, sem luzes acesas no interior, somente a escuridão.

Com a cabeça abaixada, ele sobe os degraus e para por um segundo no alto. Em seguida, bate com o anel de metal na porta e espera.

Não se houve resposta. Ele bate outra vez e, depois de alguns minutos, um tilintar de chaves soa do outro lado e a porta se abre.

Joshua aparece sob a luz do corredor.

— Eu sou Max Stanton, o filho de Eve Stanton. Sou amigo de Martha Honeydew...

— Eu sei quem você é. Imaginei que fosse alguma espécie de trote aquele telefonema. Mas parece que não é.

— Não sei do que você está falando, mas preciso da sua ajuda. Ela também precisa da sua ajuda. Se você não me deixar entrar para nós conversarmos, muitas pessoas serão mortas e tudo vai acabar indo de vez para o inferno.

Por um momento, Joshua o encara, com a respiração pesada e uma expressão séria no rosto. — Acho que devíamos ir até os estúdios — diz ele, após algum tempo.

Max ergue as sobrancelhas. — Duvido que vão receber você bem naquele lugar, depois do que aconteceu ontem.

— Eu não estava me referindo a apresentar o programa — diz ele, e fica de lado para deixar que Max entre na casa.

## O PRIMEIRO-MINISTRO

— Isso não está organizado, e você me prometeu que estaria organizado — esbraveja o primeiro-ministro ao telefone, enquanto está sentado diante do banco de monitores. — Ela pode estar em qualquer lugar. A minha equipe está pesquisando as gravações, mas ninguém consegue encontrá-la. Ajudaria muito se você soubesse que roupas ela está vestindo... bem, a sua incompetência é surpreendente, e vou responsabilizá-la pessoalmente por... eu não quero ouvir pedidos de desculpas, nós vamos conversar quando isso estiver terminado. Nesse meio tempo, cumpra com a sua parte.

Quando ele desliga o telefone, alguém bate na porta atrás dele e Sofia entra na sala.

— Está tudo bem, senhor?

Um sorriso fino se estende pelo rosto dele.

— Tudo parece estar esplêndido, obrigado.

## EVE E CÍCERO

— Vamos ficar aqui — diz Cícero, que está em pé ao lado da mesa da cozinha de Eve enquanto ela escova os cabelos.

— Não posso fazer isso. Tenho que estar lá. Devo isso ao Isaac.

— Você deve algo ao seu filho, que é fazer o que ele pede.

— Ele vai entender.

— Não, duvido que ele vá. Você tem que respeitar os desejos dele.

— Ele está irritado comigo, eu compreendo. E esta é a maneira que ele encontrou de reagir. Não quer deixar que eu dê atenção a mais ninguém. Eu menti para ele e o magoei, mas não posso ficar longe do corredor da morte na noite de hoje.

— Eve...

— Não, Cícero. — Ela coloca a escova sobre o balcão e tira a jaqueta do encosto da cadeira.

— A imprensa vai fazer a festa se você aparecer por lá. Vão transformar a sua chegada em um inferno.

— Não quero saber. Não vou ficar sentada aqui e assistir àquele garoto ser morto, ao vivo, pela televisão. Não vou. — Ela enfia os pés nos sapatos.

— Eve... — ele diz.

Ela fica de frente para ele e segura na mão do juiz. — Você é o meu melhor amigo, Cícero. Não quero fazer nada que coloque isso em risco.

Ele abre um sorriso entristecido.

— Mas eu preciso fazer isso. — A voz dela é suave e bem tranquila. — Depois daquele artigo, pode ser que eu esteja lá na semana que vem. Eles podem vir me buscar...

— Eles não fariam isso, pelo menos, não agora — sussurra ele, apertando a mão de Eve.

— Eles poderiam vir, Cícero, e eu não posso demonstrar fraqueza. Eu tenho que estar lá. Eu tenho que ir. Por favor, entenda.

— Ok — sussurra ele.

— Obrigada — responde Eve, aproximando-se para dar um beijo na bochecha dele.

## MARTHA

Aqui estou eu, com o capuz erguido e escondida. A mochila nas costas, cheia de explosivos, e o detonador no meu bolso. Estou caminhando pelas ruas da região central da cidade. Tenho tempo de sobra, deixo a multidão me levar de um lado para outro. Está escurecendo. Longas noites de inverno e dias nos quais o sol fica escondido por trás das nuvens cinzentas, tudo se transforma em melancolia e chuva. Assim como o que estou sentindo agora.

Patty provavelmente vai estar bem irritada agora. Ou deveria ficar.

Eu paro de vez em quando. Dou uma olhada nas estatísticas pela TV de alguém, ou escuto pessoas conversando a respeito. É a única coisa sobre a qual se fala por aqui. É uma notícia bombástica. Pela maneira como a mídia trata a situação, parece ser a única notícia; não há nenhuma guerra acontecendo em outros países, nenhum desastre natural, nenhum protesto político.

Não, a única coisa que está acontecendo no mundo inteiro é o fato de que um adolescente matou o seu pai adotivo a tiros e vai ser executado por causa disso. E qualquer pessoa que seja ligada a ele, como Eve ou eu, não passa de escória.

Eu viro em uma esquina. Estou diante dos estúdios da Real Corte de Justiça. Assim como centenas de outras pessoas.

Por um momento, eu fico ali, observando a todos com seus telefones celulares na mão, tirando fotos, mandando mensagens, gravando em vídeo as atualizações que surgem no telão diante do prédio. Eles querem estar aqui quando a decisão for tomada. No futuro, as pessoas vão perguntar: *Onde você estava quando o primeiro adolescente foi declarado culpado e sentenciado à morte?*

E eles vão ter recordações em vídeo ou selfies para mostrar. Todos parecem muito animados por estarem aqui. Turistas da tragédia.

Mas há alguém mais adiante que parece ser diferente. Ele já passou quatro vezes diante daquela porta lateral. Ele para de andar toda hora e olha para algo que tem na mão, mas não consigo ver o seu rosto. O que ele está fazendo?

Ele se vira e eu consigo vê-lo melhor. Que diabos, eu sei quem é aquele cara. Mas o que Max está fazendo? E o que ele está fazendo aqui?

Eu atravesso a rua correndo, esquivando-me do trânsito e começo a acompanhá-lo, no mesmo passo. Ele olha de lado e, por um instante, cruza o olhar com o meu, por baixo do meu capuz, mas não para de andar.

— Por onde você andou? — diz ele para mim, por entre os dentes. — E por que você está aqui?

— Eu podia fazer a mesma pergunta — eu respondo.

Ele para de andar e olha para a mochila. — Isso aí é...?

Eu faço um sinal afirmativo com a cabeça.

— Caralho, Martha!

Eu nunca o ouvi dizer palavrões antes.

— Por quê? O quê? Há centenas de pessoas aqui! O que você está fazendo? Onde está o... o...?

— O detonador está no meu bolso.

— Caralho! — diz ele outra vez.

— Max, feche essa boca. Está desligado. E eu não estou a ponto de apertar o botão.

— Não consigo acreditar que você trouxe isso até aqui. E o que você está fazendo aqui? Não devia estar perto das celas? Qual é o seu plano? Você nunca...

Eu levanto as mãos. — Shhhh! — eu digo. — Eu estava só dando uma volta. Tinha que sair de perto de Patty. — Chego mais perto dele. — E você, o que está aprontando?

Os ombros dele se contraem. Ele tira as mãos dos bolsos e me mostra uma coisa que tem entre elas.

— Uma chave — diz ele. — E um destravador de segurança.

— Onde você arrumou isso?

Ele olha por cima do ombro. — Joshua — diz ele, discretamente.

— O quê?

— Já passou das cinco horas — diz ele, olhando para o relógio. — Faltam menos de quatro. Ele vai me encontrar lá dentro, se eu conseguir encontrar a sala certa. — Ele segura nas minhas mãos e as aperta.

— Eu acho que consigo alterar as estatísticas. — Você não vai precisar...

Meu corpo inteiro começa a formigar. Meu estômago se revira como se eu fosse vomitar, mas com uma espécie de empolgação, ou melhor, alívio.

— Mas eu achei que você não conseguia mais entrar no sistema.

— Se Joshua puder me ajudar, estando lá dentro, então... se der certo... talvez. Mas deixe-me tentar, está bem? Antes que você... coloque a ... me dê algum tempo.

— Claro. Mas... quando? E se...?

— Não tenho essas respostas — murmura ele. — Você vai ter que decidir. — Ele olha para o relógio outra vez. — Tenho que ir agora.

Quero desejar boa sorte, ou agarrá-lo e abraçá-lo e dizer o quanto sou grata e como isso realmente pode funcionar, mas eu simplesmente faço um sinal afirmativo com a cabeça. Quando ele volta para a porta lateral, eu viro as costas e me misturo com a multidão.

## 18H30 - MORTE É JUSTIÇA

As luzes do palco piscam, a plateia aplaude. Na tela, as palavras "Olho Por Olho Por" giram ao redor da íris do olho. As palavras param de girar, as bordas das letras ficam com contornos serrilhados, acompanhados por um efeito sonoro sintetizado.

Dos bastidores sai Kristina Albright, o vestido branco justo terminando logo acima do joelho e com um decote generoso, os cabelos loiros, soltos sobre os ombros, e saltos altos. Uma breve pausa nos aplausos, seguida por gritos e assobios, e ela abre um enorme sorriso, com os dentes brancos e o colar de diamantes refletindo a luz.

KRISTINA: Olá e boa noite, senhoras e senhores! Telespectadores em casa e ao redor do mundo todo, nós damos as boas-vindas a vocês neste fascinante episódio especial do *Morte é Justiça!*

Os aplausos são ensurdecedores. Ela joga os cabelos para trás com uma risada e levanta as mãos, com as unhas perfeitamente pintadas e bem-cuidadas para silenciar as pessoas.

KRISTINA: Muito obrigada por uma recepção tão calorosa! Infelizmente, o apresentador habitual, Joshua Decker, ficou doente e eu tive que substituí-lo de última hora. Joshua, se você estiver assistindo, tire um tempo para se recuperar adequadamente. Entretanto, para mim, pessoalmente, é uma honra e um privilégio estar de volta com vocês aqui, especialmente em um dia tão animador.

Ela faz uma pausa, esperando até que os aplausos cessem.

KRISTINA: E hoje nós temos uma noite repleta de entretenimento para vocês. É claro, o principal assunto é o drama que continua presente após a morte de Jackson Paige. O que vai acontecer com aquele marginal que ele chamava de filho? Será condenado à morte, como tantos de vocês acreditam que ele merece? Mal posso esperar para descobrir!

Ela atravessa o estúdio e senta-se diante da mesa, com as longas pernas cruzadas delicadamente, um dos pés balançando no ar.

KRISTINA: Tenho certeza de que, assim como eu, todos vocês vêm acompanhando este caso dia após dia, ou até mesmo hora após hora, sorvendo cada palavra que Isaac murmura, observando cada movimento que ele faz e construindo, em sua mente, opiniões a respeito dele. Mas, senhoras e senhores, para mim, ele parece ser uma pessoa totalmente insensível. Fiquei muito decepcionada com os baixos níveis de emoção que vi ele expressar. Até mesmo ontem com o rompante das câmeras, ele parecia ter calculado tudo para estragar a nossa experiência, em vez de motivado alguma paixão.

Na tela à direita de Kristina, o logotipo do olho desliza para o canto, e o centro é preenchido com a transmissão ao vivo de Isaac na Cela 7.

KRISTINA: Olhem para ele agora. Não demonstra nervosismo, não está andando de um lado para outro, não está roendo as unhas, não está gritando, berrando e nem batendo com os punhos no vidro. Não estamos vendo nem mesmo lágrimas. O que isso nos diz sobre ele? Que é uma pessoa de coração gelado? Que não se importa? Que não sente remorso? Para mim, é o que parece. Com certeza uma pessoa inocente, ou alguém que é culpado, mas que se arrepende de suas ações, estaria chorando neste momento. Senhoras e senhores, adolescentes, crianças, avós, eu sei como eu votaria; eu sei como venho votando. Não quero que um monstro como Isaac Paige ande pelas mesmas ruas que eu, ou que a minha família.

Ela faz uma pausa, deixando as palavras pairarem no ar.

KRISTINA: Com menos de três horas até a sua possível execução, vamos dar uma olhada nas estatísticas Atualizem os números, por favor.

Na tela, a imagem de Isaac é minimizada à direita, enquanto duas colunas aparecem do lado esquerdo: Culpado e Inocente.

KRISTINA: Na última atualização, há uma hora, 98% dos votos o declaravam culpado. Somente entre eu e vocês: não consigo imaginar por que os votos não estão em 100%, mas vamos dar uma olhada no que a nossa atualização vai mostrar.

Luzes vermelhas sobem e descem pelas colunas; a tensão cresce.

KRISTINA: Esse suspense está me matando!

A animação das colunas para com o som de uma explosão. A expressão de Kristina demonstra toda a sua surpresa. A plateia está em completo silêncio.

KRISTINA: Ora, ora, não é uma surpresa? Acho que temos algum problema eletrônico aqui, telespectadores. Um índice de 84% para culpado parece ser uma queda bem forte, não é mesmo? Vamos pedir uma nova atualização?

Os resultados desaparecem da tela e novamente as luzes vermelhas sobem e descem pelas duas colunas. Mais uma vez, elas param com uma explosão. Kristina fica sentada, imóvel e boquiaberta. O silêncio paira sobre o estúdio.

KRISTINA: Meu Deus, 78%, ainda menos. Parece que estamos testemunhando uma reviravolta nas opiniões, algo que não é visto desde o caso Stanton. Mas da maneira oposta. Que empolgante!

Seu rosto se estica para formar um sorriso. A plateia acompanha a deixa e aplaude.

KRISTINA: Estamos vivenciando algo verdadeiramente especial na noite de hoje. O que a população está pensando? O que eles sabem sobre o caso? Alguma coisa que nós não sabemos? Este rapaz que admitiu publicamente haver matado o seu pai, não pode ser inocentado. Certamente, vocês, telespectadores, não o querem andando pelas suas ruas. Vamos recapitular as informações para os votos. Para votar pela condenação de Isaac Paige, disque 0909 87 97 77 e acrescente o 7 ao final; para votar pela sua inocência, acrescente o 0. Para votar pelo celular, envie uma mensagem de texto com a palavra MORRER ou VIVER para 7997. Você também pode votar on-line, acessando o nosso website, www.olhoporolhoproducoes.com, clicando na aba "Isaac Paige, Adolescente Assassino" na parte de cima da tela e registrar o seu voto. No website você também encontra as informações atualizadas sobre os preços e a listagem completa dos nossos termos e condições. Continuem conosco depois da mensagem do nosso patrocinador, Cyber Secure.

## MAX E JOSHUA

Em uma pequena sala no porão da Real Corte da Justiça, embaixo dos estúdios de TV, Max e Joshua estão diante de um computador. A única luz na sala é a iluminação azulada da tela e uma linha branca que surge por baixo da porta trancada. Max digita sem parar em um teclado, enquanto Joshua movimenta janelas com informações e caixas na tela sensível ao toque.

— Ainda está em setenta e quatro por cento — sussurra Joshua.

— Não posso diminuir as estatísticas tão rápido — diz Max. — As pessoas vão começar a desconfiar demais. E há votos chegando o tempo todo. Os votos para culpado continuam tentando reverter a queda.

— Ainda há muitos votos chegando?

Max assente. — Um monte. Há dois números que estão programados para fazer rediscagens automáticas, votando o tempo todo para declará-lo culpado. Quem poderia ter tanta vontade de ver Isaac morto?

— Não é Isaac que eles querem ver morto — explica Joshua. — E sim o que ele representa. São números de telefones do governo. Tecnicamente, são os contribuintes que estão pagando por essas ligações.

— Agora há um outro número, com o mesmo prefixo, fazendo a mesma coisa.

— É o governo de novo.

— Mas... quanto mais eu faço isso, mais eles votam contra, e mais caro fica para as pessoas.

— Você não pode pensar desse jeito. Você está lutando por algo que é maior do que o dinheiro.

— Nada é maior do que o dinheiro.

— Poder — diz Joshua. — Poder é tudo para eles. O que você está fazendo, a sua pequena gangue de amigos...

— Não somos uma gangue.

— É assim que eles veem vocês. O que vocês estão fazendo ameaça o controle que eles têm sobre o poder. Eles farão o que for preciso para impedir que isso aconteça.

— O que for preciso? Como o quê?

— Tudo. Assassinatos, subornos, mentiras, difamação, chantagem. Mas você sabe disso. Eles já fizeram isso. Não é disso que se trata? Vocês precisam tirar o poder das mãos deles.

— Por que você está tão interessado nisso? Achei que você era um deles.

Joshua olha para ele por um momento, e depois volta a observar a tela. — Sessenta e nove por cento — diz ele.

— Obrigado — balbucia Max.

— Por quê?

— Por fazer isto.

— Hmmm... bem, depois do meu discurso de ontem, e depois que você apareceu, parecia ser um caso de agora ou nunca. Entende o que eu estou dizendo?

— Você acha que eles vão te demitir?

— Sem dúvida. Estou surpreso por não terem feito isso ainda, mas, no momento, estou apenas suspenso. — Ele para e olha para Max, com o rosto cansado e marcado, iluminado pelo azul da tela. — Faça algo por mim, em troca — continua ele.

— O quê?

— Converse com a sua mãe.

Passos soam pelo corredor, e os dois ficam paralisados. Vozes abafadas conversam entre si, mas é impossível compreender o que dizem. Ao longe, alguém grita e os passos se afastam.

— Se eles nos encontrarem aqui, estamos fodidos.

— Com certeza estamos — concorda Joshua.

## MARTHA

O que é isso no ar? Raiva? Desespero? Medo? Empolgação? Chega a zumbir. Como ruídos. As pessoas estão elétricas. Tensas. Ondas de conversas, vozes exaltadas, dedos apontando.

No telão, que está do lado de fora do estúdio, as estatísticas se reajustam. Por que Kristina está lá? Ela parece estar nervosa, preocupada. Onde está Joshua?

Bang. Os números param. Ali está, em números gigantescos, vermelhos e brilhantes: sessenta e sete por cento culpado.

As pessoas gritam e vaiam ainda mais. Elas se agitam, começam a se empurrar. Nada de sorrisos, somente raiva. Raiva porque alguém pode ser declarado inocente. Alguém pode viver.

Como essa gente pode ser tão insensível? Ele fez o que fez, mas as coisas não são tão simples assim, não é mesmo? Mas eles não querem o complicado. Querem ver a justiça feita. A sua versão da justiça. Precisam de um bode expiatório. Alguém para quem possam apontar o dedo e culpar.

Quem foi que me disse isso? Patty.

Patty. Meu Deus, foi Patty. A bomba. Ainda está nas minhas costas. O detonador ainda está no meu bolso. Merda. Meu rosto começa a coçar por causa do calor. O suor se forma sobre o meu lábio superior.

Quero sair daqui. Preciso sair. Essas pessoas estão me assustando. Como é possível que tenham tanto desejo de ver alguém morto? Como é possível?

## EVE E CÍCERO

Os dedos de Eve batem em um ritmo constante no volante; os nós dos dedos estão ressecados e rachados em certos locais, e as unhas roídas estão bem curtas e com as pontas quebradas.

Diante do carro, o trânsito se estende por uma distância enorme e os primeiros pingos de chuva batem no para-brisa. Os limpadores rangem quando esfregam o vidro.

— Por que você não me contou? — pergunta Cícero com a voz tranquila, no banco do passageiro.

— Não sei — murmura ela em resposta. — Muitas razões. Eu não o conhecia tão bem naquela época, então, eu não queria colocá-lo em uma posição difícil.

Ele faz que sim com a cabeça. — De quem foi a decisão? Para que ele assumisse a culpa.

Ela vira de frente para ele. — Faz alguma diferença para você? Se eu dissesse que pedi a ele para morrer por mim, você passaria subitamente a me odiar?

— Não, Eve, de jeito nenhum.

A chuva começa a cair com mais força.

— Tentei convencê-lo a não fazer aquilo. Implorei, mas ele se recusou. Eu não... não podia... — Ela bate no volante com as mãos. — Por que não conseguimos sair daqui? Já estamos atrasados.

Cícero suspira. — Eve, por favor, acalme-se. Vamos falar sobre isso.

Ignorando o pedido dele, Eve liga o rádio. Passando pelos canais, ela para ao ouvir a voz familiar de Kristina Albright.

— ... realmente inacreditável. As estatísticas caíram cerca de trinta e três por cento nas últimas duas horas, e agora estão em sessenta e cinco por cento...

Eve e Cícero olham um para o outro.

— ... totalmente sem precedentes — continua ela. — Mesmo quando comparado ao caso Stanton.

— Talvez ele consiga ser solto — sussurra Cícero.

A voz de Kristina prossegue. — ... uma multidão bastante irritada e ruidosa está diante dos prédios do corredor da morte e dos estúdios da Corte da Justiça esta noite, gritando e dizendo que a votação está sendo manipulada.

— Eles querem sangue — diz Eve. — Mesmo se ele for inocentado. O que vai acontecer se o deixarem sair? Isaac vai ser linchado.

O celular de Cícero toca e ele o tira do bolso, apertando os olhos por trás dos óculos de lentes grossas conforme lê a mensagem.

"Com Joshua. Estamos arrumando os votos. Acho que tudo vai dar certo. Dedos cruzados."

— Precisamos chegar lá — diz Cícero, olhando pelo para-brisa o trânsito que se estende até onde a vista alcança.

— O quê? — diz Eve. — Você mudou...

— As circunstâncias também mudaram — responde ele, enfiando o telefone de volta no bolso.

Bruscamente, Eve dá uma guinada violenta no carro para a lateral da estrada.

— Aqui é uma faixa amarela dupla! — Retruca Cícero. — Você não pode deixar o carro aqui.

Ela tira as chaves da ignição e abre a porta.

— Neste momento, eu não estou dando a mínima.

## ISAAC

*Isso tudo é como um grande sonho. Um pesadelo.* Pensei, quando as últimas estatísticas foram anunciadas, que eu devia estar dormindo ou tendo alucinações, que talvez houvessem me drogado ou estavam plantando imagens no meu cérebro.

Por isso, eu estapeio o próprio rosto com toda a força que consigo reunir, mas nada mudou, e agora estou me sentindo dolorido, então acho que devo estar acordado.

O relógio atrás de mim diz 19h58. Estou esperando que a próxima atualização volte a estar na casa dos noventa e poucos por cento. Não posso me permitir ficar empolgado ou pensar que talvez eu consiga sair daqui para ver Martha outra vez. Que eu possa viver.

Estou diante do vidro, olhando para os assentos e os rostos que me observam. Olhei para cada um deles e ela não está aqui. Por quê?

O que foi que a pessoa que telefonou para o programa disse ontem? *Espero que a prendam.* Queria que alguém me explicasse isso, mas quem? Não vejo ninguém além do guarda que me escolta de uma cela para outra, e ele não diz uma palavra.

Eu esperava que ela estivesse aqui; queria vê-la uma última vez. Mas, ao mesmo tempo, não queria que ela me visse morrer. Queria que as lembranças que ela tivesse de mim fossem apenas as boas, não dos meus olhos saltando da cabeça, ou do meu cabelo pegando fogo, ou de meus gritos de dor.

Mas e se ela estiver foragida? E se eu realmente conseguir sair deste lugar? Patty não está aqui. Aquele assento vazio na primeira fila deve estar reservado para ela. Eve também não está aqui. Nem Cícero e nem Max. Por quê?

— O horário é: vinte horas. Você tem: uma hora até a sua possível execução. As estatísticas atuais são...

Meu estômago se revira. Eles começaram a fazer essas pausas longas e dramáticas. Para aumentar o suspense ou verificar novamente os índices, não sei exatamente o porquê.

Eu inspiro, expiro, inspiro, expiro, mas faço isso rápido demais e acabo ficando tonto.

— 63% a favor, 37% contra. Faremos uma nova atualização em: trinta minutos.

Diabos. Tenho que encostar a mão no vidro para não perder o equilíbrio. Precisam da maioria dos votos para me executar. É preciso que as estatísticas caiam mais 13%.

Eu poderia sair daqui. Eu poderia sair daqui. Mas... Martha, espere por mim. Esteja por perto... Se... Não, não se atreva nem mesmo a pensar nisso.

## MARTHA

A cidade está enlouquecendo. Em todas as telas, em todos os jornais, em todas as conversas. É só isso que ouço.

— Ele é um assassino.

— Ele merece morrer.

— Fodam-se as estatísticas, fritem o desgraçado assim mesmo.

— Peguem aquela garota Honeydew e coloquem-na ali dentro outra vez! Os dois são culpados mesmo!

Eu estremeço ao ouvir o meu nome.

Multidões estão avançando pelas ruas. Alguns com rostos sérios voltando para casa; pais e mães de família também, alguns estão arrastando seus filhos a toda velocidade ou empurrando carrinhos de bebê por entre as frestas entre os corpos, preocupados. Outros claramente não estão dando a mínima, e seguem comprando roupas ou comendo, encostados em grades enquanto o caos ameaça explodir à sua volta, mas a maioria deles tem só uma coisa na mente agora. Estão saindo dos arredores do estúdio da TV, saindo dos bares, das cafeterias e das lojas e indo para o prédio do corredor da morte. E eu também estou.

Menos de uma hora para que as estatísticas caiam para menos de cinquenta. Quero estar lá quando ele sair. E se não baixarem mais? Então eu sei o que tenho que fazer, e vou fazer isso.

Ao longe, o Big Ben marca que quinze minutos já se passaram desde as oito horas.

Diabos. Vá até lá, Martha. E ande logo com isso.

## MORTE É JUSTIÇA

À direita do palco, a tela está preenchida pela transmissão ao vivo que mostra Isaac na Cela 7. Kristina está ao lado; um sorriso forçado se estende por seu rosto perfeito. Diante dela a plateia está agitada, as pessoas conversando entre si, falando aos telefones celulares ou apertando freneticamente os botões.

KRISTINA: Que noite incrível de entretenimento estamos tendo aqui, novamente exibindo algo pela primeira vez em nosso programa icônico, mostrando a verdadeira democracia e a justiça em ação conforme...

MEMBRO DA PLATEIA 1: Isto não é justiça! Ele é um assassino! Ele merece morrer!

KRISTINA: ... os votos são registrados e contados. Podemos dizer que recebemos um número recorde de votos hoje, um total de...

MEMBRO DA PLATEIA 2: Porque todos nós queremos vê-lo morrer, é claro!

O sorriso de Kristina vacila, uma breve falta de controle surge em sua expressão antes que ela se recomponha e volte a olhar para a câmera.

KRISTINA: Vamos dar mais uma olhada naquelas estatísticas.

A transmissão ao vivo desliza para a direita da tela outra vez, conforme a esquerda é preenchida pelas duas colunas. As luzes vermelhas piscam nelas.

KRISTINA: Falando por mim mesma, mal consigo esperar para ver os índices subirem outra vez na coluna dos votos para culpado.

Ouve-se o efeito sonoro habitual da explosão. Kristina encara a tela. A imagem mostra 55% culpado; as linhas nas duas colunas estão quase no mesmo nível. Ela olha para as pessoas que estão na plateia, que a encaram silenciosamente de volta, com olhares irritados. Ela limpa a garganta, toca a orelha e olha para a câmera.

KRISTINA: Ainda resta meia hora no relógio e, qualquer coisa, absolutamente qualquer coisa, ainda pode acontecer.

MEMBRO DA PLATEIA 3: Essa votação é fajuta!

MEMBRO DA PLATEIA 4: Queremos vê-lo morto! A sociedade merece justiça. Nós, o povo, merecemos justiça.

MEMBRO DA PLATEIA 5 (gritando): MATEM TODOS OS ASSASSINOS! SEM EXCEÇÃO!

A audiência vaia e grita. Alguns se levantam, outros agitam os punhos fechados no ar. Dois guardas de segurança sobem ao palco. Kristina, com o sorriso de plástico de volta no lugar, mas com o olhar tomado pela incerteza, recua até a mesa e senta-se desajeitadamente na banqueta alta.

## MARTHA

O suor está escorrendo pelas minhas costas. Estou correndo pelas ruas agora. Abrindo caminho à força por entre uma multidão de pessoas que me empurram para um lado, e depois para outro.

As pessoas estão furiosas. Elas se entreolham com expressões sérias, ou mesmo zombeteiras, e depois fazem que não com as cabeças.

São animais e alguém está ameaçando roubar sua presa. São vampiros desesperados por sangue. Ensandecidos.

Mantenho a cabeça coberta pelo capuz. Só Deus sabe o que fariam se soubessem que estou aqui.

Continuo andando por entre um grupo de rapazes com latas de cerveja nas mãos. — Se ele sair de lá, nós mesmos devíamos matar o desgraçado — diz um deles.

— Isso mesmo. É olho por olho. Vamos atirar na cabeça dele.

— Essa merda é uma piada sem graça. Muitos idiotas e simpatizantes, esse é o problema com este país. O poder para o povo é o que nós queremos. MATEM OS ASSASSINOS!

Eles gritam essa frase sem parar. Ela enche o ar; fazendo os meus ouvidos vibrarem.

Eu vou para o outro lado da rua para me afastar deles, encontro um lugar perto de uma família, uma mãe com seus dois filhos, pensando que será mais seguro.

— Vocês sabem o motivo de estarmos indo para lá, não é? — eu a ouço dizer.

As crianças olham para ela.

— O Senhor diz na Bíblia: "Olho por olho, dente por dente". É isso que Ele nos manda fazer, mas algumas pessoas questionam o texto sagrado e acham que podem afrontar a Sua santa palavra...

*Mas que diabos...?*

— Deus quer que ele morra. Precisamos garantir que seja feita a vontade de Deus.

*É só se afastar deles,* eu digo a mim mesma, e empurro algumas pessoas e forço para abrir caminho por entre elas da melhor maneira que consigo, desejando, sem muita esperança, que em algum lugar, no meio desta multidão, haja alguém que acredite em uma justiça realmente justa e igualitária, que acredita em um Deus amoroso, compreensivo e misericordioso — isso se estiverem dispostos a acreditar em um Deus, e que não acreditem sem questionar as porcarias que os jornais cospem, e que não sigam tudo às cegas como ovelhas, mas que reflitam o bastante sobre as coisas para tirar suas próprias conclusões e formar suas próprias opiniões.

A multidão vai ficando cada vez maior conforme eu me aproximo do prédio do corredor da morte. As pessoas subiram nas grades, estenderam faixas pedindo a morte de Isaac, assim como eu pediria para que ele sobrevivesse.

O ódio dessas pessoas se ergue como o hálito quente em meio ao tempo frio, penetrando profundamente na minha pele e chegando até os meus ossos, mas não vou deixar que me infecte.

*Vocês estão errados*, é o que tenho vontade de gritar para eles. *Abram os olhos! Questionem! Vejam o motivo pelo qual ele fez aquilo! Seus ignorantes de mente fechada... Jesus, não há palavras para descrever essas pessoas... imbecis, idiotas...*

Nada de insultos, Martha. Use o seu cérebro. Não se rebaixe ao nível deles. Preconceituosos. Manipulados. Intolerantes. Sim, cabeças de merda se encaixa muito bem, também.

Coisas estranhas surgem na memória nos momentos mais estranhos. Lembra-se da escola? Lembra-se do Sr. Shaw, o professor de educação religiosa? O seu ditado preferido...

*Não há nada mais perigoso do que a consciência de um preconceituoso.*

Não me lembro quem disse isso, se foi alguém famoso, ou alguma outra pessoa, mas agora eu entendo o que ele queria dizer.

O logotipo do olho, no alto do prédio, brilha na escuridão; o neon iluminado daquela íris azul-gelo, lembrando a todos nós o que acontece se não agirmos da maneira que eles querem.

Vez ou outra o logo começa a faiscar como um relâmpago. Ou uma descarga elétrica.

Estou cercada por pessoas que querem o sangue do homem que eu amo, e isso dói mais do que qualquer dor física que eu possa tentar imaginar.

Chego perto de uma mulher que está olhando para alguma coisa no seu celular.

— Como estão as estatísticas? — eu pergunto.

— Estão uma merda, com certeza. — Ela se vira e aponta para um lugar atrás de mim; algum jornalista montou um telão enorme para dar as atualizações.

Ela balança a cabeça quando os números surgem. — Somente cinquenta e dois por cento agora. Não acredito. E ainda chamam isso de justiça, hein? Atire em um homem, admita o que fez, e saia impune. Só pode ser piada.

— Esse é o sistema que escolhemos — comento, mantendo a cabeça baixa. — Acho que ele funciona tanto para um lado quanto para outro.

— O quê?

Dou de ombros. — Deve haver muitas pessoas que perderam a vida, mas que eram inocentes.

— Melhor assim do que vice-versa — responde ela.

Quero discutir com ela, mas não tenho tempo. Vou forçando a passagem até chegar à grade e olho por entre as barras. Ali está a calçada que leva até a entrada do auditório da Cela 7, ali está a janela para o que era a sala de aconselhamento, de onde eu olhei para fora tantas vezes, esperando estar livre, e ali está a árvore onde o pássaro fez o seu ninho, que me deu esperança e me lembrou que existia vida aqui fora.

As lembranças me fazem parar por um segundo. Tudo podia ter sido bem diferente. Eu poderia estar morta com a mesma facilidade. Estou vivendo um tempo extra. Preciso fazer com que valha a pena.

Eu respiro fundo e reúno a coragem.

*Vamos lá, garota.*

Perto da velha sala de aconselhamento, foi improvisado um estacionamento no gramado por causa de todas essas pessoas que estão aqui, eu acho. Mas não são carros de pessoas comuns, não; são todos carrões luxuosos como o de Patty. E, provavelmente, um daqueles carros é o dela.

Eu examino as placas da melhor maneira que consigo.

Ali está ele – P P41GE — bem próximo, para que ela não tenha que andar muito e molhar os cabelos nessa chuva.

Alguém me empurra para o lado e eu agarro as barras da grade para não cair no chão.

— Onze minutos — eu o ouço dizer. — Ainda estamos com a maioria. Não é? Cinquenta e dois por cento. Ainda vão fritá-lo.

*Diabos,* eu penso comigo mesma. *Tenho que entrar lá.*

Eu passo diante das grades e vou em direção da calçada que contorna o muro que dá para a área interna.

*É isso aí,* eu penso. *Onze minutos para terminar.*

E eu desapareço entre as sombras, virando a esquina.

## ISAAC

Sinto-me como um animal no zoológico, ou uma vaca esperando no matadouro.

Não sei o que fazer e não sei o que pensar; tudo que posso fazer é observá-los enquanto eles me observam. Não quero me virar e ver aquela cadeira me esperando, nem pensar em todas as pessoas que se sentaram nela antes de mim, inocentes ou culpadas, e lembrar deste momento na semana passa enquanto Martha estava sentada nela e eu estava lá fora.

Sinto-me um hipócrita porque sou culpado, mas as estatísticas... Não, não posso pensar isso. Não me atrevo a nutrir esperanças. Quero meus três minutos para falar. Explicar. Pedir desculpas. Simplesmente falar e saber que as pessoas estão escutando.

Patty está em seu assento agora. Seu olhar cruza com o meu e ela acena. Está sorrindo. Por que ela está tão feliz? Eu não aceno de volta. Eve está na lateral do estúdio conversando com um guarda, com uma mão no quadril e com a outra apontando para o rosto dele. Eu a observo.

Agora ela está com três dedos levantados; em seguida, ela se vira e aponta para mim. O que você está dizendo para ele, Eve?

Ouço um som que vem de trás. Viro-me. Uma pequena porta nos fundos da cela está se abrindo. Por um momento eu penso em me espremer por ali e tentar escapar, mas eu dou uma olhada melhor e vejo que não tenho saída.

Rolando pelo trilho vem a máquina que foi apresentada na execução de Martha. Automática, sem a necessidade de um carrasco, sem chance de erro humano. Tenho certeza de que ela está zunindo. Um ruído elétrico grave e baixo, como se já estivesse conectada à rede de energia e pronta para funcionar. Acho que está.

Ela para atrás da cadeira, com a sua coroa de metal esperando pela minha cabeça. Sinto-me enjoado. Estou tremendo.

Não consigo desviar o olhar. Vou em direção dela, estendendo a mão para tocar no metal. Está zunindo, e tem um cheiro estranho, também, como a chapinha que Patty usa para alisar o cabelo ou fogos de artifício. Metálico e queimado. Quando me aproximo, consigo ver marcas chamuscadas na coroa, e agora eu vejo marcas nas correias da cadeira, também. Coloco a mão sobre o couro.

Quantos pulsos foram presos aqui? Minhas pernas fraquejam. Subitamente, eu estou de joelhos. Lágrimas caem do meu rosto. Estou assustado. Estou muito assustado.

Martha, eu queria que você estivesse aqui comigo. Queria poder abraçá-la. Martha...

Eu ouço um ruído, um tamborilar, batidas e pancadas, e viro-me para o outro lado. Eve está diante da vidraça de observação, e eu me levanto e vou até lá a passos trôpegos. Sua palma está pressionada contra o vidro; eu ergo a minha e a coloco diante da mão dela, virada para fora. Seus olhos estão repletos de muito carinho e amor. E lágrimas.

Ergo três dedos para ela e crispo as sobrancelhas, mas ela faz que não com a cabeça. Isso significa que eu não vou poder falar? Como eles podem mudar as coisas tão rapidamente e sem explicação?

Ela está formando palavras com a boca, mas não consigo entender. Uma única palavra, várias e várias vezes. Os seguranças chegam correndo e a puxam para tirá-la dali, mas ela continua firme, ainda formando aquela palavra com a boca.

"Esperança". É isso que ela está dizendo. "Esperança".

Cícero está com ela agora, discutindo acaloradamente com os guardas, mas eu faço um sinal positivo com a cabeça para Eve para dizer a ela que entendo, e ela retribui o gesto. E quando ela remove a mão do vidro, ela enxuga o rosto e volta para o seu assento.

Por que você não fez isso, Patty? É o que eu me pergunto. Ainda mais porque ela foi a Mãe do Ano da revista *Pais cuidadosos* por dois anos seguidos. Mas eu acho que isso não tem mais importância agora.

Patty não vai falar por mim quando as ligações forem encerradas, eu sei disso. Talvez Eve fale. Eu esperava que fosse Martha, mas...

— O horário é: 20h50.

*Esperança,* eu penso.

— Você tem: dez minutos até a sua possível execução. As estatísticas no momento são:

*Lembranças invadem a minha cabeça. A esperança é a negação da realidade. A esperança é a mãe dos tolos. A esperança é o pior de todos os males, porque prolonga o tormento do homem.*

A esperança, para mim, agora, é ridícula. Dolorosa. Desculpe-me, Eve, mas você está errada.

A pausa se estende. Minha cabeça está latejando, meu estômago está embrulhado e se revirando. Levanto a mão e ela está tremendo, e as minhas pernas estão bambas.

— 51% a favor, 49% contra. As ligações serão encerradas em: cinco minutos.

Minha cabeça gira. Cinquenta e um por cento. Oh, meu Deus. Eu desabo no chão e coloco a cabeça entre as pernas. Meu Deus, não consigo enxergar direito. Basta mais um por cento, e eu vou... eu vou... *Esperança...* Será que eu devo me atrever?

Eu fecho os olhos e, na minha imaginação, estendo a mão e Martha abre os braços para mim. As pontas dos nossos dedos estão tão próximas... tão próximas... *A esperança enxerga o invisível, toca o intangível e conquista o impossível.*

## MAX E JOSHUA

— Por que você não pode causar uma virada brusca na votação? — pergunta Joshua.

Max faz que não com a cabeça, operando o teclado com uma velocidade impressionante. — Estou tentando, mas as linhas telefônicas estão ficando loucas. Estou fazendo o melhor que posso, mas há tantas pessoas votando pela culpa dele que é como se eu estivesse lutando contra toda essa gente.

— Bloqueie as linhas telefônicas.

— Há os votos pela internet também, e pelas mensagens de texto.

— Não consegue bloquear todos?

— Se tivéssemos tempo! — grita ele.

Joshua coloca um dedo diante dos lábios e seus olhos se arregalam. — Shhhh — diz ele. — Se nos ouvirem...

— Ok — diz Max, por entre os dentes. — Sim, eu posso bloquear todas as linhas, mas quando eu tiver terminado, a votação já vai ter aumentado tanto que será tarde demais. Entendeu?

Joshua olha para o relógio. — Agora são três minutos até as ligações se encerrarem.

## MARTHA

Por cima do muro, atravessando o gramado, entre as sombras dos carros, passando pela árvore de Eve e dando a volta até a parte de trás, onde ninguém pode me ver. Se as câmeras do circuito fechado de segurança foram trocadas de posição, então, eu estou ferrada.

Ainda consigo ouvir a multidão. Vi as últimas estatísticas — cinquenta e um por cento. Deus do céu, espero que eu não tenha que detonar isso aqui.

Eu uso as luzes das janelas acima de mim para guiar o meu caminho, seguindo o que aquele cara me disse, e passo as mãos pela parede, contando as janelas para ter certeza de que estou indo ao lugar certo.

Um, dois, três, quatro, cinco, seis, e um lugar onde não há janelas, que é a sete. Passo pela moita espetada e pelo cano de drenagem. Mais três passos e paro. Agacho-me. Sim, aqui está. Uma espécie de cano de drenagem.

— Tantos prisioneiros vomitam ou defecam que os pisos tiveram que ser azulejados para manter a limpeza — explicou ele na ocasião. — Eles colocam um ralo para que todos os fluidos corporais possam ser escoados com uma mangueira. Claro, as pessoas que estão na parte da frente do prédio não querem ver isso, então fizeram a instalação na parte de trás.

*Lindo,* eu me lembro de ter pensado.

Forço as unhas por entre as frestas e puxo a tampa da grade do dreno. Há uma descarga súbita de um fluido com coisas encaroçadas. O cheiro é horrível e eu sinto a garganta se fechar, e chego a ficar feliz por não conseguir ver direito a cor daquilo.

*Fique firme.*

Eu pego a mochila e começo a enfiá-la no buraco. Mas então, liguei o telefone; me certificando de que está pronto para detonar; e coloco-o em meu bolso. Paro. Não sei por quê. Curiosidade, talvez. Quem sabe?

Eu a tiro dali. Devo ter uns dois minutos até que as ligações sejam encerradas. Sete até a execução. Se...

Rápido. Rápido. Minhas mãos estão tremendo e meus dedos são inúteis e desajeitados, mas eu dou um jeito de conseguir forçar a mochila e puxar o zíper.

Qual é a aparência de um explosivo? Eu coloco a minha mão no interior. Ela toca em algo sólido. Frio, com a superfície úmida. Eu tiro aquilo dali de dentro. E olho para ele.

O quê? O quê? Isso é...

Meu estômago se revira outra vez. Eu me viro e vomito. Isto é... Isto é... Jesus, eu não entendo, mas eu sei, e sei muito bem, que isso que tenho na mão não é nenhum tipo de explosivo.

É... eu afasto o revestimento que cobria o objeto com o polegar e aperto os olhos em meio à escuridão... é...

"Massa de modelar", eu leio.

O quê? Eu me levanto e jogo aquilo no chão.

*Massa de modelar?*

Eles nem se deram ao trabalho de fazer com que aquilo se parecesse com um explosivo! Jesus...

O que faço agora? Como estão as estatísticas? Puta que pariu, que merda. Isaac, eu estraguei tudo, e não posso fazer nada agora. Eu lamento. Lamento muito. Eu me afasto dali, mas dou meia-volta, vou até onde larguei a mochila e a acerto com um pontapé.

— Merda! — eu grito. E chuto a mochila de novo.

*E se...? E se...?* Essa expressão fica girando na minha cabeça. Luzes nos meus olhos, como se eu tivesse me levantado rápido demais.

*Vá até um lugar onde você possa ouvir as estatísticas, Martha,* diz a minha cabeça. *Vamos lá, não tombe agora, garota, vamos...*

Sim, eu penso. Sim, vamos lá. Mantenha a cabeça no lugar. Mantenha a sanidade para quando ele sair de lá.

Se ele sair.

## MORTE É JUSTIÇA

Uma linha de agentes de segurança está colocada entre a plateia e o palco. Kristina está ao lado da tela outra vez, com os dedos agitados. A plateia está indócil; alguns conversam ao telefone, outros estão digitando nos aparelhos, alguns em pé e gritando, outros estão bem diante dos seguranças, estão esbravejando, com gotas de saliva saindo pelas bocas irritadas.

Kristina toca a orelha, sorri e olha para a câmera.

KRISTINA: Senhoras e senhores, leais telespectadores, parece que o nosso programa revolucionário e inovador está, como sempre, tocando em pontos nevrálgicos e provocando reações. Ainda temos...

Ela faz uma pausa e vira-se de frente para a tela, olhando para a contagem regressiva.

KRISTINA: ... trinta segundos até as ligações serem encerradas.

## ISAAC

Eu observo a plateia enquanto eles me observam. Ainda não há nenhum sinal de Martha. Será que ela está assistindo a tudo em algum outro lugar? Pela TV? Eu queria que ela estivesse aqui.

Sempre que meu olhar cruza com o de Eve, ela levanta a mão e a coloca sobre o coração.

Achei que eu iria me sentir calmo agora, e aceitar a minha situação, mas, em vez disso, sinto como se eu fosse desmaiar a qualquer momento, ou vomitar, ou desabar no chão outra vez. Estou tremendo, minha cabeça está latejando com força, minhas mãos estão suadas e eu não sei o que fazer comigo mesmo. Sento-me no chão e sinto vontade de me levantar. Levanto-me e sinto vontade de andar. Eu caminho e sinto vontade de sentar.

Quero que o tempo se estenda indefinidamente para que a decisão nunca seja alcançada, e, ao mesmo tempo, quero que ele pare agora e acabe com essa tortura que é a espera. Meu cérebro é todo confusão, falta de lógica e bobagens. Está desistindo da luta. O estresse é grande demais para suportar.

— O horário é: 20h55, e as ligações estão encerradas agora.

Minhas pernas não vão mais aguentar o peso do corpo.

— As estatísticas finais são...

Eu desabo no chão. Não consigo parar de chorar.

— 48,7% a favor, 51,3% contra.

Oh, meu Deus. Oh, meu Deus. Oh, meu...

Eu ergo os olhos.

Quarenta e oito por cento contra? Contra o quê? Por um momento eu fico em pânico. Não consigo me lembrar do que significa a favor e o que significa contra.

E então, eu vejo Eve se levantando. Sorrindo. Chorando. Mas sorrindo. Assentindo com a cabeça.

Eu retribuo o sorriso e as lágrimas estão rolando pelo meu rosto. Eu vou para casa. Eu vou viver. Martha, eu vou viver. Vou estar com você logo.

## EVE E CÍCERO

Eve volta a se sentar, fecha os olhos aliviada e as lágrimas escorrem pelo seu rosto. Ela sente o braço de Cícero passar ao redor dos seus ombros e se inclina junto a ele; o calor e a compaixão de Cícero a envolvem.

Nenhum dos dois diz uma palavra, mas eles estendem os braços, as mãos de um buscando as do outro.

## MAX E JOSHUA

A luz do computador pisca e se apaga, e a sala fica mergulhada na escuridão. Joshua pega a jaqueta que está no encosto da cadeira e a coloca ao redor do corpo.

Fechando o zíper do casaco que veste, Max se vira para Joshua.

— Ainda não entendo por que você abriu a porta da sua casa para mim — diz ele. — Ou por que você confiou em mim.

Joshua ergue as golas do casaco e suspira. — Eu recebi um telefonema — responde ele. — Alguém, a voz de uma mulher, dizendo-me que havia um rapaz a caminho e que eu deveria ajudá-lo.

— Mas como eles... ela...? — A voz dele morre no ar.

— Não sei — sussurra ele.

Max vai na direção da porta. — Quem foi?

— Também não sei dizer. Uma apoiadora secreta? Uma amiga? Quem sabe? Eu cheguei a pensar que poderia ser uma armadilha. Se tudo isso seria uma cilada. Mas pensei, o que importa? Como eu disse antes, era um caso de agir agora ou nunca. Resolvi correr o risco.

— Ainda estamos correndo esse risco — diz Max. — Acha que vamos conseguir sair daqui sem que nos vejam?

— Vamos esperar que sim — responde Joshua. — Eu sei onde fica a saída de incêndio.

## MORTE É JUSTIÇA

A plateia furiosa está tentando atravessar a linha montada pelos seguranças, com os punhos no ar e os rostos contorcidos pela raiva. Kristina está no meio do palco, com os braços erguidos e as mãos espalmadas.

KRISTINA (gritando): Por favor, fiquem calmos!

PLATEIA (todos gritando): JUS-TI-ÇA, JUS-TI-ÇA, JUS-TI-ÇA!

Lentamente, o sorriso da apresentadora se desfaz e ela recua.

## MARTHA

Estou piscando os olhos e olhando fixamente, olhando e piscando. Estou desviando o olhar, fechando os olhos, abrindo-os, voltando a olhar novamente. Mas a tela continua dizendo a mesma coisa. Eu leio em voz alta o que está na tela do jornalista. — A favor: 48,7%. Contra: 51,3%.

É real. É... real. Ele vai voltar para casa. Está salvo. Oh, meu Deus.

Eu cambaleio para frente e apoio a mão em uma árvore ao meu lado, e lembro-me da árvore e do pássaro de Eve. Sinto alguma coisa dentro da jaqueta encostar no meu corpo, e coloco a mão no bolso. É o telefone, o detonador, e eu solto uma gargalhada.

— Nem precisei disso, Patty, apesar da sua armação — cu digo para o céu. O nosso céu, Isaac, com as nossas estrelas para as quais vamos olhar juntos outra vez.

Não consigo conter as lágrimas que correm pelo meu rosto, mas não me importo. Não dou a mínima para isso porque o homem que eu amo foi salvo, e há esperança para o futuro. Eu saio das sombras e atravesso o gramado.

Vejo os carros, o de Patty está parado bem perto. Vejo a porta pela qual ele vai sair e vejo a árvore de Eve. Estou sorrindo e estou chorando ao mesmo tempo. Tão animada que não consigo ficar parada. Meu corpo treme e os meus dedos chegam a coçar pela empolgação.

Até que então, enfio as mãos nos bolsos e distraidamente aperto um botão no celular...

*BUMMM!*

Clarão. Branco. Luz. Choque. Força. Chama. Fogo. Calor. Fumaça. Destroços. Poeira. Silêncio.

LOGO DEPOIS

## MAX E JOSHUA

— O que foi isso? — pergunta Max.

Eles se viram para trás, olhando para o prédio do corredor da morte, para onde os outros estão apontando. Uma nuvem de poeira está se espalhando pelo ar, flutuando sobre o olho no céu. Não está brilhando tanto agora.

— O corredor da morte — diz Joshua.

Max balança a cabeça. — Ela fez o que disse que ia fazer. Por quê? Por que ela faria uma coisa dessas?

— O quê? — pergunta Joshua.

— Merda — diz ele. — Minha mãe está lá dentro. Eu a vi na sala de computadores.

E ele começa a correr.

## O PRÉDIO DO CORREDOR DA MORTE

Silêncio. Poeira. Calmaria. Destroços. Um chamado. Um grito. Um soluço. Tosse. Engasgos. Um último suspiro. Corpos. Luzes por entre a escuridão. Azul-piscante. Aceso, apagado, aceso, apagado, aceso, apagado, aceso, apagado... Sirenes gritando. Mais alto. Mais brilhante. Mais perto. Aqui.

## MARTHA

O quê... O quê... o que aconteceu? Oh... minha cabeça... braços... costas... A garganta parece estar entupida. Não consigo respirar. Muita poeira. Ai. Meu Deus.

*Erga o corpo, garota, olhe à sua volta e descubra o que houve.*

Paredes derrubadas. Carros em chamas. Alarmes. Sirenes.

Algumas pessoas estão andando a passos trôpegos, outras estão deitadas, imóveis.

*Pense, pense...*

Eu estava no prédio do corredor da morte. Vi as estatísticas. Ele estava livre. Eu estava dando a volta para encontrá-lo. Eu estava animada. Muito feliz.

*Olhe mais um pouco, pense...*

Passo as mãos por todo o meu corpo. Estou viva e respirando. Minha mão encosta em algo que está ao lado da minha perna. O telefone.

Oh, meu Deus. Não, não, não...

*Você apertou o botão. Foi você quem fez isso.*

Não. Era massa de modelar. Não um explosivo. A bomba verdadeira estava em outro lugar. Foi um truque.

A explosão não ocorreu na parte de trás do prédio. E não foi uma explosão pequena, como aquele cara disse. Foi uma detonação gigantesca, forte como o caralho, que arrebentou até o teto do lugar.

*Você a detonou. Foi você.*

Meu estômago se revira. Sinto um aperto no peito. Não consigo respirar. Estou confusa. Inspiro o ar com dificuldade e olho para cima. Olho à minha volta.

Carnificina.

Mas... onde foi a explosão? O estacionamento. O novo estacionamento. Bem ao lado da entrada.

*Eles a enganaram. Eles a manipularam o tempo inteiro. Você nunca ia explodir uma bomba para ajudar Isaac a escapar. Você explodiu uma bomba para...*

— Coloque as mãos para cima — grita uma voz para mim.

*... que eles pudessem usar isso contra você.*

Merda. Eu levanto os olhos, mas há estrelas diante dos meus olhos e eu não consigo enxergar direito. Vou desmaiar.

— Mãos para o alto. Agora.

Eu faço o que mandam.

*Você fez exatamente o que eles queriam.*

Uma luz brilha diante dos meus olhos. Eu me esquivo dela.

— Não fui eu quem fez isso! — eu grito para o ar... mas, na verdade, percebo que fui eu, sim.

Eles me erguem até eu ficar em pé. Mal consigo aguentar o peso do corpo. Minha cabeça pende para frente e eu vejo um deles pegando o telefone e colocando-o em um saco plástico.

— Não — eu grito. — Não, não foi minha culpa. Eu não tinha a intenção de fazer isso. Eles me enganaram!

Eu ergo os olhos. Flashes de câmeras nos meus olhos, luzes azuis dos carros da polícia e ambulâncias, o laranja das luzes dos postes, pontos brancos de pessoas filmando com os seus celulares. Por entre tudo aquilo, eu vejo alguém que vem correndo em minha direção.

*Seja Isaac,* eu penso, *por favor, por favor...*

A pessoa se aproxima, uma forma escura contra a luz.

— Martha! — grita ela.

Eve.

— Oh, meu Deus, Eve — eu digo, tentando me soltar de um policial enquanto as minhas pernas tremem. — Não foi culpa minha. Foi uma armação. Eles me enganaram. Patty. Foi Patty.

Eve tenta se aproximar de mim, mas os policiais a puxam para trás.

— Não pode ser — diz ela. — Patty estava lá dentro.

Eu balanço a cabeça. Não entendo. — Mas Patty, ela disse que... — Mas ela tem razão. Por que Patty estaria lá dentro se soubesse que isso iria acontecer? — Eu juro, Eve, isso não foi culpa minha. Você precisa acreditar em mim.

Mas será que foi Patty? E se não foi ela, então quem foi? Eve faz um gesto afirmativo com a cabeça e Cícero aparece atrás dela.

Eu tropeço outra vez quando vejo que ele também está vivo e a polícia puxa bruscamente os meus braços para trás e eu sinto o frio das algemas nos meus pulsos.

Eve avança e me toma em seus braços, e desta vez eles permitem que ela o faça. — Eu acredito em você — murmura ela no meu ouvido.

Eu olho fixamente para ela.

— Isaac? — eu sussurro.

Ela não responde. Há lágrimas em seus olhos. Eu faço que não com a cabeça. — Não — eu digo. — Não me diga que... não. Não depois de tudo isso.

— Eu não... — ela começa a falar, mas a polícia a interrompe.

— Martha Elizabeth Honeydew, você está sendo presa por...

Eu paro de prestar atenção. Quem se importa?

## CASA DA FAMÍLIA STANTON

Sob a luz fraca, Eve, Cícero, Max e Joshua estão sentados ao redor da mesa da cozinha, cada um com sua xícara de café, taça de vinho ou copo de whisky à frente do corpo, ao fundo, o noticiário continua a tagarelar.

Pratos de pãezinhos com bacon e enroladinhos de salsicha mastigados estão diante deles, com sua gordura se solidificando lentamente. Dispostos entre eles, sobre a mesa, há algumas fotografias e folhas de papel.

Max pega uma das fotografias. — Eles nos deixaram chegar exatamente ao lugar onde queriam — diz ele, olhando para a imagem onde ele e Joshua aparecem diante do computador, operando a máquina para falsificar as estatísticas.

— De onde veio isso tudo?

— Foi colocado por baixo da porta enquanto estávamos fora — responde Eve.

Cícero engole o whisky e chupa as pontas dos pelos do bigode.

Ele olha para Eve, mas ela está virada de frente para a televisão. Com a expressão séria, ela pega o controle remoto e aumenta o volume.

— Após a trágica explosão que aconteceu no prédio do corredor da morte há algumas horas, a polícia agora acredita que o plano foi arquitetado por um grupo que está tentando derrubar o governo.

Acredita-se que esse grupo é composto por dissidentes que já são conhecidos da polícia: Thomas Cícero, Eve Stanton, Joshua Decker, Max Stanton, Martha Honeydew, Isaac Paige e a recém-falecida Lydia Barkova.

Após o ataque, Paige continua desaparecido, supostamente morto, e Honeydew está sob custódia da polícia. Estamos esperando para receber atualizações sobre os outros e vamos trazer as notícias assim que as tivermos.

— O que vamos fazer? — pergunta Cícero.

— Vamos para o lugar onde seremos bem-recebidos e protegidos — diz Max. — Vamos para os Arranha-Céus.

Ouve-se uma batida na porta. Todos ficam paralisados, entreolhando-se.

— Eve Stanton! — grita uma voz do outro lado. — Abra a porta. Sabemos que você está aí.

Ninguém se move.

— Senhora Eve Stanton! Você está presa por assassinato e por perverter a execução da justiça.

Eve faz um gesto negativo com a cabeça, balançando-a de um lado para outro. — Saiam daqui — diz ela para todos eles. — Fujam para os Arranha-Céus. Podem deixar que eu cuido disso. Fujam... rápido... antes que sejam pegos.

— Mas, mãe...

— Este é o seu último aviso, Eve. Abra esta porta, ou vamos derrubá-la.

— Vão agora — diz ela. — Ela se aproxima de Max. — Amo você — diz ela.

Ele assente silenciosamente em resposta.

Quando Eve se levanta, Cícero segura a sua mão. Ela se detém por um rápido momento, e alguma coisa passa silenciosamente entre os dois.

— Vão — diz ela outra vez, e caminha até a porta.

# 1H30 DA MANHÃ — ROLAM OS CRÉDITOS DO *CAMPAINHA DA JUSTIÇA*

Música lenta e triste. As luzes giram acima do estúdio e em seguida se concentram em Kristina, que está ao lado do banco dos réus, trajando um vestido verde-escuro com renda preta ao redor da cintura, sapatos de vinil preto e um colar de esmeraldas.

Seus cabelos estão armados em um coque com mechas estrategicamente soltas que caem sobre seu rosto, e o batom escuro cintila sob a luz enquanto ela abre um sorriso fraco.

KRISTINA: Sejam bem-vindos ao nosso episódio especial da manhã... ou melhor dizendo, da madrugada, do programa *Campainha da Justiça.*

A plateia aplaude, discretamente. Há um ar de seriedade no ar.

KRISTINA: Este episódio emergencial está sendo transmitido ao vivo após os eventos trágicos que ocorreram no prédio do corredor da morte ontem à noite, então, nossas orações e bons votos vão para as pessoas afetadas por esse ataque desumano.

Ela faz uma pausa para causar efeito e baixa a cabeça por um momento. A plateia está em silêncio. Ela volta a erguer os olhos.

KRISTINA: Entretanto, estamos muito contentes, e também um pouco aliviados, pois podemos compartilhar com vocês a notícia de que uma suspeita foi rapidamente presa no local do crime, e, como acontece com todos os nossos modelos de justiça, sua sentença será estabelecida de maneira rápida e definitiva.

Ela se vira ligeiramente.

KRISTINA: Por favor, tragam a acusada — Martha Honeydew.

Com as mãos algemadas às costas, as roupas cobertas de poeira e com sangue nos joelhos e cotovelos, Martha é levada através do palco e colocada no banco dos réus. Seu rosto está arranhado, ensanguentado e com alguns hematomas, e ela cambaleia um pouco, caminhando sem muita firmeza nos pés. Vaias e assobios ecoam pela plateia.

KRISTINA: Sem demorar muito com este caso, já que todos desejamos ver a justiça sendo feita perante ao mais odioso de todos os ataques, vamos diretamente para o telão. Por favor, mostre-nos qual é o crime, ou os crimes dos quais a ex-detenta do corredor da morte, Martha Honeydew, está sendo acusada desta vez?

Do lado esquerdo, sob a palavra "CRIME", LEDs piscam antes que o mostrador pare. A lista se estende por toda a tela: DANOS AO PATRIMÔNIO PÚBLICO, INVASÃO, DANOS À PROPRIEDADE PRIVADA, PLANEJAMENTO DE ATAQUES, COMPRA DE SUBSTÂNCIA CONTROLADA, INSTIGAÇÃO DE EXPLOSÃO, CAUSAR FERIMENTOS CORPORAIS SÉRIOS, POR EM RISCO VIDAS ALHEIAS, DETONAR UM EXPLOSIVO IMPROVISADO INSTALADO EM VEÍCULO AUTOMOTOR...

Martha (gritando): Uma bomba em um carro? O quê? Eu não fiz nada disso. Juro que não fiz!

Kristina faz um gesto, passando o dedo diante da garganta, e o som do banco dos réus é cortado. As mãos de Martha se erguem, mostrando sua exasperação.

KRISTINA: Que lista, hein? E digam-nos, qual é a sentença para esses crimes?

Ao lado da palavra "TOTAL", as luzes piscam e param. Em vez de números, o mostrador exibe duas palavras: PRISÃO PERPÉTUA.

Um gemido generalizado soa por entre a plateia, que parece insatisfeita com a sentença.

MEMBRO DA PLATEIA: Essa desgraçada tem que fritar! Por que não dão a ela a pena de morte?

KRISTINA: Sim, eu creio que devo dar algumas explicações aqui. Como até o momento não houve nenhuma perda confirmada de vida, a pena de morte não pode ser aplicada, embora seja importante ressaltar que se os corpos de Patty Paige e Isaac Paige, que ainda estão desaparecidos, forem encontrados, ou se qualquer uma das oito pessoas que estão atualmente internadas em estado grave na UTI não sobreviverem, Honeydew será novamente colocada no corredor da morte.

MEMBRO DA PLATEIA: Ela explodiu o lugar, você não se lembra?

Com um ar confiante, Kristina fica de frente para a plateia.

KRISTINA: Nós temos alternativas, senhor. Posso garantir que o corredor da morte vai continuar a existir. Mas, neste momento, todos nós precisamos garantir que este processo seja concluído, então... vamos aos nossos jurados. Jurada número um, Robbi. Como você julga a acusada? Você tem trinta segundos.

A contagem regressiva começa.

ROBBI: Não preciso de trinta segundos.

Ela bate a mão no botão, e o olho sobre ela brilha.

KRISTINA: Ora, ora. Há fortes emoções por aqui, na noite de hoje. Mas não vamos nos apressar demais. A nossa plateia gosta de um pouco de suspense, vocês sabem! Jurado número dois, Ishaan, vamos ver a sua opinião. Seu tempo começa... agora.

ISHAAN: Por que ela não teve seus trinta segundos para falar?

KRISTINA: Sentimos que isso demonstraria uma enorme falta de sensibilidade com as famílias das pessoas que ainda estão no hospital. Restam vinte e cinco segundos no cronômetro.

ISHAAN: Não consigo imaginar o bem que a prisão dela causaria.

KRISTINA: Você quer que ela seja solta nas nossas ruas, Ishaan?

ISHAAN: Mas...

PLATEIA (entoando a palavra de ordem): CON-DE-NE, CON-DE-NE, CON-DE-NE.

KRISTINA: Quinze segundos.

A jurada número um, Robbi, balança a cabeça negativamente para Ishaan.

ROBBI: Você é um daqueles simpatizantes de merda? Cumpra o seu dever. Aperte a porra do botão!

Robbi empurra Ishaan pelo ombro. Ele se esquiva dela.

KRISTINA: Você precisa tomar uma decisão, Ishaan. Sete segundos.

A plateia começa a entoar a palavra de ordem mais alto. Ishaan faz que não com a cabeça, ergue a mão e aperta gentilmente a campainha. O segundo olho se ilumina.

Aplausos e gritos soam pelo estúdio.

Kristina abre um sorriso.

KRISTINA: Bem, a decisão está tomada, senhoras e senhores. Precisamos somente de dois votos para condenar; entretanto, em prol da democracia, vamos dar ao nosso terceiro jurado a oportunidade de votar, e veremos se o voto será unânime! Sid, agora é sua vez. O seu tempo começa... agora.

Sid olha para os outros, e depois para Martha, cuja cabeça está baixa e ela está em silêncio.

KRISTINA: Você gostaria de dizer alguma coisa rapidamente, Sid?

Gritos e vaias vêm da plateia.

SID (fazendo que sim com a cabeça): Sim, na verdade, eu gostaria. Os adolescentes de hoje são uma desgraça. Na minha época, isso nunca teria acontecido. Deviam transformar essa garota em um exemplo para os outros.

KRISTINA: Vinte, dezenove, dezoito...

Sid se levanta e começa a agitar o dedo no ar sem parar enquanto fala.

SID: Ela nos enganou direitinho na semana passada, nos fez de palhaços, juntamente com a imprensa. Só Deus sabe o quanto isso custou aos contribuintes. Ela não devia nos custar mais...

KRISTINA: Nove, oito, sete...

SID: Coloquem-na de volta no corredor da morte!

A plateia grita, empolgada.

KRISTINA: Cinco, quatro, três...

Sid bate com o punho fechado na última campainha e todos os três olhos brilham com sua luz azulada pelo estúdio, e sobre o rosto ferido de Martha.

O sorriso de Kristina se abre, largo e reluzente.

## O PRIMEIRO-MINISTRO

Diante do seu banco de telas na sala azul, o primeiro-ministro se reclina em sua cadeira.

Em uma das telas, três figuras estão caminhando — Cícero, Max e Joshua — com bolsas nas mãos, quando saem do trem na Galeria e caminham rumo ao gramado e os Arranha-Céus ao longe.

Ele olha para uma tela na esquerda: a transmissão em tempo real das câmeras de uma delegacia qualquer. Aperta um botão e aumenta o *zoom* para mostrar o rosto de Eve quando ela olha para um formulário sobre a mesa que está diante dela.

As palavras "Ingresso no corredor da morte, termos e condições" estão visíveis no alto da página. Ele assiste enquanto ela pega uma caneta e assina o seu nome no pé da página.

Em seguida, ele olha para a direita — e vê Martha sendo levada pelo palco no *Campainha da Justiça*, mexendo braços e pernas aceleradamente, enquanto tenta se esquivar conforme ovos e frutas podres são arremessados contra ela.

Finalmente, ele se concentra na tela que está acima. A maior de todas, o aparelho mostra a carnificina no prédio do corredor da morte. As ambulâncias e a polícia já saíram do local e a poeira baixou.

Fitas amarelas de isolamento da polícia se estendem por toda parte do prédio, mantendo as pessoas longe do local, enquanto balançam ao vento.

Ele sorri, inclina-se para frente e desliga os monitores.

— Vou encerrar o expediente por hoje, Sofia — diz ele. — Fizemos um trabalho excelente. Sua ajuda em toda essa questão foi impressionante.

Não se ouve nenhuma resposta, mas ele não percebe isso, e, ao se levantar e pegar o paletó que está pendurado no cabide, fala consigo mesmo.

— Uma cajadada... — diz ele — ... e todos os coelhos.

## MARTHA

Eles pegaram as minhas roupas. Me enfiaram de novo nos trajes da prisão. Pegaram o anel que Isaac me deu, também. E me fizeram ficar do lado de fora da delegacia, nesse cercado.

Disseram que não queriam um lixo como eu ali dentro. Disseram que a minha presença no quintal já era ruim o bastante. Pelo menos tiraram as algemas. O frio está horrível.

Mas qual é o problema?

Faróis brancos se aproximam e quase me cegam. Chegou a hora, então. Meus últimos minutos de liberdade enquanto me levam para a prisão. Liberdade? O que é isso? Será que algum dia eu já fui realmente livre? Algum de nós foi?

A porta de trás do lado do passageiro se abre. Ouço uma campainha tocar e o portão de metal, que está à minha frente, se abre também. Mãos seguram o meu braço e eu sou enfiada no carro.

Pelo menos está quente aqui dentro. As portas batem. O motor é acionado e nós saímos dali. Mantenho a cabeça baixa, não quero ver nada.

## O PRÉDIO DO CORREDOR DA MORTE

O lugar está totalmente vazio, as multidões já foram embora. Um homem está sentado dentro de um carro roubado, nas sombras, esperando. Suas lágrimas rolaram e desapareceram, e o seu rosto está seco agora.

Ele se recompõe, sai do carro e fecha a porta atrás de si. Com uma rápida olhada para trás, ele atravessa calmamente a rua e se agacha para passar por baixo da fita de isolamento da polícia, que balança com o vento. Andando pelas sombras, ele passa pelo muro e pelas grades destruídas e entra no terreno do prédio do corredor da morte.

Ele passa pela árvore, que agora está caída, com as raízes expostas e os galhos quebrados e arrancados. Para por um instante para tocá-la, como se esperasse que ela fosse oferecer algum conforto, antes de retomar o passo e desaparecer em meio ao caos dos destroços.

Meia hora depois, ele ressurge. Suas mãos estão cortadas e sangrando, o rosto está arranhado e seu corpo está todo coberto de poeira. Mas ele traz alguma coisa nos braços.

## MARTHA

As luzes dos postes brilham intermitentemente pelas janelas do carro. Branco para escuro, branco para escuro — mas é rápido demais para que eu consiga enxergar quem está dirigindo.

A jornada até a prisão que estou sendo levada, seja onde for, é mais longa do que eu esperava, mas não me importo. Para mim, chega. Muita dor, muitas perdas. Injustiça, arbitrariedades. Não aguento mais. Eles venceram.

— Beba alguma coisa. — É a voz de uma mulher; a motorista. Uma garrafa de plástico me acerta quando ela a joga para trás.

Eu abro a boca para dizer alguma coisa irônica sobre a bebida estar envenenada, mas mudo de ideia. Simplesmente giro a tampa e bebo, sentindo gratidão.

— Obrigada — eu murmuro.

Eu me viro agora, olhando pela janela, para a cidade que foi o meu lar, minha casa, durante dezesseis anos da minha vida, e que eu jamais vou voltar a ver.

*Você não foi gentil,* eu quero dizer a ela, mas... a cidade é uma vítima, tanto quanto nós. Não sei para onde estamos indo, mas eu reconheço essas ruas.

Lá está o olho no céu, meio quebrado, o brilho azul piscando em espasmos, mas ainda pairando sobre todos nós. Eu choro.

Discretamente, sozinha, observando o olho ficando maior conforme nos aproximamos.

Conforme chegamos mais perto. Conforme chegamos ao lado dele. A motorista, a mulher, liga a seta e estaciona o carro.

— O quê...? Onde...? — eu murmuro, mas ela não responde.

Ficamos sentadas no carro, com o motor ligado, esperando.

Não consigo conter o impulso de olhar para fora. Para a destruição que dizem que eu causei. Os destroços, os restos do prédio, a árvore de Eve tombada, o pássaro provavelmente morto. A explosão não aconteceu onde eu deixei a mochila; foi na frente do prédio, no estacionamento. Uma bomba colocada em um carro. Alguém deve ter colocado uma bomba em um carro, me dado o detonador, e dito que era para o outro artefato a mochila que eles me deram. Mentiu. Causou tudo isso. Matou Isaac quando tudo que eu queria fazer era salvá-lo.

Quem? Patty? Então por que ela teria entrado no auditório?

As mesmas perguntas continuam se revirando na minha cabeça, e eu não faço a menor ideia de quais são as respostas. E não sei o que estou fazendo neste carro, ou que diabos está acontecendo, ou quem é a mulher que está ao volante, ou mesmo o que estamos fazendo aqui. Não sei de nada.

Eu abro a boca para perguntar a ela, mas ela subitamente se agita no assento e faz os faróis do carro piscarem em meio à escuridão.

— Vá para o outro lado do banco — ela me diz, com a voz baixa.

Faço o que ela manda e ouço o som mecânico quando ela destranca as portas.

— Fique aqui — diz ela. — Tente sair correndo, e eu posso remover você da face da Terra em meia hora. Entendeu?

Eu indico que sim com a cabeça.

Ela desce do carro e eu a vejo correr diante do veículo, e desaparecer. Mas ainda assim não vejo o seu rosto. Eu podia dar no pé agora, não é? Ela nunca me encontraria, não é? Eu poderia tentar. Puta que...

Eu fico paralisada. Pisco os olhos. Tento enxergar na escuridão.

Um homem está vindo em direção ao carro, e a silhueta do corpo dele fica destacada sob o brilho dos faróis. Há alguma coisa longa e pesada nos seus braços, e ele a segura cuidadosamente contra o peito.

A motorista que me trouxe até aqui está ao lado dele, guiando-o.

Ele anda com dificuldade, cada passo é um suplício. Suas pernas parecem estar tremendo. É um cara bem magro, não parece ser muito forte. Cabelos desgrenhados, roupas puídas...

Oh...

A porta do carro se abre.

— Martha, me ajude.

Gus. Meu Deus. Gus.

— Como... — eu digo. — O quê...? — Mas eu paro, porque logo a seguir ele está saindo da escuridão e entrando no carro.

E ele... ele...

Um corpo. Ele estava carregando um corpo. Ele estava carregando...

Gus o coloca ao meu lado. Eu amparo a sua cabeça nas mãos e a trago para apoiá-la no meu colo. — Ele está... está...? — Mas não consigo dizer a última palavra. Estou assustada demais com a possibilidade de ouvir uma resposta que não quero.

A porta se fecha. Escuridão de novo. Coloco a mão sobre o pescoço dele, tento sentir a pulsação. Por favor. Não vou aguentar. Oh, meu Deus, não consigo.

Gus entrou, agora. A mulher está no banco do motorista outra vez. O motor é acionado. O carro sai dali.

— Como? — eu digo entre os soluços, e toco a mão dele. Gelada.

— Essa moça aí — diz Gus, olhando-me por entre a escuridão. — Foi por isso.

— Quem é você? — eu pergunto.

O olhar dela cruza com o meu pelo espelho retrovisor. Os olhos dela brilham com um toque de malandragem, ou empolgação, ou... alguma *coisa*.

— Meu nome é Sofia — diz ela. — Acho que podemos trabalhar juntas. Terminar o que vocês começaram. Mas antes... — Ela faz um sinal com a cabeça, indicando Isaac, que está deitado sobre o meu colo, inconsciente.

Isaac.

Isaac?

Meu coração sorri com esperança e bate com medo, mas quando eu me debruço sobre o seu corpo surrado e ensanguentado e me aproximo do seu rosto, eu juro que consigo sentir uma respiração tênue...

**Primeira edição (Setembro/2017)**
**Papel de Capa** Cartão Triplex Ningbo 300g
**Papel de Miolo** Offwhite Lux Cream 70g
**Tipografias** Gotham e Minion Pro
**Gráfica** PROL